Felix Eberty

Walter Scott

Ein Lebensbild

Felix Eberty

Walter Scott
Ein Lebensbild

ISBN/EAN: 9783741158339

Hergestellt in Europa, USA, Kanada, Australien, Japan

Cover: Foto ©Raphael Reischuk / pixelio.de

Manufactured and distributed by brebook publishing software
(www.brebook.com)

Felix Eberty

Walter Scott

Walter Scott.

Ein Lebensbild.

❧⦿❧

Aus englischen Quellen zusammengestellt

von

Dr. Felix Eberty,

Professor in Breslau.

Zweiter Band.

——⟡——

Breslau,
Verlag von Eduard Trewendt.
1860.

Erstes Kapitel.

Wenn auch die Familie in Abbotsford für gewöhnlich jetzt nur noch aus drei Personen bestand, so war das Leben daselbst doch nichts weniger als still oder einförmig, vielmehr hatte die Gastfreiheit Scott's solche Ausdehnung gewonnen, daß man ohne Uebertreibung sagen kann, daß der Dichter Tag für Tag für jeden Mann offenes Haus hielt.

Die Anziehungskraft, welche Scott's Persönlichkeit sowohl, als sein Dichterruhm ausübte, war ohne Grenzen. Nicht nur in England, sondern in ganz Europa, ja ebenso sehr in Amerika war sein Name gefeiert. Seine Werke waren längst durch Uebersetzungen in allen lebenden Sprachen durch alle Länder verbreitet, und so war der Andrang Derer, die ihn zu sehen kamen, unbeschreiblich groß. — In England war es so sehr Modesache geworden, einen Besuch in Abbotsford abzustatten, daß wer nur auf irgend welche Auszeichnung in irgend welchem Fache Anspruch

machte, oder wer sich seiner Geburt oder seines Reich=
thums wegen einige Wichtigkeit zuschrieb, gewiß nicht
ermangelte, diese Wallfahrt anzutreten, und daß die
Hälfte aller Fremden, die vom Continent herüber
kamen, einen gleichen Vorzug anstrebte, ist nicht zuviel
gesagt.

Diesem auf ihn eindringenden Strome gab der
Dichter sich in einer Weise hin, die Jeder, welcher seine
Zeiteintheilung nicht genau kannte, für unvereinbar
mit jeder ernsten Thätigkeit halten mußte und am
allerunvereinbarsten mit einer schriftstellerischen Wirk=
samkeit von solcher Ausdehnung, wie die des Verfas=
sers von Waverley. Denn dieser große Unbekannte
hatte jetzt seit einer Reihe von Jahren, außer den klei=
neren Arbeiten, die er fortwährend um sich herstreute,
das Publikum regelmäßig mit zwölf Bänden seiner
Romane in jedem Jahre beschenkt, und zwar mit
zwölf Bänden, welche fast immer unsterbliche Meister=
werke enthielten.

Die Vereinigung solcher riesigen Thätigkeit mit
einer fast noch riesigeren Ausdehnung von geselligen
Beziehungen jeder Art erregte auch bei jedem nach=
denkenden Besucher von Abbotsford das gerechteste
Erstaunen, und es ist interessant, den Beobachtungen
zu folgen, welche uns in den Berichten einiger solcher
Gäste über diese Fragen vorliegen.

Zwei dieser Berichte, welche des Dichters Leben in diesen Jahren so recht anschaulich machen, sollen hier folgen.

Der erste ist vom Herrn John Leicester Adolphus.

Dieser junge Mann studirte im Jahre 1821 in Oxford, und die Frage nach der Autorschaft der berühmten Romane beschäftigte ihn so sehr, daß er in acht an das Parlamentsmitglied für Oxford gerichteten Briefen eine streng kritische Untersuchung über dieselbe anstellte und mit Aufwand des eingehendsten Fleißes und einer für seine Jahre wirklich staunenswerthen kritischen Genauigkeit einen wissenschaftlichen Beweis dafür lieferte, daß der Verfasser von Waverley Niemand anders sein könne, als der Dichter des Marmion und der Jungfrau vom See. — Der unbekannte Verfasser des Waverley erwähnte in der Vorrede zu seinem nächsten Romane dieser Briefe mit dem größten Lobe, setzte aber hinzu, daß er sich keineswegs für überführt halte, weil ja nicht minder scharfsinnige Beweise für die Autorschaft der Briefe des Junius seiner Zeit vorgebracht worden seien, ohne daß diese dadurch aufgeklärt worden, und schließt mit der Bitte, daß der junge Autor seine schönen Geisteskräfte und seinen Fleiß künftig auf Dinge verwenden möge, die solcher Fähigkeiten würdiger wären, als diese Romane.

Eine persönliche Bekanntschaft des Dichters mit ·

1*

Adolphus wurde übrigens eingeleitet, und Folgendes ist die Beschreibung, die der junge geistreiche Mann von seinem Besuche in Abbotsford macht.

Mit großer Freude und Neugierde, aber auch mit einer gewissen ehrfurchtsvollen Scheu sah ich Abbots= ford zuerst hinter den Anpflanzungen hervorkommen, die es von der Seite nach Selkirk und Melrose zu ver= decken. — Der alterthümliche Plan, nach dem es erbaut ist, stand noch im Widerspruch mit dem neuen Ansehen des Ganzen, welches erst durch die Zeit und das Wetter die passende Farbe allmählich erhalten muß. Der Gesammtheit aller dieser Thürme und Thürm= chen, Gallerien, Cornichen und seltsamen Stein= arbeiten, mit denen sie verziert sind, sah man an, daß sie eben fertig geworden waren, und nur die hier und da angebrachten wirklich alten Steine mit Zierrathen und Inschriften stachen dagegen ab. — Als ich näher kam, wurden die Hammerschläge der Maurer hörbar. Der Platz vor den Fenstern war mit Bauholz und Werkstücken bedeckt, und allerlei groteske Alterthümer lagen umher, die noch erst ihren Platz finden sollten. Auf der einen Seite zeigten sich die Anfänge eines Obst= und Blumengartens, und auf der anderen abschüssigen Seite waren Fichten, Tannen und Lär= chenbäume gepflanzt. Nahe am Thor plätscherte ein Springbrunnen in einem halbvollendeten Becken.

Ich hatte bisher Walter Scott immer nur in größerer Gesellschaft gesehen. In seinem Hause empfing er mich mit seiner allbekannten Einfachheit und Herzlichkeit. — Da über die Autorschaft des Waverley immer noch strenge Verschwiegenheit beobachtet wurde, so waren die Umstände, unter denen ich mich bei ihm einfand, eigenthümlicher Natur, indem meiner Briefe nicht wohl Erwähnung geschehen konnte. Dies erzeugte indessen keinerlei Verlegenheit. Er begann die Unterhaltung, als hätten wir Alle diese Dinge bereits vor einer Stunde durchgesprochen. Seitdem habe ich ihn viele Besucher empfangen sehen, aber sowohl bei dieser, als bei jeder anderen Veranlassung ist mir niemals ein Mann vorgekommen, der so sehr es in seiner Gewalt hatte, sich stets ungezwungen höflich zu bezeigen. Sein ganzes Wesen war so einfach und natürlich, und seine Güte nahm so unmittelbar alle Herzen ein, daß man gar nichts Außerordentliches dabei bemerkte, und auch mir selbst wurde erst durch Beobachtung seines Umganges mit Anderen die ganze Größe dieser Vorzüge klar. — Sein Aeußeres und sein Anblick, wenn man ihm zuerst gegenübertrat, war ruhig und bescheiden und, dem vorgerückten Alter gemäß, in dem er sich bereits befand, ehrfurchtgebietend. — Wenn er mit einer Person auf etwas förmlicherem Fuße stand, so legte er in seine Anreden einen gewiſſen verbindlichen Ton, der eine Färbung von altmodiſcher Höflichkeit annahm, die ihn vorzüglich wohl kleidete.

Wer und wes Standes auch immer der Gaſt ſein mochte, ſo hielt es Scott für ſeine Pflicht als Wirth, die Koſten der Unterhaltung zu tragen.

Kam ein Fremder, ſo ſtellte er die Schätze ſeines Geiſtes demſelben nicht minder zur Verfügung, als die Bewirthung an ſeinem Tiſche, ſtets zu gleicher Zeit darauf bedacht, dem Gaſte Gelegenheit zu geben, auch ſeinerſeits über ſolche Dinge zu reden, über die er zu reden am beſten vermochte. — Wie oft habe ich dies bemerkt und dabei ſowohl ſeine Menſchenkenntniß, als ſeine wohlwollende Geſinnung bewundert!

Es iſt ſehr ſchwierig, Jemandem, der ihn nicht perſönlich gekannt hat, eine richtige Vorſtellung von Scott's Unterhaltungsgabe zu machen. — Erinnert man ſich an ſeine große perſönliche und ſchriftſtelleriſche Volksbeliebtheit und an den weiten geſelligen Kreis, in dem er ſich bewegte, ſo ſcheint es vielleicht merkwürdig, daß ſo wenige Ausſprüche, wahre oder ihm zugeſchriebene, auf ſeinen Namen im Umlauf ſind. — Aber Witzworte zu ſagen war nie ſein Beſtreben, da es nicht in ſeiner Natur lag, dergleichen Wendungen und Spitzen aufzuſuchen, die ſich beſonders zum Wiedererzählen eignen. Und doch entſchlüpften ihm gar oft allerliebſte Ausſprüche der Art. Als er zum Beiſpiel einst die Weise beschrieb, in welcher der Herzog von Wellington im Parlamente zu debattiren pflegte, sagte er: Er schneidet sich jede Frage ganz appetitlich in zwei oder drei Stücke und nimmt dann das Beste davon für sich selbst.

Der Hauptreiz seiner Gespräche bestand in der leichten und ungezwungenen Weise, in welcher seine Rede dahinfloß. -- Es waren viel häufiger Empfindungen, als Meinungen und Ansichten, die er mittheilte, und die Liebenswürdigkeit seiner ganzen Art und Weise, sein Blick, der Ton seiner Stimme, oft der Gebrauch eines anscheinend ganz unbedeutenden Ausdrucks gaben seiner Erzählung eine so eigenthümliche Färbung, daß selbst eine genaue Wiederholung derselben dennoch nicht den ursprünglichen Eindruck wiedergeben könnte. Nicht nur war er ganz unerschöpflich in Anekdoten, sondern er ließ sich dabei durch seine Lebhaftigkeit fortreißen, die erzählten Gegenstände förmlich dramatisch darzustellen. So erzählte er z. B. auf diese Weise, bei Gelegenheit eines Gespräches über die Eigenthümlichkeiten der Thiere, wie einmal ein Matrose versucht habe, einen Affen zum Sprechen zu bewegen, indem er ihm mit allerlei lächerlichen Eiden gelobte, daß er ihn nicht verrathen werde. — Besonders lebhaft ist mir die Erinnerung dieser darstellenden Erzählergabe geblieben, mit der er die Geschichte von einem Sterbenden vortrug, der in der Fieberhitze in

dem Augenblick, wo seine Wärterin sich entfernt hatte,
das Zimmer verließ und sich in einen Club begab,
dessen Vorsitzender er war, und wo man ihn für einen
Geist hielt. Beim Vortrag dieser nicht sehr wahr=
scheinlichen Begebenheit malte er mit tiefer dumpfer
Stimme und mit erschreckenden Geberden den kranken
bleichen Mann, wie er mit erloschenem Blick in das
Clubzimmer trat, wie das vermeintliche Gespenst sich
an das obere Ende der Tafel setzte, die Gesellschaft
geisterhaft begrüßte und ein Glas zum Munde führte,
das Haupt langsam von einer Seite zur anderen wen=
dend und mehreren seiner Bekannten zuwinkend, wie er
gerade um Mitternacht sich entfernte, und die Gesell=
schaft, athemlos vor Schreck, sich nur schwer und all=
mählich wieder erholte. — Eine der letzten Scenen
im St. Ronans = Brunnen erinnert lebhaft an diese
Anekdote.

Schauspiele vorzulesen war er besonders geschickt,
und man unterschied durch die Abstufungen und Ver=
änderungen in der Stimme ohne Weiteres den Perso=
nenwechsel, ohne daß er die Namen nannte. — Durch
unmerkliche Betonung oder Verlängerung einzelner
Silben brachte er oft erstaunenswerthe Wirkungen
hervor.

Wer ihn auch nur ein Mal gesehen hat, wird nie=
mals den Eindruck vergessen, den seine Mienen hervor=
brachten, wenn sie sich aus dem ruhigen gewöhnlichen

Zustande zu einem bestimmteren Ausdruck belebten. Im Anfang der zwanziger Jahre, als ich ihn zuerst kennen lernte, war sein Haar bereits vollständig ergraut, aber sein lebhaftes Antlitz trug die frische Farbe der Gesundheit, und sein röthlicher Backenbart bildete einen eigenthümlichen Gegensatz zu den Silber= locken des Hauptes, so daß der Anblick zuerst vielmehr ein heiterer, als ein ernster war; doch waren seine Züge geeignet, jeden Ausdruck von dem der heitersten Freude bis zur tiefsten Traurigkeit mit der reinsten und unver= kennbarsten Wahrheit auszudrücken. — Gelegentlich, wenn er von etwas sehr Kühnem oder Ueberschweng= lichem redete, erweiterten sich seine Augen und erglänz= ten mit einer Art von tragikomischem haarsträubendem Feuer, welches ihm allein eigenthümlich war.

Wenn er lachte, so ging er alle Grade des Lachens durch, mit so viel innerem Behagen und so strahlendem Gesicht, wie ich nie jemanden Anderen habe lachen gesehen. — Das erste Aufdämmern eines komischen Einfalls zeigte sich zuweilen, wenn er ruhig dasaß, indem sich seine Oberlippe merklich verlängerte; dann blickte er mit unendlich ergötzlichem Ausdruck von der Seite seine Nachbarn an, als wollte er aus ihren Blicken lesen, ob er den Funken des Scherzes im Auf= glimmen unterdrücken oder zur Flamme anblasen solle. War dann seine Lustigkeit auf's Höchste gestiegen, dann lachte er so recht aus vollem Herzen, aber keineswegs lärmend und so, daß es ihn ganz überwältigte, sondern er erzählte unter dem Lachen immer weiter, nur daß bei den Ausbrüchen desselben die Sylben langsamer und stärker betont herauskamen, sein Accent dabei immer schottischer wurde, und die Stimme zuletzt eine Art von klagendem Ton annahm, als wolle er um Mitleid bitten.

Zwar waren, als ich Abbotsford das erste Mal besuchte, erst so wenige Zimmer ganz ausgebaut, daß die Familie ziemlich beschränkt wohnte, aber die Lebens= weise und die Tageseintheilung war damals schon ganz so, wie sie später stets geblieben ist. — Nach dem Früh= stück zog Sir Walter sich auf kurze Zeit zur Arbeit zurück. — Um ein Uhr wurde ein Spaziergang oder Spazierritt mit einigen der anwesenden Gäste gemacht, und es war ein lustiger Anblick, den berühmten alten Herrn mit seiner Seehundsmütze, seiner kurzen grünen Jacke auf seinem Pferde, graue Sibylle genannt, ein= hertraben zu sehen, dann und wann stille haltend, einen Arbeitsmann oder Frau mit komisch ernsten Blicken anzureden und durch irgend einen Spruch im breitesten Schottisch zu ergötzen. — Die Tischzeit war keine späte, man blieb nach Tische gesellig beim Weine sitzen, doch niemals allzulange, und Abends kamen dann die sämmtlichen jedesmaligen Gäste und Bewohner des Hauses zur Unterhaltung mittelst Musik und Vorlesen zusammen. — Ich hörte einst bei einer

Gelegenheit Sir Walter sagen, es müsse irgendwo im
Hause ein Spiel Karten stecken, doch glaube ich nicht,
daß sie jemals gebraucht worden sind.   Das Wohn=
zimmer lag neben der Bibliothek, und beide Räume
verbunden bildeten einen herrlichen Aufenthaltsort für
die Abende. — Wer je in Abbotsford zu Gaste war,
wird sich dieser Gemächer mit dankbarster Freude
erinnern.

Scott lauschte mit immer neuer Begeisterung dem
Gesange seiner Töchter, der ihm der liebste war.
Wenn Mrs. Lockhart zur Harfe sang, so sah man, wie
er mit wahrer Andacht den Tönen folgte, und seine
Augen und Lippen deuteten an, wie seine Seele bei
dem Liede war. — Die bloße Musik hatte weniger
Reiz für ihn, wenn nicht Worte dabei waren, die ihn
ansprachen, oder wenn nicht etwa die Melodie irgend
eine Erinnerung wach rief. — In ähnlicher Art ver=
hielt er sich zu den bildenden Künsten. Ein Gemälde
oder ein Kupferstich interessirte ihn weniger wegen des
Kunstwerthes, als wegen des Gegenstandes, den sie
darstellten, und in seinen Zimmern hingen nur solche
Bilder, die sich auf Gegenstände bezogen, die besonderes
Interesse für ihn hatten. Selbst die Bauliebhaberei
hatte bei ihm dieselbe Richtung, und er hätte am lieb=
sten gesehen, wenn jeder Stein seines Hauses irgend
eine historische Erinnerung vergegenwärtigt hätte.

Von den Waverley=Romanen wurde nie gesprochen,

das war ein selbstverstandenes Abkommen; dagegen sprach Scott oft und gern von den Stücken, die aus den Romanen für's Theater bearbeitet waren, und nahm lebhaften Antheil an deren Darstellungen.

An diese treffliche Schilderung aus den Notizen des Herrn Adolphus wollen wir hier sogleich die wenige Jahre später gemachten Aufzeichnungen des berühmten Reisenden Basil Hall anreihen, weil wir so alsbald im Ganzen ein Bild von dem Dichter erhalten, wie er in der Zeit seines höchsten Ruhmes und inmitten der glänzendsten äußeren Verhältnisse sich darstellte. — Diese Aufzeichnungen sind aus dem Ende des Jahres 1824, und war damals der Schloßbau schon auf's Prachtvollste vollendet, auch hatte Scott, den man in Edinburgh zum Director einer Oelgascompagnie gewählt hatte, eine höchst glänzende Beleuchtung des ganzen Baues angelegt, die sich übrigens keineswegs praktisch bewies, weil sie nicht nur äußerst kostspielig war, sondern bei dem damals noch unvollkommenen Zustande dieser Erfindung oft plötzliche Verfinsterungen eintreten ließ.

Scott selbst brauchte, um dies hier beiläufig zu erwähnen, beim Arbeiten das hellste Licht und hatte über seinem Schreibtisch eine förmliche Sonne von Gas angebracht.

Nun zu Capitain Hall's Notizen, die er am 29. December 1824, dem Tage seiner Ankunft in

Abbotsford, begann und bis zum 10. Januar 1825 ununterbrochen fast täglich fortführte.

Die ganze Einrichtung Walter Scott's, schreibt er, ist auf großem Fuße gleichmäßig durchgeführt. Dienerschaft und Bewirthung, Alles in größter Ordnung, und ein Geist der Pünktlichkeit und vernünftiger Zweckmäßigkeit weht dem Gaste überall entgegen. — Jedermann schien zufrieden an seinem Platze. — Ich bin in meinem Leben schon in vielen großen Häusern gewesen, wo man Werth darauf legte, daß Alles auf's Beste eingerichtet sein sollte, aber nirgends habe ich Alles bis auf's Kleinste so vortrefflich geordnet gesehen, wie in Abbotsford.

Hätte ich hundert Federn und könnte mit jeder zugleich eine Anekdote niederschreiben, so wäre ich doch nicht im Stande, auch nur die Hälfte von denen zu Papier zu bringen, von denen unser Wirth beständig überströmte. Wollte ich ein paar oder ein paar Dutzend hersetzen, so würde das Nichts helfen, denn da sie alle zu der augenblicklichen Gelegenheit paßten und in Ton, Blick und Bewegung den Umständen angemessen waren, so läßt sich von alle dem durch Beschreibung gar keine Vorstellung machen.

Am Morgen des 30. December machten wir mit Scott einen weiten Spaziergang. Er führte uns durch seine Baumpflanzungen, die in allen Abstufungen des Wachsthums vorhanden sind, und unterhielt

uns mit einer ununterbrochenen Reihe von Geschich=
ten, auf die Punkte bezüglich, die wir berührten. Ge=
legentlich recitirte er ein Stück von einem alten Liede,
auch wohl eine ganze Ballade, und ab und zu stand er
still, bohrte seinen Stock fest in die Erde und trug uns
nun eine zusammenhängende Erzählung vor, die,
wenn auch nicht in Versen, doch wie die schönste Dich=
tung von seinen Lippen floß. — So führte unser Weg
uns z. B. an den Bach, wo ein alter schottischer
Barde, Thomas der Reimer, eine Zusammenkunft mit
der Feenkönigin gehabt haben soll. — Ehe wir in das
kleine Thal hinabstiegen, hielt er uns auf der Anhöhe
zurück und erzählte uns die ganze romantische Ge=
schichte mit solcher Wirkung, daß, als wir hinunter
kamen, unsere Einbildungskraft so aufgeregt war, daß
wir wie auf geheiligtem Boden zu wandeln glaubten.
Und obgleich es ein kalter Tag, der Weg in Folge
einer Ueberschwemmung schmutzig und kaum zu durch=
waten war, und wir nur kahle Bäume rings umher
sahen, so glaubte ich doch kaum je einen interessanteren
Ort gesehen zu haben, als dies kleine Thal unter dem
zauberischen Einfluß dieses großen Dichtergeistes,
während die Gegend in jeder anderen Begleitung
höchst unbedeutend erschienen wäre.

Als wir eine erhöhte Stelle bei einem wilden
Bergsee erreicht hatten, von wo aus man verschiedene
Theile seiner Besitzungen überblicken und die Fort=

schritte der von ihm vorgenommenen Verbesserungen wahrnehmen konnte, bemerkte ich ihm, daß die Beschäftigung mit Baumpflanzungen sehr interessant sein müsse. Interessant! rief er aus; Sie haben gar keine Vorstellung von den wunderbaren Freuden eines Forstmannes. — Ein Baumpflanzer ist wie ein Maler vor seinen Staffeleien, in jedem Augenblick sieht er neue Effecte zum Vorschein kommen. Keine Kunst oder Beschäftigung ist hiermit zu vergleichen. Man genießt Vergangenheit, Gegenwart und Zukunft zugleich. Ich sehe im Geiste, was dieses Wäldchen in zehn Jahren sein wird, und bin stolz auf das, was es schon jetzt ist, wenn ich mich daran erinnere, aus wie kleinen Anfängen ich selbst es vor so und so viel Jahren habe entstehen sehen.

Wenn ich baue oder male oder sonst eine Beschäftigung vor habe, so sehe ich das Ende der Arbeit ab, aber die Arbeit des Baumzüchters ist ohne Ende und ohne Unterbrechung und schreitet fort von Tag zu Tage, von Jahr zu Jahr mit stets wachsendem Interesse. — Die eigentliche Landwirthschaft ist mir verhaßt. Vieh mästen und schlachten ist meine Sache nicht, und das Korn wachsen lassen, blos um es wieder abzumähen, mit den Händlern wegen der Preise zu feilschen und stets von der Witterung abhängig zu sein, das alles sind Dinge, deren der Baumzüchter überhoben ist, der seine Mühe immer belohnt sieht.

Wo man irgend ein Gespräch nur anrührt, hat er eine Erzählung bereit. Als ich nach dem Namen eines hellen Flecks in der Landschaft fragte, der von der Sonne gerade beschienen wurde, sagte er: Das heißt Haxel=Schlucht. Ich habe mir lange den Kopf zer= brochen, fuhr er fort, um den Sinn dieses Namens zu entdecken, und vielfach habe ich hier und da angefragt, um ein Ereigniß zu ermitteln, an das sich derselbe anknüpfen ließe. Nichts Anderes war zu entdecken, als daß dort in der Nähe einst ein druidischer heiliger Platz gewesen sei. — Eines Sommermorgens nun las ich ganz früh in einem deutschen Buche und fand da, daß Haxa der altdeutsche Ausdruck für Druidinnen und Zauberinnen sei. Da war denn endlich das Räthsel gelöst, und ich konnte mich vor Ungeduld nicht lassen, bis ich die große Entdeckung Jemandem er= zählt hatte. So stürmte ich herauf zu meiner Frau, die noch fest im Schlafe lag. Ich wußte sehr wohl, daß die Sache selbst ihr ganz unbekannt und gewiß höchst gleichgiltig war, aber das schadete Nichts, erzählen mußte ich es Jemandem, und so weckte ich sie auf, und obgleich sie sehr ärgerlich war, sich im ange= nehmsten Morgenschlummer gestört zu sehen, so mußte sie gut oder übel die ganze Geschichte von Haxa und Hexe und Haxelschlucht und dem Druidentempel mit anhören. — Und gewiß ist es Ihnen auch schon so gegangen, sagte er, indem er sich zu mir wandte, daß,

wenn Ihnen auf Ihrem Schiff Etwas einfiel, was
Sie in Aufregung setzte, Sie es lieber dem ersten
Matrosen, der Ihnen in den Wurf kam, erzählten, als
daß Sie es schweigend bei sich behalten hätten; —
denn wenn man nicht das Vergnügen haben kann,
dergleichen sofort mitzutheilen, so ist die ganze Freude
verdorben.

So wanderten wir weiter und schwammen gleich=
sam auf einem ununterbrochenen Strom von Gesän=
gen und Erzählungen. Nichts ging bei ihm verloren.
Der unbedeutendste Gegenstand erhielt unter seiner
Hand einen Glanz, wie der schönste Edelstein. Und
über Alles dies war ein Hauch von Wohlwollen und
Menschenfreundlichkeit ausgegossen, der nicht minder
bezaubernd war, als seine geistvolle und feurige Rede=
weise. — Wenn er von seinen Nachbarn sprach oder
von abwesenden Personen, deren Benehmen er nicht
ganz billigte, auch das geschah in demselben Geiste.
Er bemäntelte keinesweges ihre Fehler, sondern
sprach mit männlicher Verachtung von dem, was er
für schlecht hielt, aber stets begleitete er seinen Tadel
mit irgend einer wohlwollenden Bemerkung, in Aner=
kennung des Guten, welches die Leute neben ihren
Fehlern dennoch besaßen. Dies Alles kam vollkommen
natürlich heraus, und die Entschuldigungen hatten
nicht das Geringste von Scheinheiligkeit oder von der
Absicht an sich, daß man ihn nicht für einen harten

Tadler halten sollte, sondern es war eben das innerste Wohlwollen des guten Herzens, welches sich überall offenbarte.

Seiner politischen Gesinnung nach ist er Royalist vom Scheitel bis zur Zehe; — aber in seiner Königs= treue ist auch keine Spur von kriechendem oder schmeichlerischem Wesen. — Als der König nach Edin= burgh kommen sollte, und es bekannt wurde, daß er über die Waterloobrücke gehen würde, die eine Inschrift zum Lobe des Prinzen Leopold trug, spielte Jemand darauf an, daß man diese Inschrift auslö= schen oder verdecken möge, weil es bekannt war, daß der König mit seinem Schwiegersohn sich nicht gut vertrug. Da rief Scott in größtem Eifer: Das sei ferne! Sollen wir des Königs Eidam und mittelbar den König selbst beschimpfen, indem wir von Etwas Notiz nehmen, was beider Theile so unwürdig ist? Sollen wir uns der Ehre schämen, die wir selbst dem Prinzen angethan haben, und unsere eigenen Worte verleugnen? Nein, ehe ich zugebe, daß diese Inschrift fortgenommen oder mit Flaggen oder Kränzen bedeckt wird, wie Ihr andeutet, oder kurz, daß wir thäten, als schämten wir uns unserer Ehrfurcht für Prinz Leopold oder wollten des Königs Leidenschaften schmeicheln durch Aufopferung unserer eigenen Würde, eher wollte ich mit eigener Hand die Stadt anzünden und ganz Edinburgh niederbrennen.

Am Abend hatten wir einen hohen Genuß, indem Scott uns einige Gedichte vorlas. Er trug Alles mit wunderbarem Ausdruck vor, und seine Stimme war bald volltönend und tief, bald belebter und lauter und stets dem Gegenstande vollständig angemessen; und doch weiß ich nicht, wovon ich mehr entzückt war, von seinem Vortrage solcher Gedichte, oder von seiner freien Erzählung des Inhalts derselben, wie er im Gehen auf dergleichen zu sprechen kam.

Zwischen dem Vorlesen der einzelnen Stücke erzählte er hunderte von Geschichten, bald heiteren, bald tiefergreifenden Inhalts, auch Geisterhaftes wurde erzählt, und alte Schlachten und Kampfscenen aus der vaterländischen Geschichte vorgeführt, dazwischen wieder Anekdoten von Wellington und Waterloo und von alltäglichen Erlebnissen, die an jedem Andern unbeachtet vorübergegangen wären, die aber durch Berührung seines Zauberstabes ein wahrhaft poetisches Interesse erhielten.

Auch gesungen ward viel, zur Harfe und zum Klavier.

Bei seiner großen Vorliebe für Geister= und Gespenstergeschichten hätte man glauben sollen, daß er selbst den Eindrücken des Schauerlichen und Geheimnißvollen unterworfen gewesen, den war aber durchaus nicht also. Er erzählte, daß er einst des Abends in eine Dorfschenke gekommen sei, und man ihm gesagt

habe, daß kein Bett für ihn vorräthig sei. — Ist gar
kein Platz, wo ich schlafen kann? fragte er. Nein, sag=
ten die Wirthsleute, kein Bett ist frei, außer in einem
Zimmer, wo eine Leiche liegt. — Gut, ist die Person
an einer ansteckenden Krankheit gestorben? Nein,
durchaus nicht! — Nun wohl, fuhr er fort, gebt mir
das andere Bett. So, sagte Scott, legte ich mich
nieder, und ich habe niemals eine Nacht ungestörter
geschlafen.

Vom 1. Januar 1825 wird berichtet: Gestern am
Sylvesterabend kamen immerfort verkleidete Bauer=
knaben vor's Haus, mit seltsamen Mützen, das
Hemde über die Jacke gezogen und mit hölzernen
Schwertern bewaffnet. Sie führten eine Art Stück
auf, dessen Held Goloshin in einer Schlacht aus
Liebe umgebracht wird, worauf ein Doctor aus der
Truppe ihn alsbald wieder gesund macht. — Daß
Scott nach seiner Art dergleichen althergebrachte
Gewohnheiten möglichst aufrecht hält, kann man sich
denken. — So kamen gestern früh ganze Schaaren
von Kindern an die Hofthür, und jedes erhielt einen
Penny (10 Pf.) und einen Haferkuchen. — Es wurden
über 70 Penny ausgetheilt, und die kleine Gesellschaft
mit ihren wohlgefüllten Säcken sah sehr lustig aus.
— Den 2. Januar. — Zum Frühstück hatten wir heut
wie gewöhnlich etwa 150 Geschichten. Gott weiß, wo
er Alles hernimmt, aber der große Unbekannte öffnet

nie den Mund, ohne Etwas zu sagen, was man mit
der größten Theilnahme anhört, und Alles kommt so
liebenswürdig, so natürlich und ungezwungen heraus!
— Von all diesen Geschichten hat immer die eine die
andere aus meiner Erinnerung verdrängt, nur eine ist
mir geblieben, es war folgende: Mein Vetter Watty
Scott, sagte er, war vor einigen vierzig Jahren See=
cadet in Portsmouth. Er war mit zwei Kameraden
an's Land gegangen und über den Urlaub ausgeblie=
ben. Zugleich hatten sie ihre ganze Baarschaft ver=
schmaust und vertrunken, und noch eine ungeheure
Rechnung unbezahlt in einem Wirthshaus an der
Küste. Das Schiff gab das Signal zur Abfahrt,
aber die Wirthin sprach: Nein, Ihr Herren, Ihr
kommt nicht von der Stelle, wenn Ihr nicht Eure
Rechnung bezahlt; und ihr Wort gut zu machen, hatte
sie schon ein paar tüchtige Polizeibeamte bei der Hand.
Sie sahen, daß sie in einer Falle waren, und boten all
ihre Beredtsamkeit auf, um los zu kommen. — Nein,
nein, sagte Frau Hurtig, ich muß befriedigt werden,
auf eine oder die andere Art. Ihr wißt recht gut,
Herrlein, daß Ihr geschlagene Leute seid, wenn Ihr zu
rechter Zeit nicht an Bord kommt. — die Cadetten
machten lange Gesichter und mußten eingestehen, daß
dies leider nur zu wahr sei. — Nun gut, sagte sie, es
giebt noch einen Ausweg! — Ich bin in der Lage hier,
daß ich mein Geschäft als einzelne Frau nicht fort=

führen kann, ich muß auf eine oder andere Art einen
Mann bekommen, oder wenigstens im Stande sein,
einen Trauschein vorzuzeigen, und so ist die einzige
Bedingung, unter der ich Euch morgen früh alle drei
auf Euer Schiff lassen will, die, daß einer von Euch
sich dazu versteht, mich zu heirathen. — Ich scheere
mich den Teufel darum, welcher von Euch das ist,
aber bei Allem, was heilig ist, einen von Euch will ich
haben, oder Ihr spazieret alle drei in den Schuld=
thurm, und Euer Schiff segelt ab. — Das Weib ließ
sich auf keine Art von Ihrem Vorsatz abbringen, sie
schloß die drei unglücklichen Burschen im Zimmer ein,
und diese warfen in der Verzweiflung das Loos, wer
Derjenige sein solle, der sich für seine Kameraden
opfern müßte. Meinen armen Vetter traf das Loos.
— Man verlor keinen Augenblick, fort ging's zur
Kirche, und mein Verwandter wurde nach dem in
Schottland bekanntlich geltenden sehr summarischen
Verfahren zum Ehemann gemacht. — Die junge Frau
gab dann allen Dreien ein glänzendes Frühstück und so
viel Wein, wie sie trinken mochten, packte sie dann in
einen Wagen und ließ sie nach dem Hafenplatz fahren.
— Das Schiff segelte ab, und die jungen Leute hielten
unverbrüchlich den Eid der Verschwiegenheit über diese
Geschichte, den sie einander vorher feierlich geschworen
hatten.

Da die Wirthin nur aus Geschäfts= und Polizei=

rücksichten eine verheirathete Frau zu sein wünschte, so
war sie es, die zuerst eine ewige Trennung vorschlug.
— Einige Monate später, in Jamaika, kam ein Packet
Zeitungen in die Midshipmans=Cajüte, und Watty, der
eine Zeit lang gleichgiltig darin geblättert hatte, kam
an eine Mordgeschichte, die in Portsmouth vorgefallen
war. — Plötzlich sprang er auf, und in seinem Entzük=
ten den Eid der Verschwiegenheit vergessend, rief er
aus: Gott sei Dank, meine Frau ist gehenkt!

Mit all solchen drolligen Späßen untermischt
kommt dann auch wieder manche Aeußerung voll tiefer
Lebensweisheit zum Vorschein, aber ebenfalls stets in
dem Gewande der anspruchslosesten Natürlichkeit. —
So redeten wir heute von den verschiedenen Berufs=
arten der Menschen und von der allgemeinen Klage,
daß alle Zweige derselben überfüllt seien. Ja, ja, sagte
Scott, es ist überall dasselbe. Im Anfang müssen wir
uns an der harten Kost, die uns geboten wird, die
Zähne ausbeißen, und zuletzt, wenn wir wirklich Brot
haben, klagen wir, daß wir dann die Kruste nicht mehr
beißen können, und so ist man niemals zufrieden.

Er nahm ein Buch auf, dem Könige dedicirt, und
las die ersten Sätze der Zueignungsschrift, die in so
verzwacktem Style abgefaßt war, daß man es gar
nicht verstand und doch begierig wurde, den Sinn her=
auszufinden. Nun wahrhaftig, sagte er, das ist, als
wenn Einer rückwärts in's Zimmer kommt, um Auf=

merkſamkeit zu erregen. So Einem müßte man einen
gehörigen Tritt für ſeine Mühe verſeßen. — Man
redete von fremden Reiſenden, und ich hörte, daß Wal=
ter Scott ſich zuleßt, obgleich nur ungern, genöthigt
geſehen hatte, der Ueberſchwemmung dieſer Leute einen
Damm entgegenzuſeßen, indem er in den Gaſthäuſern
zu Selkirk und Melroſe bekannt machen ließ, daß man
in Abbotsford Niemanden empfangen könne, deſſen
Beſuch nicht im Voraus angekündigt und angenom=
men wäre. — Vorher war das Haus wörtlich
beſtürmt worden. — An einem Tage kamen nicht
weniger als ſechszehn ganze Geſellſchaften, alle unein=
geladen, und manchmal drängten acht bis zehn ſich zu
gleicher Zeit hinein, ſo daß es für die Famlilie ganz
unmöglich wurde, nur einen Augenblick für ſich zu
haben. Dieſe Touriſten durchſchwärmten die Zimmer,
faßten Alles an und brachten Alles in Unordnung, und
Viele nahmen auch wohl, ohne zu fragen, irgend
Etwas zum Andenken mit.

Da heut Sonntag war, ſo ſagte Sir Walter als=
bald nach dem Frühſtück zu den verſammelten Gäſten:
Meine Damen und Herren, ich werde um elf Uhr den
häuslichen Gottesdienſt abhalten, und ich erwarte, daß
Sie Alle demſelben beiwohnen. — Er ſagte nicht
etwa, die, denen es gefällig iſt, oder wer es nicht
wünſcht, kann auch fortbleiben, — wie das ſonſt wohl
geſchieht. — Er las die engliſchen Kirchengebete mit

wunderbar schönem und eindringlichem Tone und außerdem heut ein Kapitel aus Jesaias, daß ihn so begeisterte, daß der Vortrag wie von einer heiligen Gluth erwärmt schien.

Am Abend kam die Rede auf das sogenannte Löwenthum berühmter Leute. Nun, sagte er, ich finde es vergnüglich genug, ein Löwe zu sein. — Was denken Sie davon, Capitain Hall? Oh, erwiederte ich, mir schmeichelt das immer sehr, und Nichts ist mir lieber, als wenn man es darauf anlegt, mich nach meiner bescheidenen Art brüllen und mit dem Schweife schlagen zu lassen. — Das ist recht, sagte er, sich an die Gesellschaft wendend. Nichts ist ergötzlicher, als wenn man so herumpräsentirt wird, und ich bin immer ganz glücklich dabei. Ich wurde einst von einem bekannten Löwenjäger zugleich mit einer berühmten Schauspielerin eingefangen, und man zeigte uns die Gärten und Umgebungen des Landsitzes, wo wir unsere Vorstellungen geben sollten. Mit einem Male befanden sich der Löwe und die Löwin in einem vergitterten Gärtchen. Und nun sagte ich, wenn Ihr ein Vorlegeschloß bei der Hand habt, um uns einzusperren, so ist Euer Glück gemacht, und wir können Euch nicht mehr entwischen. — Ihr könnt nun eine Stange mit einer Flagge aufstecken und ein Schild malen lassen, worauf zu lesen, daß Ihr zwei köstliche Exemplare eingefangen habt, und in Zeit von einer

Stunde kommt die ganze Stadt und besichtigt uns à Person 8 Groschen, und nicht wahr, mein Fräulein, dann wollen wir im großen Style brüllen!

Er lachte dann über einige Löwen in London, die es durchaus verschmähten, sich mit einer langen Stange aufstöbern zu lassen, wie doch jeder gute Löwe thuen sollte.

Da Scott's ältester Sohn um diese Zeit auf Urlaub kam, nachdem er ein militairisches Examen glücklich bestanden hatte, so wurde zur Feier dieses Ereignisses ein Ball arrangirt, bei welchem die eingeladenen Personen ein recht deutliches Bild von der Vorliebe des Dichters für Blut= und Stammverwandtschaft abgaben. — Neun Scott's aus dem Hause Harden und zehn aus anderen Zweigen der Familie waren anwesend, und noch viele Andere, die für sich vielleicht hauptsächlich die Namensgleichheit anzuführen hatten. Es ist erstaunlich, wieviel Gäste Abbotsford bei solchen Gelegenheiten über Nacht beherbergen kann. Als am Morgen der Schwarm abzog, staunte ich, sagte Capitain Hall, gleich dem Fischer in Tausend und Einer Nacht, welcher das Siegel von dem Bleigefäß abgenommen hatte, aus dem sich der Genius wie eine Wolke entwickelte, so daß man nachher durchaus nicht begreifen konnte, wie ein solcher Riese in der kleinen Büchse Platz gehabt haben könne. Zu Mittag waren ich und meine inzwischen

ebenfalls nach Abbotsford gekommene Schwester die
einzig übrig gebliebenen Gäste. Scott machte in der
besten Laune einen mehrstündigen Spaziergang mit
uns, und während der Strom seiner unterhaltenden
Mittheilungen in ebenso reichem und ungezwungenem
Maaße sich ergoß wie immer, so bemerkte ich doch, daß
die Gegenwart einer Dame Allem, was er sagte, einen
gewissen feineren Hauch verlieh, und von den derben
Ausdrücken, denen er sich gern bediente, wenn wir
unter uns waren, zeigte sich keine Spur. — Dies
genirte ihn aber keinesweges, sondern er hatte gleich=
sam nur die Schleuse eines anderen Stromes von
Erzählungen aufgezogen, die nun in voller Fluth sich
ergossen. — Es fiel mir dabei auf, daß er, wenn es die
Gelegenheit mit sich brachte, mit der allergrößten
Gleichgiltigkeit von seiner Lahmheit sprach, während
bekanntlich Byron, der an demselben körperlichen
Mangel litt, alles Mögliche that, denselben zu verber=
gen, und es für die tödtlichste Beleidigung hielt, daran
erinnert zu werden.

Als wir auf unserer Wanderung durch das Gehölz
einen Wegweiser bemerkten, lachten wir über die selt=
same Orthographie, mit der Tom Purdie hier ange=
schrieben hatte, daß dieser „Wekk nach Selkirk" führe.
— Scott bemerkte, daß er durch diesen Wegweiser die
Herzen seiner ganzen Nachbarschaft gewonnen habe.
— Ich kann nicht sagen, daß dies meine Absicht war,

fuhr er fort, als ich den Wegweiser aufrichten ließ. —
Es ist wahr, daß die große Landstraße nicht weit ent=
fernt ist, aber dieser Weg hier geht gerade mitten durch
meine Ländereien. Niemals konnte ich aber hierin
einen Grund finden, Jemanden zurückzuweisen, der es
vorziehen sollte, seinen Weg über diese Hügel zu neh=
men. — Aber obgleich alle Welt wußte, wie ich in die=
ser Beziehung denke, so wußte man mir es doch noch
ganz besonders Dank, daß ich durch Aufstellung dieses
Wegweisers gleichsam anerkannte, daß das Publikum
ein Recht habe, hier zu gehen. — Ich will übrigens
gar nicht leugnen, daß ich mir einigen Anspruch auf
die Dankbarkeit der Leute erworben habe, und ich
table alle die Gutsbesitzer, die nach anderen Grund=
sätzen handeln. Nichts in der Welt könnte mich dazu
vermögen, Tafeln mit Strafdrohungen aufzustellen,
oder meinen Mitmenschen auf meinem eigenen Grund
und Boden vor Fußangeln und Selbstschüssen zu war=
nen; Dinge, die nicht nur an sich beleidigend, sondern
obendrein ganz wirkungslos sind, und ich kann dreist
behaupten, daß mir niemals ein junger Baum abge=
schnitten, eine Umzäunung eingerissen oder sonst Scha=
den zugefügt worden ist, weil ich freien Durchgang
gestatte. — Allerdings habe ich mir dicht um das
Haus ein paar Gänge für die Damen vorbehalten,
aber alles Uebrige mag Jedermann in jeder Richtung
ungehindert durchstreifen. Vielleicht hat solcher Spa=

ziergang schon in manchem Herzen einen schönen oder
poetischen Gedanken erweckt, wie ja einst Burns auch
sich bei seinen Streifereien im Walde zu seinen Gedichten begeisterte.

Er erzählte uns darauf, wie er die Besitzung allmählich in kleinen Stücken zusammengekauft, und daß
er jetzt etwa sieben Monat im Jahr hier und fünf
Monat in Edinburgh wohne, daß er aber hoffe, eine
Eisenbahn werde ihn noch in Stand setzen, stets in
Abbotsford zu wohnen und während der Amtszeit
täglich zur Stadt zu fahren.

Seine Beliebtheit bei den Nachbarn ist so groß,
daß namentlich die jenseit des Tweed wohnenden vielfach ihre Anlagen mit Rücksicht darauf einrichteten,
daß sie von Abbotsford aus gesehen einen hübschen
Anblick gewährten. „Es ist keineswegs mein Wunsch,“
sagte er, „mit allen meinen Nachbarn auf einem inti-
men Fuß zu leben, was gar nicht durchzuführen wäre,
denn einige sind gut, andere weniger gut. Aber in
Frieden und Freundschaft mit Allen zu leben ist gar
nicht schwer und höchst angenehm.“ —

Fortwährend leistet er und empfängt die guten
Dienste von Jedermann, und der Einfluß, den er auf
alle Klassen der Gesellschaft übt, von den Vornehmsten
bis zu den Geringsten, ist unberechenbar, und sein Verkehr mit ihnen von der größten Ausdehnung. —
Wenn er morgens beim Frühstück einen Brief vom

Herzoge von Wellington erhalten hat, der ihm ein
spanisches, bei Vittoria erbeutetes Manuscript übersen-
dete, so gevattert er zu Mittag mit einer Frau Pachte-
rin, oder er beschneidet Bäume mit seinem treuen
Tom Purdie und beim Mittagsmahl erheitert er mit
hundert und hundert Geschichten die Gesellschaft, die
sich an seiner vortrefflichen Küche erquickt, und redet
von Eisenbahnen und Schafzucht, und des Abends
läßt er die junge Gesellschaft tanzen, oder liest ein schönes Gedicht oder eine alte Ballade vor, oder erzählt
von den Ritterzeiten und lenkt auf das alltägliche
Leben ein, mit ungezwungenster Wendung, eine gute
Lehre in Form einer Anekdote anbringend. — Was er
aber auch sagt oder thut, Alles ist so einfach,
anspruchslos und natürlich, wie es vielleicht niemals
bei einem Manne gesehen worden ist, der von der ganzen gebildeten Welt für einen der größten Geister
erklärt wird, die je zur Erheiterung und Besserung
von Millionen und Millionen gewirkt haben. — Man
darf wohl glauben, daß nach der Art und Weise, wie
er sein Tagewerk vollbringt, der Schlummer eines solchen Mannes ein friedlicher sein muß, und daß Reue
und Gewissensbisse ihm stets unbekannt bleiben. —
Seine Weltberühmtheit, sein Reichthum und die Liebe
seiner zahlreichen Freunde müssen dreifachen Werth
für ihn haben, weil er alle diese Güter allein seinen

wahren, edlen und nie verleugneten reinen und natür=
lichen Eigenschaften verdankt.

Wunderbar ergreifend war der Gegensatz, als
Walter Scott uns heut viel von Lord Byron erzählte,
der bei gleich hoher, ja in vieler Beziehung noch höhe=
rer Begabung durch den Mangel fester sittlicher
Grundsätze so unglücklich geworden ist. — Scott hält
seinen edlen Nebenbuhler sehr hoch und sagt, daß sein
Hauptunglück daraus entsprungen sei, daß man ihn
von jeher verkannt habe.

Später kam die Rede auf die Erfindungen, eine
kräftige Kost für arme Leute zu bereiten, und auf die
neu erfundenen Recepte zu Armensuppen. Scott
sagte: Ich hasse solche Einmischung in das häusliche
Treiben der Armen, und alle diese wohlgemeinten
impertinenten Besuche bei armen Leuten, um sie zu
unterstützen, sind mir ganz und gar zuwider. Auch
nehmen die Armen dergleichen als Beleidigungen auf,
und mit Recht, denn es kommt nichts Gutes dabei
heraus. Laßt doch in Gottes Namen die Leute ihren
eigenen Weg gehen! — Wie würde es uns gefallen,
wenn ein Graf oder Herzog zu uns käme und uns
belehren wollte, wie wir unser Frühstück nach Pariser
Mode einrichten müßten! Laßt doch, ich bitte Euch,
die Armen bei ihren häuslichen Einrichtungen in Frie=
den. Beschützt sie und seid gütig gegen sie, und vor

allen Dingen, habt Vertrauen zu ihnen, aber laßt sie
ihr Gericht Grütze oder Kartoffeln in Ruhe genießen
und quält sie nicht mit Euren neumodischen Suppen.
Und besonders, fügte er mit Nachdruck hinzu, gebt
ihnen nie Etwas umsonst, außer, wenn sie in der drin=
gendsten Noth sind — was sie selbst nämlich Noth
nennen, und vergeßt nicht, daß es sündhaft ist, sie um
das Gefühl der Unabhängigkeit und Selbstständigkeit
zu bringen. — Ich für meinen Theil schenke selten
irgend Etwas weg. Dieser Haufen Reisig z. B., der
diesen Morgen aus dem Walde gekommen ist, steht
hier zum Verkauf für die Armen als Brennholz, und
ich weiß genau, daß sie mir weit dankbarer dafür sind,
es für den von mir gesetzten niedrigen Preis zu erhal=
ten, als wenn ich ihnen zehnmal soviel umsonst gäbe.
— Jeder Schilling, den ich auf diese und ähnliche
Art einnehme, wird zu einem Fonds gesammelt, um
Arzt und Krankenpfleger für sie zu bezahlen, wenn sie
arbeitsunfähig darniederliegen, — und das sind meine
Begriffe von Wohlthätigkeit.

Uebrigens würde man sich eine falsche Vorstellung
von dem Charakter dieses wahrhaft großen Mannes
machen, wenn man sich einbildete, daß er aus lauter
Sanftmuth und Nachsicht zusammengesetzt sei. Wo
es die Gelegenheit erfordert, kann er so streng und hef=
tig sein, wie es nöthig ist. Heut z. B., als einer
abscheulichen Geschichte erwähnt wurde, wo ein Vater

sich dazu hergegeben hatte, seine eigene Tochter in Schande zu bringen, rief er mit der größten Leidenschaft aus: Ich weiß nicht, was ich darum gäbe, wenn ich diesem höllischen Spitzbuben einen gehörigen Tritt versetzen könnte. Er sollte es fühlen, sagte er, indem er seinen Stuhl vom Tische zurückschob, ich wollte es ihm so verabreichen, daß der Schuft zum Fenster hinaus in den Tweed stürzte. Nur, fügte er lächelnd über seinen Zornausbruch hinzu, indem er sich wieder heranrückte, nur wäre dieser Tod zu ehrenvoll für so einen Kerl, und es wäre eine traurige Verunreinigung für unseren lieben Tweed, wenn eine solche moralische Mißgeburt darin ersaufen sollte.

Auf welchem Fuße er mit den höchsten Gewalten im Lande stand, davon giebt folgender Vorfall mit dem Marineministerium Zeugniß. Einige Herren in Leith, die unter sich eine Segelgesellschaft gebildet hatten, nannten das schönste Schiff, welches sie vom Stapel ließen, zu Ehren ihres großen Landsmannes „den Walter Scott." Als Erwiederung für diese Artigkeit machte der Dichter dem Capitain des Schiffs ein Geschenk mit einer schönen Flagge, die dann mit großem Gepränge sofort aufgehißt wurde. Nun ist aber allen nicht königlichen Schiffen auf's Strengste untersagt, andere als rothe Flaggen zu führen; und als daher das neu beflaggte Fahrzeug einem der Kreuzer seiner Majestät begegnete, erhielt er Ordre, die blaue Flagge alsbald einzuziehen. Diesem demüthigenden Befehl weigerte sich der Capitain zu gehorchen, in der Meinung, daß er der Fregatte entwischen könnte, und machte sich mit seiner Flagge eiligst davon. — Das Kriegsschiff aber verstand keinen Spaß und gab dies deutlich zu erkennen, indem es eine Kanonenkugel in den Vordermast des ungehorsamen Fahrzeuges sandte. — Die blaue Flagge stürzte herab, wurde confiscirt und den Lords der Admiralität eingesandt, wie dies in solchen Fällen vorgeschrieben ist.

Ihre Herrlichkeiten, in guter Laune und zugleich in der Absicht, ihre Amtsgewalt zu gebrauchen, um dem Dichtergenie eine Huldigung darzubringen, sandten die Flagge nach Abbotsford, mit einem sehr förmlich abgefaßten amtlichen Schreiben, in welchem der Vorfall erzählt, und Sir Walter Scott gebeten wurde, er möge seiner Flotte künftig Ordre geben, nicht mehr solche Flaggen zu führen, die ausschließlich für die Schiffe Sr. Majestät vorbehalten wären. — Scott ließ ein Thürmchen eigends erbauen, auf welchem nun an besonders festlichen Tagen diese Flagge weht.

Wie er auf solche Weise mit Groß und Gering im besten Einvernehmen lebte, so giebt es ganz besonders nichts Entzückenderes, als sein Verhältniß zur eigenen Familie. Von Allen wird er mit der größten Ungezwungenheit und Natürlichkeit und mit unbegrenztem Vertrauen behandelt. Selbst die jüngsten von seinen

Neffen und Nichten scherzen auf's Freieste mit ihm, und seine Gegenwart macht sie nicht im Mindesten befangen. Kommt er zufällig in's Zimmer, so erhöht das nur ihre Lustigkeit, und er mischt sich entweder in ihre Spiele, oder geht ganz unbeachtet weiter. Sie betrachten ihn ganz wie ihres Gleichen. — Das ist der beste Beweis dafür, daß seine Liebenswürdigkeit rein aus dem Herzen kommt und nichts Gemachtes an sich hat.

Er läßt Jeden durchaus neben sich gelten, und ich kenne Niemanden, der mit mehr Lust und Theilnahme auf die Erzählungen Anderer einginge und es weniger darauf anlegte, selbst immer das Wort zu führen. Es ist wahr, daß kein Gegenstand zur Sprache kommt, der nicht eine Anzahl köstlicher dahin passender Geschichten aus ihm hervorlockt, und wenn irgend Jemand eine noch so interessante Anekdote erzählt, so hat das nur die Wirkung, daß er selbst noch eine oder vielmehr noch ein Dutzend viel interessantere vorträgt, wobei übrigens Nichts weniger, als die Absicht vorhanden ist, den auszustechen, der zuletzt gesprochen hat. — Er redet eben, weil er es nicht lassen kann, und gar oft nimmt er das Wort, um einen Anderen, der mit seinem Beitrag zur Unterhaltung nicht sehr glücklich gewesen ist, aus der Verlegenheit zu ziehen. Er bringt dann durch eine leichte Wendung irgend einen anderen Gesprächsgegenstand auf's Tapet.

So fragte er bei einer solchen Gelegenheit, ob ich Jagdliebhaber sei? Und als ich dies verneinte, sagte er: Ich gehe jetzt auch nicht mehr auf die Jagd, obgleich ich früher ein ganz guter Schütze war, aber in gewisser Art befand ich mich nie ganz wohl bei diesem Vergnügen. Es war mir stets ganz unheimlich zu Muthe, wenn ich so einen armen Vogel getroffen hatte, der dann sein sterbendes Auge auf mich richtete, wenn ich ihn aufhob, als wollte er mir seinen Mord vorwerfen. — Ich will mich nicht sanftmüthiger darstellen, wie andere Leute sind, aber keine Gewohnheit konnte dies Gefühl der ausgeübten Grausamkeit bei mir vertilgen. — Jetzt, da ich meiner Neigung folgen kann, ohne Furcht, mich lächerlich zu machen, sage ich es frei heraus, daß es mir viel größere Freude macht, die Vögel lustig in freier Luft über mir herumfliegen zu sehen. — Dies Gefühl ist indessen bei mir keineswegs so stark, daß ich deßhalb z. B. meinen Sohn verhindern sollte, ein eifriger Waidmann zu sein. — Auf schlimmere Weise ist mein Freund Sands von der Jagdleidenschaft curirt worden. Er war schon nicht mehr ganz jung, als es ihm einfiel, ein Schütze zu werden. Eines Tages machte er sich auf und knallte den ganzen Morgen in die Luft, ohne Etwas zu treffen; zuletzt, schon ganz nahe beim Hause, glückte es ihm endlich, einen Vogel zu schießen, er rannte hin, um seinen Fasan aufzuheben, den er getroffen zu haben glaubte, aber zu seinem Entsetzen fand er, daß es der Lieblingspapagei einer der jungen Damen war. — Das arme Thier schlug mit seinen bunten, jetzt mit Blut befleckten Flügeln und rief immerfort in Todes= angst: Hübsche Polly, hübsche Polly! und verschied alsbald zu den Füßen des unglücklichen Jägers. Die= ser aber war so voll Reue und Scham, daß er schwur, dieser Jagdversuch, der sein erster gewesen, solle auch sein letzter sein. — Auf der Stelle brach er sein Gewehr in Stücke, und kein Mensch hat ihn jemals wieder einen Schuß abfeuern gehört.

Der Papagei brachte uns auf Raben zu sprechen, und er erzählte uns mit unendlichem Humor eine Geschichte von einem zahmen Vogel dieser Gattung, dessen beständiges Vergnügen es war, Unfug anzurich= ten und Thiere und Menschen zu ärgern. — Ein Fremder, sagte er, kam eines Tages mit einem sehr knurrigen Hunde, der die Gewohnheit hatte, nach allen lebenden Wesen zu schnappen, außer nach Menschen, und er war deßhalb der Schrecken und Abscheu seiner eigenen Brüder und der ganzen Sippschaft der Katzen, Schafe, des Federviehes u. s. w. — Maitre Corbeau schien den Charakter des fremden Hundes sogleich zu durchschauen und faßte vom ersten Augenblick an den Entschluß, dem schlimmen Gaste einen Streich zu spie= len. Ich beobachtete ihn während der ganzen Zeit und sah genau, daß er etwas Schlimmes im Sinne

hatte. — Zuerst hüpfte er freundlich an Cato heran,
als wollte er sagen: Wie befinden Sie sich? — Cato
schnappte und brummte wie ein Bär. Der Rabe flat=
terte rückwärts und sagte: Gott stehe uns bei, was ist
denn das? Es fiel mir gar nicht ein, Sie zu beleidi=
gen, mein werther Herr, ich habe Sie kaum bemerkt,
ich suchte nur einen Wurm. — Allmählich sann er auf
eine nochmalige Annäherung; als aber Cato wieder
brummte, zog er ab mit einer Miene, als wollte er
sagen: Was der Teufel ist denn los mit Ihnen? Ich
will gar Nichts mit Ihnen zu thun haben, lassen Sie
mich in Frieden.

Allmählich beruhigte sich der Argwohn des Hun=
des, und er legte sich ganz gemüthlich auf einen sonni=
gen Rasenfleck zum Schlafen nieder. Mein Rabe
hatte blos auf diesen Moment gewartet, dann hopste
und hopste er ganz leise an ihn heran, sprang auf
Cato's Rücken, schlug ihm heftig mit beiden Flügeln
um die Augen, gab ihm ein paar gehörige Bisse
mit dem Schnabel und flog eiligst auf einen Vor=
sprung über dem Thorweg und lachte und jauchzte vor
Freuden über des Hundes ohnmächtige Wuth — ein
Mensch hätte nicht natürlicher lachen können — und
kein lebendiger Mensch hätte sich über einen gelun=
genen Schabernack mehr ergötzen können, als unser
Freund, der Rabe.

Der Aufenthalt Capitain Hall's in Abbotsford

ging mit dem 10. Januar 1825 zu Ende, weil an die=
sem Tage Scott seiner Amtsgeschäfte wegen nach
Edinburgh übersiedeln mußte. Sir Walter verließ
den Landaufenthalt, sagt Hall, mit eben so trauriger
Miene, wie ein Schulknabe, der nach dem Ende der
Ferien in seine Pensionsanstalt zurückkehrt. — Er
kann indessen sein einträgliches Amt noch nicht aufge=
ben, weil er trotz seiner sehr großen Einnahmen doch
noch nicht soviel gespart haben kann, um ganz unab=
hängig zu leben, denn die fortwährenden Landankäufe,
die Bauten in Abbotsford, und ebenso seine übergroße
Gastfreiheit, verschlingen seine Einnahmen fast ganz,
und so sind die 10,000 Thaler, die er als Clerk des
Gerichtshofes jährlich empfängt, ihm unentbehrlich.

Es ist für jeden Gast in des Dichters Hause ein
Räthsel, zu welcher Zeit er eigentlich die wunderbaren
Werke schreibt, durch welche er die Aufmerksamkeit der
ganzen Welt auf sich gezogen hat. — Lebt man mit
ihm und sieht, wie er immer als der Unbeschäftigste
von der ganzen Gesellschaft erscheint, so können die
Meisten sich gar nicht denken, wo er Zeit findet, seine
Bücher zu schreiben. — Auch meine Aufmerksamkeit
lenkte sich bald in diese Richtung, doch muß ich sagen,
es schien mir nicht so schwer, eine Erklärung zu fin=
den. Selbst hier auf dem Lande, wohin er doch in der
ausgesprochenen Absicht geht, sich zu erholen, sahen wir
ihn nie vor zehn Uhr Vormittags, und außerdem ver=

schwand er im Laufe des Tages noch manchmal auf eine Stunde.

Allerdings setzt uns die Menge seiner Schriften in Erstaunen, und wir müssen annehmen, daß die Mühe, die er darauf wendet, verhältnißmäßig eben so groß ist. Aber genauer besehen, ist die Masse des bloßen Niederschreibens gar nicht so überwältigend und wird erst erstaunlich, wenn man die Schönheit und den Werth seiner Arbeiten in Rechnung zieht.

Was dagegen das bloße Schreibwerk betrifft, so kann jeder Advokatenschreiber eine der Waverley=Novellen von vorn bis hinten in zehn, höchstens vierzehn Tagen abschreiben. — Nun ist es allgemein bekannt, und für mich wenigstens über allen Zweifel, daß Sir Walter seine Romane gerade so schnell erfindet, als er nur irgend schreiben kann, und daß die Gedanken ihm so überreichlich zufließen, daß ein Roman ihm einzig die Mühe des Niederschreibens kostet. — Er ändert Nichts für den Druck, und mit sehr kleinen Ausnahmen erschienen seine Werke alle gerade so, wie er sie auf den ersten Wurf zu Papiere bringt. — Auf diese Weise ist es begreiflich, wie die sämmtlichen Manuscripte zu den Waverley=Romanen entstehen konnten, ohne daß täglich länger als ein paar Stunden vor dem Frühstück daran gearbeitet wird. — Folgendes ist die Berechnung, die ich darüber angestellt habe.

Auf jeder Seite von Kenilworth sind ungefähr achthundertvierundsechszig Buchstaben. — Jede Seite dieses meines gegenwärtigen Tagebuches enthält ungefähr siebenhundertsiebenundsiebenzig Buchstaben. — Nun sehe ich, daß ich in zehn Tagen hundertundzwanzig Seiten geschrieben habe, was ungefähr hundertundacht Druckseiten von Kenilworth gleich kommt. Da der Band nun dreihundertundzwanzig Seiten hat, so würde dessen Niederschreibung in der Art, wie ich mein Tagebuch führe, ungefähr neunundzwanzig und einen halben Tag auf den Band ausmachen; d. h. drei Monate für das ganze Werk.

In Abbotsford merkte kein Mensch Etwas davon, daß ich dies Tagebuch schrieb. Ich war den ganzen Tag über bis Abends spät in der Gesellschaft, anscheinend der Müßigste von Allen, und blieb allein auf meinem Zimmer gewiß kaum den vierten Theil so lange, als der große Unbekannte. — Zum Frühstück war ich stets unter den Ersten bereit und kam häufig dreiviertel Stunden vor dem Verfasser des Waverley, kurz ich würde einen oberflächlichen Beobachter in große Verlegenheit gebracht haben, wenn er hätte die Zeit angeben sollen, wo ich mein Tagebuch schrieb, und doch habe ich es Tag für Tag pflichttreulichst niedergeschrieben. — Ich sage nicht, daß es mir große Mühe gemacht hätte, aber ich glaube sicherlich, daß der Unbekannte seine Romane mit noch geringerer Mühe

abfaßt. — Nun muß man bedenken, daß 40,000 Tha=
ler für solchen Roman auch kein geringer Sporn ist,
der mir abging. Hätte ich aber so glänzenden Gewinn
in Aussicht, und vorzüglich, wüßte ich, daß meine
Schriften zwei Drittel des Erdballs in Entzücken
setzen, während ich dieses Tagebuch blos für meine
Familie schrieb, so hätte ich wahrlich mit leichter
Mühe zehnmal soviel schreiben können, ohne daß
Jemand hätte ahnen sollen, daß ich überhaupt eine
Feder angesetzt habe.

In Edinburgh zweifelt überhaupt kein Mensch
länger an Scott's Autorschaft, wenn schon in entfern=
teren Kreisen noch solche Zweifel obwalten mögen.
Scott's Benehmen selbst bestätigt ihn als Verfasser,
denn wie wäre es sonst zu erklären, daß ein Mann von
seiner Aufrichtigkeit und seinem lebhaften Interesse für
alle literarischen Erscheinungen diese Werke niemals
mit einer Sylbe erwähnt oder gar lobt? — Steht es
also fest, daß er der Verfasser ist, so bleibt die Frage,
weßhalb dies Geheimthuen? Das ist bald beantwor=
tet. Es erspart ihm die ganze Fluth von Schmeiche=
leien und Unruhe, die ihm so sehr zuwider ist. — Ich
weiß aus sicherer Quelle, daß er sogar niemals die
Kritiken seiner Schriften liest. Lob, sagt er, macht
mir kein Vergnügen, aber Tadel ärgert mich. — Er ist
vollkommen zufriedengestellt durch die Begierde, mit
der seine Werke gelesen werden, und der immersteigende

Verkauf derselben ist ihm die sicherste Bürgschaft für den Beifall, den sie finden, und er erkennt es als einen großen Segen, daß er nicht nöthig hat, fortwäh= rend Complimente zu beantworten. — Gescheute und dumme Leute würden ihn gleichmäßig mit ihrem Lobe und mit den Ausdrücken ihres Entzückens zu Tode quälen. So aber genießt er ganz eben so großen Ruhm, als wenn sein Name auf dem Titelblatt stände, und vielleicht noch größeren; er hat den gan= zen Gewinn von seiner Thätigkeit und entgeht allen Unannehmlichkeiten. — Sollte auch eine buchhändle= rische Rücksicht dabei mit unterlaufen, so wäre dies in keiner Art zu verdammen; man redet mehr von diesen Werken und kauft sie auch vielleicht mehr, als wenn die Autorschaft eingestanden wäre, — aber der Haupt= grund seines Stillschweigens ist sicherlich der Wunsch, in Ruhe gelassen zu werden, der ihm auf diese Weise erfüllt wird, ohne daß dadurch weder sein Ruhm, noch seine Einkünfte Abbruch leiden. —

Als Schluß dieser Bemerkungen, sagt Capitain Hall, will ich noch Folgendes hinzufügen: Sir Walter Scott erscheint als Mensch ganz so groß wie als Schrift= steller, denn der Beifall der gesammten gebildeten Welt hat ihn in Nichts verdorben. Er ist heut noch eben so einfach in seinem ganzen Wesen, eben so bescheiden, frei von Anmaßung, eben so freundlich und rücksichtsvoll gegen Jedermann, wie er es zu der Zeit war, als die

Welt noch keine Ahnung von seinen unerschöpflichen
Geistesgaben hatte. Und doch, wenn irgend Jemand
ein Recht hätte, stolz zu sein auf seine allseitig anerkannte
Ueberlegenheit, so ist er es. Allein darin gerade zeigt
sich seine große Klugheit und Menschenkenntniß, daß er
gar wohl weiß, wie er in der wahren Hochachtung sei=
ner Freunde und aller Menschen überhaupt nur steigen
kann, wenn er zeigt, daß der Ruhm, der ihm von allen
Seiten entgegengebracht wird, ihn nicht schwindeln
macht, sondern er unter ihnen sich bewegt wie ihres=
gleichen! — Seine Natur ist so glücklich gemischt, daß,
je größer der Kreis von Menschen ist, mit dem er sich
umgiebt, und je näher ein Jeder von ihnen ihn kennen
lernen kann, auch die Bewunderung für die Gaben sei=
nes Geistes und Herzens nur immer höher steigen muß.
— Dies ist auch die Grundlage, auf der seine Volks=
beliebtheit ohne Gleichen beruht, aber er erwirbt sie
fern von jedem berechnenden Verfahren rein durch das
Ausströmen seiner bezaubernden Liebenswürdigkeit.

Unterstützt wird Walter Scott bei alle dem gar sehr
durch die ihm angeborene Abneigung gegen alles Aer=
gerliche und Verdrüßliche. Streitigkeiten, in denen er
unterliegen könnte, sind ihm nicht mehr zuwider, als
solche, in denen er obsiegend den Andern kränken müßte.
— Wie er auf diese Weise mit allen seinen Nachbarn,
wie wir sahen, in gutem Vernehmen lebt, so steht er

auch mit allen seinen literarischen Nebenbuhlern, Dichtern und Romanschreibern, in den freundschaftlichsten
Verhältnissen und Beziehungen. Von Eifersucht ist er
so weit entfernt, daß es seine größte Freude ist, jede
gute Leistung im Gebiet der Literatur möglichst zur
Geltung und Anerkennung zu bringen. — Der Haupt-
prüfstein des Charakters aber ist das alltägliche Leben
unter alltäglichen Menschen. Sein Haus war jahr-
aus jahrein mit Personen jedes Ranges angefüllt,
von den Vornehmsten bis zu den Geringsten, die überhaupt noch in Gesellschaft kommen. — Er ist gleich
liebenswürdig gegen Jeden, stets heiter und freundlich,
und macht, daß Jeder sich behaglich fühlt, und nie hat
es den Anschein, als wisse er, daß er auf besondere Auszeichnung für seine Person Anspruch habe. — So oft
auch und von so vielen Augen er auf's Schärfste beobachtet worden ist, nie hat irgend Jemand das kleinste
Zeichen von Eitelkeit oder Selbstüberhebung an ihm
wahrnehmen können. Ja, seine ältesten Freunde versichern, daß er in seinem Benehmen stets einfacher und
freundlicher geworden, je höher sein Ruhm und sein
Ansehen emporstieg, und daß in gleichem Maße die
Selbstverleugnung wuchs, mit der er stets seine eigene
Bequemlichkeit und Annehmlichkeit für das Wohlbe-
finden seiner Freunde opferte. — Wahrlich, so schließt
dies merkwürdige Tagebuch, wenn Sir Walter Scott

nicht in Wahrheit der glückliche Mann ist, der er zu
sein scheint, so verdient er es doch in reichstem Maße
zu sein. —

Zweites Kapitel.

Wir haben durch Mittheilung der Auszüge aus
dem Hall'schen Tagebuche schon bis zum Anfang des
Jahres 1825 vorgegriffen und können nun zu der Zeit,
wo unsere Erzählung unterbrochen wurde, nämlich zum
Ende des Jahres 1820, nicht passender zurückkehren,
als durch Mittheilung einiger Stellen aus Scott's
Briefen an seine Söhne. Diese Correspondenz wird
recht anschaulich darthun, wie Alles, was Capitain
Hall namentlich über das innige Verhältniß zwischen
den Gliedern der Familie des Dichters sagt, nur in
vollster Wahrheit begründet ist. —

An den jungen Charles schreibt der Vater unter
dem 19. Dezember 1820:

„Lieber Charles, wir müssen beinahe fürchten, daß
Du über der Ausbildung Deines Kopfes den Gebrauch der Finger verloren hast, oder so tief in die
griechische und lateinische Grammatik versunken bist,
daß Du die Kenntniß Deiner Muttersprache darüber
verlernt hast. Unsere Herzen von dieser schweren
Besorgniß zu befreien, schreibe so schnell Du kannst
über Alles und Jedes, was Dich betrifft, und halte

keine so genaue Abrechnung mit unsern Briefen, da doch die meinigen so sehr viel länger sind, als Deine Briefe.

„Ich hoffe, daß Du jetzt angestrengt in den classischen Bergwerken arbeitest, um vorerst das taube Gestein wegzuschaffen, damit Du desto rascher zu den wirklichen Goldadern kommst. — Nicht bringlich genug kann ich Dir immer und immer wiederholen, daß Arbeit die Aufgabe ist, welche Gott den Menschen in jedem Stande und in jeder Lage gesetzt hat, und daß Nichts Werth hat, was man mühelos erlangt, vom schwarzen Brot, welches der Bauer im Schweiße seines Angesichts erwirbt, bis zu den Freuden, durch die der reiche Mann seine lange Weile zu vertreiben sucht. — Der einzige Unterschied ist der, daß der Arme barnach strebt, für seinen Appetit sich Etwas zu essen zu schaffen, während der Reiche nach dem Appetit für seine Mahlzeiten jagt. — Auch Kenntnisse können ebensowenig in des Menschen Kopf ohne Anstrengung kommen, als eine Weizenernte gemacht werden kann, wenn man nicht vorher den Acker gepflügt hat. — Der Unterschied liegt hier so, daß des Landmanns Ernte ein Fremder sich zueignen kann, daß aber, was Einer mit Fleiß und Mühe lernt, sein unverlierbares Eigenthum bleibt. — Darum, lieber Junge, arbeite und nütze Deine Zeit. In der Jugend schreitet man leicht vorwärts, der Geist ist gefügig, und man sammelt bequem die Schätze des Wissens. — Vergeuden wir aber unsere Frühlingszeit, so wird unser Sommer nutzlos und verächtlich, unsere Ernte wird Spreu, und der Winter kalt und einsam. —

„Jetzt zur Weihnachtszeit denke ich recht oft an Deine vortreffliche Großmutter, die uns im vergange= nen Jahre um dieselbe Zeit entrissen wurde. Du, lieber Carl, vernachlässige ja nicht die Pflichten gegen Deine Eltern, so lange sie bei Dir sind, damit Du in späteren Tagen ohne Gewissensbisse an sie denken kannst.

„Wir sind Alle wohl, und viele Verwandte, auch Lockhart's, sind hier, und heut Abend Punkt 6 Uhr wollen wir auf Deine Gesundheit anstoßen. — Sobald diese Stunde schlägt, weißt Du also, was wir thun, wobei Du aber die Differenz der Uhren wegen der Abweichung der geographischen Lage in Rechnung ziehen mußt. —

„Nun habe ich aber genug an Dich geschrieben, zumal Du ein so eingefleischter Waliser geworden zu sein scheinst, daß Du Deine Schottischen Freunde und Verwandten ganz vergessen hast. — Mama und Anna grüßen. Walter kam und ging wie ein Schatten, nachdem er etwa zehn Tage hier gewesen war. — Es war ein ganz dramatischer Effekt, als die Thür zum Speisesaal geöffnet wurde, da wir uns gerade zu Tische setzen wollten, und der Diener anmeldet: Capitain

Scott[1]). — Wir wußten nicht, wer gemeint sei, als
Walter eintrat in Lebensgröße. Eine richtige zweite
Auflage von dem Irländischen Riesen. ꝛc. Ich bin,
mein lieber kleiner Bursche, stets Dein treuer Vater

W. S."

Der nächste Brief meldet dem Sohne, daß man
Walter Scott in Edinburgh die Ehre angethan habe,
ihn zum Präsidenten der königlichen Akademie zu wäh=
len, daß er angestanden habe, dieses Amt anzunehmen,
weil dasselbe bisher nur von Männern der Wissenschaft
bekleidet worden sei, daß aber seine Landsleute ihn
dadurch überredet hätten, daß sie darauf hinwiesen,
wie die Akademie auch eine Section für Literatur habe.
— Seine Präsidentschaft wurde auch zu allseitiger Zu=
friedenheit von ihm geführt; nicht nur, daß er für alle
Gegenstände, die eine praktische Seite hatten, sich leb=
haft interessirte und an den Discussionen Theil nahm,
sondern er trug namentlich dazu bei, die freundschaft=
lichen und geselligen Beziehungen der Mitglieder unter=
einander enger zu knüpfen und durch seine liebenswür=
dige Persönlichkeit zu beleben. —

Zu gleicher Zeit wurde er auch Mitglied des Celti=
schen Clubs, welcher den Zweck hatte, Unterricht und

---

[1] Der junge Walter war noch Fähnrich, und die Beför=
derung zum Capitain hatte der Diener wahrscheinlich aus
großem Respekt für den Sohn des Hauses selbst geschaffen. —

Erziehung in den Hochlanden zu verbreiten, dessen Mitglieder aber auch vorzüglich dahin strebten, alt= hochländische Sitten und Tracht aufrecht zu erhalten, weshalb sie denn stets bei ihren Versammlungen im echten Hochländerkostüm erschienen, Walter Scott natürlich so eifrig wie irgend ein Anderer.

Im Januar 1821 erschien Kenilworth und wurde mit so großem, ja vielleicht mit noch größerem Beifall aufgenommen, als einer seiner Vorgänger. — Der glänzende Hintergrund des Elisabethanischen Hof= lebens, auf welchem die tiefergreifende Tragödie der unglücklichen Amy Robsart sich abzeichnet, kann auch an poetischer Wirkung schwerlich irgend übertroffen werden. —

Unmittelbar darauf wurde eine Geschäftsreise von längerer Dauer nach London nothwendig, weil es sich um eine gesetzliche Maßregel handelte, die auf Scott's Amtsgeschäfte als Clerk des Gerichtshofes in Edin= burgh von großem Einfluß war. — Seine Collegen, deren Interesse dabei gleichzeitig auf dem Spiele stand, bevollmächtigten ihn zu den nöthigen Schritten. Er benutzte seine Anwesenheit in der Hauptstadt auch dazu, um bei dem Oberfeldherrn, dem Herzog von York, das Avancement seines Sohnes möglichst zu fördern, und erhielt deshalb die bündigsten Versprechungen. — Der junge Walter Scott machte damals gerade eine Urlaubsreise durch Deutschland, um die Sprache zu

lernen und zugleich von den dortigen militairiſchen Ein=
richtungen eine Anſchauung zu gewinnen. — In
Berlin, wo er wie überall, ſeines Vaters wegen, bei
Hofe und in den erſten und beſten Geſellſchaften Zutritt
erhielt, ereignete ſich die damals viel Aufſehen erre=
gende Geſchichte, daß er von einem Maskenball im
Opernhauſe entfernt werden mußte, weil er als Cha=
rakter = Anzug die echt hochländiſche Originaltracht
gewählt hatte, bei welcher bekanntlich ein Stück der
Garderobe fehlt, welches man auf dem Continent des
Anſtands wegen für unentbehrlich hält. — Große gei=
ſtige Fähigkeiten wurden übrigens an dem jungen
Fähnrich keinesweges wahrgenommen, und müſſen wir
einen Theil des Lobes, das der Vater ihm in ſeinem
Briefe an die Freunde ſo reichlich ſpendet, wohl auf
Rechnung der Vaterliebe ſchreiben. —

Frau Lockhart hatte inzwiſchen den Dichter zum
Großvater gemacht, und der kleine, anfangs ſehr
ſchwächliche John Hugh Lockhart iſt derſelbe Enkel,
dem ſpäter die köſtlichen unvergleichlichen Erzählungen
eines Großvaters aus der Schottiſchen Geſchichte
gewidmet wurden.

Als charakteriſtiſch ſei hier nur folgende Stelle aus
den Briefen erwähnt, die Scott von London aus nach
Hauſe ſchrieb. —

Nachdem er der Tochter zur Geburt des erſten
Kindes Glück gewünſcht und die herzlichſten Worte

4*

über das Mutterglück hinzugefügt hatte, dessen sie nun theilhaftig geworden, giebt er kurzen Bericht von den vielen geselligen Zerstreuungen, in die er natürlich auch diesmal wieder gezogen ward, und schreibt alsdann: „Hunde sind gar nicht in dem Wirthshause, wo ich wohne, aber eine leiblich umgängliche Katze, die eine Menge Sahne mit mir an jedem Morgen verzehrt." Und dem Sohne schreibt er am 17. März, kurz vor der Rückkehr nach Hause: „Deinen nächsten Brief kannst Du nach Abbotsford abbressiren, wohin ich mich von Herzen zurücksehne. — Ich bin der feinen Gesellschaft und der feinen Küche bei Herzogen und Herzoginnen herzlich satt, und ihrer Steinbutten und Kiebitzeier. — Das ist ganz gut für eine Weile, aber wenn es lange dauert, wird einem zu Muthe wie einem Pudel, der beständig auf den Hinterbeinen stehen muß." —

Dasselbe Gefühl drückt er in einem nach der Rück= kehr von Abbotsford datirten, an den Lord Viscount Sidmouth gerichteten Briefe folgendermaßen aus:

„Ich befinde mich jetzt in Umgebungen, die sehr verschieden von denen sind, unter welchen ich Ew. Herrlichkeit zuletzt zu sehen so glücklich war. — Ich reite auf meinem Pony durch die Sümpfe, statt in der Kalesche durch die Straßen zu rasseln, und statt Bur= gunder und Champagner trinke ich Branntweinpunsch mit meinen braven Nachbarn. — Ueber die Absichten und Maßregeln der Regierung erfahre ich übrigens hier mehr, als jüngst in London, wo ich doch von den 7 Tagen der Woche immer 5 mit den Ministern Seiner Majestät speiste. — Die Leute kommen von ihrem Enthusiasmus für die Königin allmählich zurück und sagen in ihrer eigenthümlichen Redeweise: „Hol' mich der Teufel, Sir Walter, der König ist doch nicht so ganz verdreht in dem Handel mit der Königin," was auf englisch heißt: Wir werden für unsern König auf Tod und Leben fechten! —

Die unglückseligen Händel zwischen Georg IV. und seiner Gemahlin hatten damals gerade das Land in zwei feindliche Lager gespalten, und da das Unrecht auf beiden Seiten ziemlich gleich sein mochte, so nahmen die unteren Klassen nach ihrem natürlichen Rechtsgefühl für die Dame, als die schwächere, Partei, während der Adel und die Gentry es mit dem Könige hielten. In Scott's Nachbarschaft siegte aber bald der daselbst vorwaltende aristokratische Sinn auch unter den Massen, und die Königin verlor die Zuneigung des Volkes, nachdem die Einzelheiten ihres empörenden Prozesses bekannt geworden waren.

Die hierdurch angeregten Gedanken und Empfindungen sind mit großer Kraft und Entschiedenheit in den folgenden Worten an seinen Sohn vom 21. April 1821 ausgedrückt: „Demokraten sind überhaupt und ein für alle Mal abgeschmackte Burschen. Aber ein demokratischer Soldat ist zehntausend Mal schlimmer als ein gewöhnlicher Verräther, — denn er vergißt seine kriegerische Ehre und ist dem Herren ungetreu, dessen Brot er ißt. — Wenn ein Ehrenmann so unglücklich ist, politische Ansichten zu haben, die mit dem Dienste, den er versieht, unverträglich sind, so muß er abdanken, oder er entehrt sich unwiederbring= lich. Es gehen in dieser Beziehung seltsame Gerüchte über das Betragen gewisser Officiere. Ein Gentle= man muß seine Würde selbst in seinen Ausschweifungen aufrecht zu erhalten wissen, sonst ist er nicht besser als ein Trunkenbold auf der Gasse. — Ich bin nicht ohne Unruhe über den Einfluß, den die Gesellschaft, in wel= cher Du lebst, auf Deine Sitten und Deine politischen Grundsätze ausübt. — Sei ehrlich und offen mit mir über dies Alles. Ich habe wohl einiges Recht, Auf= richtigkeit von Dir zu erwarten, weil ich Dich stets von meiner Seite mit der größten Offenheit behandelt habe. — Da ich soeben Deinen Brief erhalte, so muß ich Dir nur sagen, daß er einen ganz anderen Eindruck auf mich gemacht hat, als Du wahrscheinlich erwartest. Ein Mann, wenn er ein Glas zuviel getrunken hat, kann heftig und ausfallend werden, aber der Wein kann niemals aus einem Gentleman einen gemeinen Kerl machen oder bewirken, daß ein wahrhaft treu gesinnter Mann aufrührerische Reden führt. Der Wein entschleiert die Leidenschaft und läßt sie frei sich äußern, aber er erzeugt nicht Gewohnheiten und Mei=

nungen, die nicht bereits vorher im Herzen waren. —
Auch ist Unmäßigkeit gar keine Entschuldigung. Ich
denke, wenn ein Gemeiner Skandal macht und dem
Officier nicht gehorcht, wird es ihm wenig helfen,
wenn er die Schuld auf den Branntwein schiebt. Mir
sind solche Menschen oft vorgekommen, bei denen
schlechte Gewohnheiten zuletzt alle Unterscheidung zwi=
schen Gut und Böse verwischten, und junge Leute mit
den besten Aussichten und Fähigkeiten gingen schmach=
voll unter noch in der ersten Hälfte ihres Lebens. —
Du sagst, daß die Personen, die Du genannt hast, in
gute Gesellschaft kommen und wohl in derselben auf=
genommen sind. Nun, das ist mir lieb für diese Leute,
aber wenn sie sich nicht ändern, werden sie aus der
besten Gesellschaft sicherlich bald ausgestoßen werden.
Es mag immer noch ein großer Kreis übrig bleiben,
wo die Dame vom Hause, entweder um ihre Salons
zu füllen, oder um ihre Töchter zu verheirathen, jeden
jungen Mann in blanker Uniform einladet, ohne Rück=
sicht auf sein zügelloses Leben. Aber kann man solche
Zirkel auch nicht gerade schlechte Gesellschaft nennen,
so sind sie doch sehr weit davon entfernt, sehr gute
Gesellschaft zu sein, und gerade weil man dort so leicht
Zutritt findet, so können sich die Gäste es nicht zur
Ehre rechnen."

Noch manche andere gute Lehren folgen hier, und ich
wollte, daß der Raum es gestattete, recht viele Briefe

hierherzusehen, welche für junge Officiere namentlich
von größtem Nußen sein könnten, wenn sie sie beher=
zigen wollten. — Eine Stelle sei vergönnt noch ein=
zuschalten, in welcher der Vater seinem Sohne vor=
treffliche Winke darüber giebt, wie er sich gegen einen
anscheinend zu strengen Vorgesezten zu benehmen
habe: „Ich weiß, daß Dein Chef, Sir David Baird,
für einen strengen und unverträglichen Mann gilt, und
ich erinnere mich, als der Bericht darüber nach Europa
kam, daß Tippoo Saib's Gefangene, unter denen sich
Baird gleichfalls befand, zwei und zwei zusammen=
geschlossen worden seien, daß seine Mutter damals
sagte: Da thut mir der arme Mensch leid, der an
unseren David geschmiedet ist. — Aber sollte er auch
strenge und launenhaft gegen Dich gehandelt haben,
so mußt Du doch stets bedenken: 1) daß wer Soldat
wird, sich den Launen und der Strenge seiner Vorge=
sezten unterwerfen und sich damit trösten muß, daß er
auch einst zu befehlen haben wird, bis dahin aber kein
Mittel hat, als Geduld und Ergebung, und daß
2) da Du selbst einräumen mußt, nicht ganz ohne
Schuld zu sein, ich Dir bemerklich mache, daß Du
nicht gerade die beste Beobachtungsart wählst, wenn
Du das vergrößernde Ende des Telescops auf Sir
David's Fehler richtest und das verkleinernde auf
Deine eigenen. Die Wissenschaft, die Du dadurch

erlangſt, daß Du ſeine Fehler ſtudirſt, kann Dir doch
erſt dann von Nußen ſein, wenn Du einmal Oberſt=
Commandirender von Irland geworden biſt, wenn
Du aber Deine, des Herrn Fähnrich Scott's Fehler
ſtudirſt, ſo kannſt Du ſammt Deinen Kameraden als=
bald großen inneren Vortheil daraus ziehen.‟

Ueber dem älteren Sohne wurde auch der jüngere
keineswegs vergeſſen, und Scott giebt ihm trefflichen
Rath über ſeine Studien. „Es freut mich,‟ ſchreibt
er dem kleinen Charles am 9. Mai 1821, „aus Dei=
nem Briefe zu erſehen, daß Dir Tacitus ſo gefällt.
Sein Styl iſt etwas ſeltſam und räthſelhaft, was das
Leſen erſchwert, aber dafür ſind ſeine Schriften voll
von ſo ſchönen Ausſprüchen und Lehren politiſcher
Weißheit, daß man ſeine tiefe Kenntniß der menſch=
lichen Natur bewundern muß. — Für Jeden, der
darauf denkt, einen Beruf zu ergreifen, der ihn einſt
nöthigen könnte, öffentlich zu reden, giebt es keinen
alten oder neuen Schriftſteller, aus dem man paſſen=
dere Stellen für jede Gelegenheit und Veranlaſſung
anführen könnte. Du ſollteſt fleißig die Stellen, die
Dir am beſten gefallen, in recht gutes Engliſch über=
ſeßen; dadurch wirſt Du zugleich mit Deinem lateini=
ſchen Autor vertraut und erlangſt diejenige Beherr=
ſchung Deiner Mutterſprache, die man ohne frühzeitiges
Studium ſich nie zu eigen machen kann. — Ich breche

etwas plötzlich ab, da ich Bäume fällen muß, und der eigensinnige Tom schon wie ein Kalmuk mit der Axt in der Hand auf mich wartet."

Am 4. Juni desselben Jahres 1821 erhielt Scott ganz unerwartet die Nachricht von der plötzlichen Erkrankung John Ballantyne's, die ein baldiges schlimmes Ende befürchten ließ. — Scott eilte sogleich zu dem sterbenden Freunde nach Edinburgh in James Ballantyne's Haus, bei dem der kranke Bruder sich befand. — Der Abschied war äußerst ergreifend. Zwischen den heftigsten Erstickungsfällen sagte Ballantyne, er habe Scott in seinem Testamente 2000 Lstr. vermacht, zur Erweiterung der Bibliothek in Abbotsford, und der Gedanke an die Verschönerungen, die mit dieser Summe vorgenommen werden sollten, belebten den ehemaligen Antiquitätenhändler so sehr, daß er genau ausmalte, wie man Alles am schönsten einrichten könnte. — Allein bald sank er wieder zusammen, und schon nach einigen Tagen umstanden die Freunde sein Grab.

Scott war auf's Tiefste ergriffen, und die Gegend überschauend, auf die man von dem Kirchhofe die Aussicht hatte, sagte er: Mir ist, als würde für mich die Sonne niemals wieder so hell scheinen, wie bisher! Auf dem Heimwege erzählte er manchen hübschen Zug von dem Verstorbenen. — Derselbe hatte ein Mal einen armen kränklichen Theologen in sein Auctions=

lofal treten ſehen und ihn gefragt, ob er ſich unwohl
fühle. Da der junge Mann dies mit einem Seufzer
bejahte, ſo ſagte Ballantyne: Kommen Sie, ich habe
hier ein geheimnißvolles Recept, das wird Ihnen
Erleichternng ſchaffen, vorzüglich, wenn es auf einen
leeren Magen genommen wird; und zu gleicher Zeit
ſteckte er ihm eine Banknote von 5 oder 10 Pfund zu.

In einem Tagebuch, das er hinterließ, hatte John
Ballantyne einige ganz kurze Notizen über ſein Leben
niedergeſchrieben, die mit den Worten ſchließen: Wie
verändert bin ich! Meine ſtarke Geſundheit iſt erſchüt-
tert, meine Eltern ſind todt, und James, mein Bruder,
mir auch gerade jetzt entfremdet. — Das größte Glück
und die größte Ehre meines Lebens bleibt die Freund-
ſchaft und das Vertrauen des Größten aller Menſchen,
Walter Scott's!

Die Entfremdung der Brüder wurde übrigens
noch einige Zeit vor dem Ableben Johns vollſtändig
ausgeglichen. — Die 2000 Lſtr., welche er Walter
Scott vermachte, waren leider eine der vielen Selbſt-
täuſchungen, denen er ſich ſein ganzes Leben lang hingab. — Seine verwirrten Vermögensverhältniſſe
erwieſen ſich von der Art, daß er nicht nur vollſtändig
arm, ſondern noch tief verſchuldet verſtorben war.

Am 19. Juli 1821 fand die Krönung Georg's IV.
in London ſtatt. Walter Scott, für den ein Platz in
der Weſtminſterabtei reſervirt war, wohnte der Feſtlich-

keit als Zuschauer bei. Alles lief auf's Glänzendste
ab, mit Ausnahme der Störung, die dadurch herbei=
geführt wurde, daß die unglückliche Königin Caroline,
welche darauf bestand, an der Krönung Theil zu neh=
men, fast mit Gewalt zurückgewiesen werden mußte,
was zu ärgerlichen Auftritten Veranlassung gab. —
Scott schrieb schon am folgenden Tage einen ausführ=
lichen Bericht über die Ceremonie, der in einer Edin=
burgher Zeitschrift*) veröffentlicht wurde und in dem
Jahrgang von 1821 nachgelesen werden kann. — Der
Dichter hoffte bei dieser Anwesenheit in London Etwas
für seinen Collegen, den Naturdichter Hogg, dessen wir
als des Ettrick=Schäfers schon Erwähnung thaten,
erwirken zu können, und der Minister war freundlich
genug, auch für Hogg einen Platz reserviren zu lassen.
Dieser aber, der so eben eine kleine Pachtung angetre=
ten hatte, erklärte kurz vor dem Termin, nicht mitrei=
sen zu können, weil er am 19. Juli nothwendig einen
Viehmarkt besuchen müsse.

Unter den mannichfachen Ehren und Aufmerksam=
keiten, die dem Dichter auch diesmal in London erwie=
sen wurden, heben wir nur diejenige hervor, die ihm
nach seinem eigenen Geständnisse die liebste und
. schmeichelhafteste war.

Bei dem Herausgehen von dem Krönungsbanquet

---

*) Edinburgh Weekly Journal.

aus Westminster konnte er im Gedränge seinen
Wagen nicht erreichen. — Es war zwischen zwei und
drei Uhr in der Nacht, er mußte mit einem jungen
Manne, der sich an ihn angeschlossen hatte, zu Fuß
nach Hause gehen. In der Nähe des königlichen
Palais kamen sie dermaßen in's Gedränge, und sie
wurden von der Menschenmasse so sehr hin= und her=
gestoßen, daß der Begleiter des Dichters in ernste
Besorgnisse gerieth, es möchte demselben, besonders bei
dessen Lahmheit, ein Unfall zustoßen. — In der Mitte
des Platzes war ein Spalier von schottischen Garde=
dragonern gezogen, um einen Weg für den Hof und
das Gefolge desselben freizuhalten. Walter Scott
redete einen der Unterofficiere an und bat, in den offe=
nen Raum in der Mitte der Straße treten zu dürfen.
Der Mann antwortete kurz, er habe strenge Ordre, und
die Sache sei unmöglich. — Während Scott sich noch
bemühte, den Soldaten zu überreden, drängte ein
neuer Menschentrupp auf die Beiden ein, und der
Begleiter rief mit lauter Stimme: Sir Walter Scott,
nehmen Sie sich in Acht. — Kaum hörte der Drago=
ner diesen Namen, als er ausrief: Was! Sir Walter
Scott? Der geht überall frei durch. — Alsdann zu
seinen Kameraden sich wendend, sagte er: Macht Platz,
Leute, für Sir Walter Scott, unseren großen Lands=
mann! — Die Leute erwiederten: Sir Walter Scott?
Gott segne ihn. — Sofort nahmen sie ihn in die

Mitte, und er konnte frei und ungehindert seinen Weg fortsetzen.

Bei diesem Aufenthalte Scott's in London voll= endete auch Chantrey seine Marmorbüste des Dichters, der fünf Stunden zu diesem Behuf im Atelier des Bildhauers verweilte und ungenirt umherging, sprach, erzählte, sich wieder setzte, wobei Chantrey stets von Neuem eine Kleinigkeit ablauschte, welche seinem Kunstwerke zu noch größerer Vollendung helfen konnte.

Diese Büste gelang denn auch so vollkommen und wurde so allgemein beliebt, daß der König und einige Große sofort sich Wiederholungen in Marmor bestell= ten, und von den Gypsabgüssen, die für 25 Thaler das Stück verkauft wurden, allein fünfzehnhundert nach Amerika gingen. — Das Original verehrte Chan= trey dem Dichter selbst, um es als bleibendes Anden= ken für die Familie zu besitzen.

In denselben Tagen wurde auch mit dem Architek= ten Blore der Plan zum endlichen vollständigen Aus= bau von Abbotsford verabredet, wobei Scott's eigene Ideen nicht wenig zur Verschönerung des seltsam gestalteten Schlosses beitrugen. — Gleich nach der Rückkehr ging man an die Ausführung dieser Pläne, die denn demnächst auch vollständig in's Leben gerufen wurden.

Als es durch den Neubau nöthig wurde, das länd= liche Eingangsthor zu dem ursprünglichen kleinen

Hause einzureißen, welches Scott zuerst in Abbotsford vorgefunden hatte, und welches mit Schlingpflanzen und Rosen und Jasmin dicht bewachsen war, konnte er sich nicht entschließen, den Befehl zum Abbruch des= selben zu geben, so sehr es auch den Arbeitern im Wege war. — Wirklich mußte es stehen bleiben, bis der Winter die Umrankungen ihres Blätterschmuckes beraubt hatte; dann kam er eigens von Edinburgh herüber, um die Abbrechung zu überwachen und von den Umrankungen alle die Pflanzen zu retten, die man noch versetzen konnte. Diese wurden sorgfältig her= ausgenommen, und er pflanzte sie mit eigener Hand rings um ein ähnliches Eingangsthor, welches man zu diesem Zwecke vor die kleine Sommerwohnung der ältesten Tochter errichtet hatte.

Ueber das Leben der jungen Eheleute, wenn sie sich hier in Chiefswood ganz in der Nähe von Abbotsford befanden, berichtet Lockhart selbst in folgender Art:

Wir waren nahe genug bei Abbotsford, um, so oft es uns beliebte, an der glänzenden und stets wechseln= den Gesellschaft Theil zu nehmen, die dort Tag für Tag versammelt war, und doch konnten wir uns auch nach Belieben fern halten, um der geistigen Abspan= nung zu entgehen, welche dieser übergroße Verkehr bei allen Familiengliedern, mit Ausnahme Walter Scott's selbst, hervorbrachte. — In der That wurde aber auch ihm zuweilen der Lärm zu groß, den diese

stets offene Haushaltung im Gefolge hatte. — Wurde
es einmal gar zu arg, so schützte er ein nothwendiges,
in einem entfernten Theil der Besitzung zu vollbringen=
des Geschäft vor, bat die Gäste, ihn für einen Tag zu
beurlauben, und erschien dann oft, wenn wir noch
schliefen, früh morgens vor unserer Thür. — Der
Hufschlag seines Pferdes und das Bellen von Senf
und Pfeffer und sein eigener fröhlicher Ruf unter unse=
rem Fenster waren ein von uns allemal freudig
begrüßtes Zeichen, daß er den Tag bei uns in Ruhe
zubringen wollte. Kamen wir dann herunter, so fan=
den wir ihn umgeben von seinen Hunden, zu denen sich
die unserigen ebenfalls gesellten, unter einer gro=
ßen Esche sitzend, welche den Raum zwischen unserem
Hause und dem Bache beschattete, seine große Holzart
schleifend, und in eifriger Berathung mit Tom Purdie
über die Anpflanzungen, welche zunächst ausgeholzt
werden mußten. — Nach dem Frühstück zog er sich in
eines der oberen Zimmer zurück und schrieb ein Kapitel
an seinem Roman. — Die Handschrift wurde alsbald
eingepackt und versiegelt und an den Drucker geschickt,
und dann ging's in den Wald und an die Forstarbeit,
bis er sich entweder nach Abbotsford zu seinen Gästen
zurück begab, oder unsere Mahlzeit theilte.

Hatte er nur wenigen und besonders lieben Besuch,
so kam oft die ganze Gesellschaft des Abends zu uns
herüber, und nie war er liebenswürdiger, als wenn er

bei solcher Gelegenheit und half den Wirth machen.
Er war voll von Erfindungen, um kleinen Bedürfnis=
sen des Haushaltes abzuhelfen. — Besonderes Ver=
gnügen machte es ihm, morgens, ehe er ausging, den
Wein in einen Ziehbrunnen herabzulassen und den
Korb wieder heraufzuwinden, wenn gemeldet wurde,
daß gedeckt sei. Er erzählte dabei, wie er im Anfang
seines eigenen Hausstandes dies Verfahren stets beob=
achtet habe, und daß dasselbe praktischer und eben so
wirksam sei, wie ein Eiskühler. Ebenso mußten wir,
so oft das Wetter es erlaubte, im Freien speisen,
wodurch nicht allein die Ueberfüllung unserer kleinen
Zimmer vermieden wurde, sondern auch wenige Bedie=
nung ausreichte, indem bei dem ländlichen Charak=
ter, den das Mahl annahm, die Herren stets geneigt
waren, die Damen zu bedienen. — Einer der Gäste
verglich ein solches Mittagsmahl im Freien der
Schlußscene aus gewissen französischen Lustspielen,
wo Monsieur le Comte und Madame la Comtesse
erscheinen, um ein ländliches Brautpaar im Schatten
des Schloßgartens zu bewirthen. — Für unseren
Monsieur le Comte hatte es aber besonders den Reiz,
daß er bei solcher Gelegenheit sich die Scenen der
ersten Jahre seines bescheidenen häuslichen Glückes
recht lebhaft wieder vergegenwärtigte.

Wenn es irgend anging, brachte er wenigstens
einen Abend jeder Woche in unserem kleinen Häuschen

zu, und ebenso hielt er es mit Ferguson, an dessen
Tisch er mit derselben Ungezwungenheit wie bei uns
einen gelegentlichen Gast einführen durfte. Ueberhaupt wurde es als ganz gleichbedeutend betrachtet,
bei wem an einem hübschen Tage, wo Abbotsford
nicht gerade von Fremden überschwemmt war, die drei
Familien zusammen kommen sollten, die im Grunde
nur Eine bildeten, ob in Abbotsford, in Chiefsword
oder bei Ferguson's in Huntley Burn, und wo wir
auch beisammen waren, der würdige Inspector Laidlaw mußte jedes Mal von der Partie sein. — Es
war ein glücklicher Kreis! — Besonders lieb war es
dem Dichter, daß gerade in dieser Zeit sein geliebter
Jugendfreund William Erskine mit zwei Töchtern zu
ihm zum Besuch kam.

Erskine, aus einer der edelsten hochländischen Familien, war Sheriff der Orkney- und Shetlands-Inseln,
und Niemand als er konnte daher bessere Auskunft
geben über Lokalitäten und Sitten der dortigen
Gegenden, welche den Schauplatz zu dem wunder-
vollen Roman „der Pirat" bildeten, an welchem
Scott damals arbeitete. Erskine verfolgte die Fortschritte, welche die Arbeit unter seinen Augen machte,
mit dem lebendigsten Eifer. Scott pflegte beim Frühstück ihm das Manuscript vorzulegen, welches er in
der Frühe bereits niedergeschrieben, und während der
Dichter sich nachher wieder in sein Stubirzimmer

zurückzog, trug Erskine dies neueste Kapitel des Wer=
kes zu uns nach Chiefsword herüber, um unter dem
Schatten des Lieblingsbaumes meiner Frau und mir
die Handschrift vorzulesen, ehe sie versiegelt zu dem
Abschreiber nach Edinburgh wanderte. — Das Ent=
zücken und der Stolz, den der treue Freund bei dieser
Gelegenheit entfaltete, war unermeßlich. — Niemand
hat von Jugend auf mit so treuer inniger Hingebung
an Scott gehangen, als William Erskine. Er hatte
früher selbst schriftstellerische Arbeiten unternommen,
aber seine Bewunderung für Scott war so groß, daß
er es für einen Frevel hielt, sich seinem berühmten
Freunde als Autor an die Seite stellen zu wollen, und
er begnügte sich damit, seine Kenntnisse zu erweitern
und mit diesen und mit seiner freien Beurtheilungs=
gabe Scott in jeder Weise zu unterstützen.

Wir haben aus dem Jugendkreise, dem diese
Freunde angehörten, bereits ausführlicher der Gräfin
Purgstall, geborene Cranstoun, erwähnt, welche ihrem
Gatten nach Steiermark auf dessen große Güter
gefolgt war. — Diese liebenswürdige Frau hatte das
vielfachste Unglück in ihrer Familie erfahren. — Ihr
Gatte war schon vor mehreren Jahren gestorben und
hatte ihr einen einzigen Sohn hinterlassen, einen lie=
benswürdigen Jüngling, mit den schönsten Geistesga=
ben ausgestattet. Dieser Trost ihrer Augen, der letzte

Erbe eines erlauchten Stammes, folgte seinem Vater
in's Grab, kaum neunzehn Jahre alt. — Die Familie
Cranstoun suchte nun die Gräfin auf jede Weise zur
Rückkehr in ihr schottisches Heimathsland zu über=
reden, aber sie hatte an dem Todtenbette ihres Sohnes
gelobt, daß einst ihr Staub mit dem seinigen zusam=
men liegen solle, und so war sie einsam und verwaist in
Steiermark geblieben.

Der berühmte Joseph von Hammer hatte zur
Erinnerung an diese traurigen Begebenheiten eine
kleine Schrift als Denkmal der beiden letzten Grafen
von Purgstall verfaßt, und die Gräfin sendete diese
Schrift an Walter Scott durch ihren, in der Nähe von
Abbotsford begüterten, ältesten Bruder.

Scott's Antwortschreiben hierauf blieb unvollen=
det, weil ihm einige Verse, die er darunter setzen
wollte, nicht gelangen, und so ist das Fragment dieses
Briefes später unter seinen Papieren aufgefunden wor=
den. — Wir erwähnen desselben hier wegen einer
merkwürdigen Stelle, die er enthält, in Bezug auch
darauf, daß Scott sich von der eigentlichen Poesie ab=
und der prosaischen Form der Schreibart zugewendet
hatte. Nachdem er seine Theilnahme über das
Unglück der Freundin in der ergreifendsten Weise aus=
gesprochen, geht er auf seine eigenen Verhältnisse über
und sagt unter Anderem:

„Ich habe das Dichten schon lange aufgegeben.

Ich hatte auf dieser Laufbahn gesiegt und wollte nun nicht die Zeit erleben, wo ich hinter Anderen hätte weit zurückbleiben müssen. — Klugheit mahnte mich, vor Byron's mächtigerem Genie die Segel zu streichen. Wäre ich gierig und eifersüchtig auf Dichterruhm, was ich zum Glück nicht bin, so würde ich mich vielleicht mit ebenso viel Muth zum Zweikampf anschicken, wie Byron bei seinem Auftreten entfaltete, oder ich würde das Publikum in Staunen und Schrecken versetzen, indem ich in eigener Person die Rolle des sterbenden Fechters aufführte. Allein mit der Offenheit, die Sie seit zwanzig Jahren an mir kennen, gestehe ich lieber ein, daß ich mich nicht stark genug fühle, und daß das Bewußtsein von der Ueberlegenheit des Gegners mich vielmehr zurückschreckt, als daß zarte Rücksichten mich das Gefecht vermeiden lassen. — Jedes Ding hat seine Zeit! Und ohne gerade die Sache feierlich abzu= schwören, glaube ich doch, daß die Zeit der Verse für mich vorüber ist. Die fröhliche wilde Romantik der Jugend hat für uns Alle aufgehört; und das Alter, langweilig und unliebenswürdig, beugt auch den Stärksten von uns unter seine Herrschaft. Doch dessen können wir Jugendgenossen uns rühmen, daß wir Alle unseren Weg in Ehren zurückgelegt haben, und fast Alle mit Auszeichnung, und die einst so fröh= lich mit einander schmausten, sie machen jetzt Alle eine ganz hübsche Figur in der Welt, wie das wohl auch nicht anders sein konnte unter den Auspicien einer Dame, deren Liebenswürdigkeit diesen Kreis mit so sanfter Gewalt beisammen hielt."

Neben dem Piraten, der inzwischen rasch der Voll= endung entgegengeführt wurde, verfaßte Scott eine Menge kleiner kritischer Schriften und arbeitete an der Herausgabe alter vergessener Pamphlete, die zur Erläuterung der Geschichte von Wichtigkeit sind. — Daneben hatte er zu einer von Ballantyne veranstalte= ten großartigen Sammlung der englischen Roman= schreiber als Einleitung zu jedem der Werke die Lebensbeschreibung des betreffenden Schriftstellers ver= faßt. — Diese Biographieen sind wahre Meisterstücke von lebendiger Darstellung und tiefeingreifender richti= ger Beurtheilung. — Das große buchhändlerische Unternehmen mißglückte vollständig, weil es theils viel zu umfangreich angelegt war, theils auch die Ausstat= tung sehr mangelhaft und der Druck klein und schlecht war. — Die Biographieen aber, die später besonders gedruckt wurden, machten großes Glück und haben wiederholte Ausgaben erlebt. — Scott hatte für die= selben kein Honorar genommen, sondern den Ertrag Ballantyne zuwenden wollen, was aber demselben wegen Mißlingens des ganzen Beginnens nicht zu Gute kam. — Hätte er die 6000 Lstr. angenommen, die ihm ein anderer Buchhändler für diese Biogra= phieen bot, so hätte er seine Freunde mit dieser Summe

weit wirkſamer unterſtützen können. Allein dies war
einer der kleinſten kaufmänniſchen Irrthümer, deren
leider ſich Scott ſo viele und ſo große in ſeiner Verbin=
dung mit der verhängnißvollen Firma zu ſchulden
kommen ließ, deren verwickelte und übermäßig ausge=
dehnte Verlags= und Wechſel=Verbindungen er nie=
mals vollſtändig überſah und ſo über ſeine eigenen
Verpflichtungen, wie über die ſeiner Geſchäftsgenoſſen
in vollſtändiger Unwiſſenheit lebte. — Wie anders
hätte ſich Alles geſtaltet, wenn er ſich einfach damit
begnügt hätte, die ſo überreichen Honorare für ſeine
Werke zu nehmen, die ihm nicht nur die Mittel
gewährt hätten, neben allen ſeinen Liebhabereien auch
ſeinen Hang zu unbegrenzter Gaſtfreundſchaft zu
befriedigen, ſondern außerdem im Laufe von wenigen
Jahren ein Vermögen zu ſammeln, welches ſeiner
Familie mehr als vollſtändige Unabhängigkeit ge=
ſichert hätte.

Der neue große Roman, der jetzt in Angriff
genommen ward, Nigel's Schickſale, war das Reſultat
eines eigenthümlichen Verſuches, den Scott angeſtellt
hatte. Er wollte nämlich eine Reihe von Briefen im
Styl und Charakter der Zeit Jacob's I. ſchreiben, und
zwar mit ſo ſtrenger Beobachtung des Coſtüms, daß
man in Verſuchung gerathen ſollte, dieſe Correſpon=
denz für eine ächte zu halten. — Da Alles, was er
ſchrieb, ſofort in die Druckerei wanderte, ſo war auch

dies Manuscript alsbald gedruckt, allein als man bis
zu zweiundsiebenzig Seiten vorgeschritten war, erklärten
Lockhart, Ballantyne und Erskine einstimmig, daß das
Unternehmen ein verfehltes sei. Scott cassirte darauf
das bereits Geschriebene, von dem nicht viel erhalten
ist, und überraschte schon wenige Tage darauf die
Freunde durch die Mittheilung, daß er bereits wieder
den Kiel zu einem großen Schiffe gelegt habe, das
nächstens vom Stapel laufen sollte. — Er übergab
ihnen das erste Kapitel von Nigel's Schicksalen, und
alsbald erklärten die Versammelten, daß der Anfang
das Beste verspreche. Und wirklich ist ihm kaum ein
historisches Portrait so gelungen, wie das von Jacob I.,
und keiner seiner Romane enthält spannendere Verwik=
kelungen, als dieser. — Der Schauspieler Terry, der
ebenfalls gerade anwesend war, witterte sogleich neuen
Stoff für seine Dramatisirungskunst, und Scott ver=
sicherte ihn auch, daß der Roman sich sehr gut in ein
Theaterstück werde verwandeln lassen.

In Aussicht auf den Erfolg und den Gewinn aus
diesem neuen Roman verkaufte Scott seinen noch
übrigen Antheil an den vier vorhergehenden, nämlich
Ivanhoe, das Kloster, der Abt und Kenilworth, für
5000 Lst. an Constable, so daß er für diese 4 Romane,
die in Jahresfrist entstanden waren, 15,000 Lst. (über
100,000 Thlr.) erhielt. — Sie kamen nun unter dem

Titel „Historische Romane, von dem Verfasser von Waverley" gesammelt heraus.

Des Dichters eigener Eifer im Hervorbringen stets neuer Schöpfungen wurde noch weit überflügelt durch den Eifer, mit dem die Buchhändler ihn durch die glänzendsten Anerbietungen immer mehr anzuspornen strebten. So war Nigel kaum erschienen, als Constable mit Scott schon einen Vertrag abschloß, laut dessen sich derselbe verbindlich machte, 4 neue Romane im Laufe von 2 Jahren zu liefern. — Die sehr bedeutende Zahlung hierfür wurde durch Wechsel im Voraus geleistet und gewährte die Mittel zur Vollendung des Schlosses von Abbotsford in seiner ganzen Pracht und Herrlichkeit. — Sir Walter lieferte die versprochenen Romane auch in der bestimmten Frist. Es waren „Peveril von der Höhe," „Quentin Durward," „St. Ronans Brunnen" und „Redgauntlet," von denen die beiden mittelsten unstreitig unter seine größten Meisterwerke zu rechnen sind.

Das Ende des Jahres 1821 brachte Lord Byron's Cain mit einer Dedication an Walter Scott als Zeichen der fortdauernden Freundschaft zwischen den beiden größten englischen Dichtern ihrer Zeit.

Vergleichen wir die Freundschaft dieser Beiden und überhaupt die herzlichen Beziehungen, die Scott mit allen Dichtern und Schriftstellern neben sich aufrecht

erhielt, mit dem Verhältniß von Schiller und Göthe,
so tritt uns auch hier wieder der Unterschied des britti=
schen Nationalcharakters vor dem deutschen in seiner
ganzen Schärfe entgegen. — Den Engländern fiel es
niemals ein, auf die Werke des Andern einen Einfluß
üben zu wollen. Das Gefühl der Selbstständigkeit ist
bei ihnen so groß, daß sie nicht nur niemals den Andern
um Rath fragten, sondern es auch für höchst anmaßend
gehalten haben würden, solchen Rath zu ertheilen. —
Ein gemeinschaftliches Durchsprechen der Pläne und
der Ausführung würde ihnen beiderseits wie eine nicht
schickliche Einmischung gleichsam in das Innere des
Hauses oder der Familie vorgekommen sein, während
der Deutsche überall Rath und Hilfe haben will, und
die Eigenthümlichkeit der Nation, die nur im äußersten
Nothfalle selbstbestimmend und handelnd auftritt, auch
in den größten ihrer Repräsentanten sich wiederspiegelt.

Drittes Kapitel.

Nigel's Schicksale wurden am 30. Mai 1822 aus=
gegeben, und bereits um halb elf Uhr Vormittags
waren 7000 Exemplare verkauft. — Der Verleger
Constable war durch diesen Erfolg wie berauscht.
Auch hatte er durch den Verlag von Scott's Werken
ein Glück, wie selten ein Buchhändler in irgend einem

Lande gehabt hat. — Er kaufte, wie wir sahen, den größten Theil der Romane erst, nachdem dieselben schon mehrere Ausgaben erlebt hatten, und Scott glaubte selbst, daß der Absatz nicht mehr übermäßig groß sein würde, aber dessen ungeachtet hat er von diesen Werken in den wenigen Jahren bis 1822 im Ganzen bereits 145,000 Bände bei Ballentyne drucken lassen. — So dachte er denn darauf, in jeder Weise seinen Lieblingsschriftsteller zu immer neuen Arbeiten anzufeuern.

Eine solche Gelegenheit bot sich um die Zeit, von der wir reden, dar, indem Joanna Baillie zum Besten eines verunglückten Kaufmannes eine Sammlung von Gedichten veranstaltete und Scott zu einem Beitrage aufforderte. — Dieser erwiederte, daß er ganz aus der Gewohnheit gekommen sei, Verse zu machen, daß er aber aus einer ihm von seiner Kindheit her erinner= lichen Erzählung von einer Schlachtscene am Hallidon= hügel eine dramatische Scene zusammensetzen wolle. — An zwei Regentagen schrieb er dieselbe in den Morgenstunden nieder, doch wurde der Umfang zu groß für die von der Freundin beabsichtigte Samm= lung. — Constable hatte kaum Etwas davon vernom= men, daß ein solches Manuscript vorhanden sei, als er auch sofort 1000 Lst. für dasselbe bot und zahlte, was übrigens kein sonderliches Geschäft war, da das Ge= dicht nur mäßigen Anklang fand. — Zugleich gab er

einen Wink, daß es für Sir Walter ein Leichtes sein
werde, neben seinen Romanen alle 3 Monate ein sol=
ches kleines Gedicht vom Stapel zu lassen, was seine
Einkünfte um 4000 Lst. (28,000 Thlr.) jährlich erhöhen
würde. — Der Verleger suchte überdies auf jede Art
und Weise seine Dankbarkeit durch die That zu bewei=
sen, und wo er z. B. irgend ein seltenes alterthümliches
Möbel, ein Bild oder eine Holzschnitzerei auftreiben
konnte, wanderten diese Dinge als Zeichen der Ehr=
furcht und Verehrung nach Abbotsford.

Was mit dieser Liebhaberei für das Alterthümliche
in irgend welcher Beziehung stand, konnte sicher sein,
Walter Scott's Interesse in Anspruch zu nehmen. —
So hatte es ihn schon längst geschmerzt, daß die in
seiner Nachbarschaft belegenen kostbaren Ruinen der
Abtei Melrose ihrem Verfall immer mehr entgegen
gingen, und er hatte den Herzog von Buccleugh mehr=
fach angegangen, die nothwendigen Ausbesserungen
vornehmen zu lassen. Durch die Krankheit und den
vorzeitigen Tod des Herzogs war die Sache liegen
geblieben. Jetzt aber zeigte der junge Herzog im
Verein mit seinem Vormunde, Lord Montagu, sich
bereit, auf des Dichters Wünsche einzugehen, und sie
bevollmächtigten denselben, nach eigenem Ermessen
Alles anzuordnen, was er für die Erhaltung der
Ueberreste dieses prachtvollen Bauwerkes nöthig finden
würde. — Für Jeden, der von gleicher Liebhaberei für

die Erhaltung des Alterthümlichen beseelt ist, müssen
die Briefe, welche Scott über diesen Gegenstand an
Lord Montagu richtete, von großem Interesse sein, und
die Liebe und Sorgfalt, die er jeder Säule und jedem
Fenster widmet, die Umsicht, mit der er überlegt, wie
die Zweckmäßigkeit der Ausbesserung mit der möglich=
sten Kostenersparung Hand in Hand gehen könne, ist
wahrhaft rührend. Noch rührender aber ist der Zwei=
fel, den er ausspricht, ob er wohl noch im Stande sein
werde, in seinen vorgerückten Jahren und mit dem
lahmen Fuße auf die Gerüste zu klettern, was ihm
doch einst nur ein Spiel gewesen wäre. — Mit dem
Nothwendigen, sagt er, darf man nicht knausern, sonst
geht es uns am Ende wie meinem alten Freunde und
Verwandten Herrn Keith, der auf seinem Gute das
alte Erbbegräbniß des Lord=Marschalls von Schott=
land besaß, in seltsamem gothischem Styl gebaut. —
Er wollte es gern vor dem Einsturz bewahren, und
man sagte ihm, mit zehn Pfund wäre die Sache zu
machen. — Mein guter Freund wollte nur 5 geben.
— Man sagte ihm, das sei zu wenig. — Zwei Jahre
darauf bot er die 10 Lst. an, aber man meldete jetzt,
daß die Risse so überhand genommen hätten, daß nun
20 Lst. kaum ausreichen würden. Herr Keith blieb
unentschlossen, bis nach ein Paar Jahren endlich er
beschloß, die 20 Pfund daran zu wagen. — Wind und
Regen hatten aber auch inzwischen Zeit gehabt, die

Sache in Erwägung zu ziehen, und nun kam die Mel=
dung, daß es jetzt schon 50 Pfund koſten werde. —
Ein Jahr darauf faßte er endlich einen kräftigen Ent=
ſchluß und ſandte dem Baumeiſter eine Anweiſung auf
50 Pfund. — Der Brief kam aber umgehend mit der
angenehmen Nachricht zurück, daß das Erbbegräbniß
bereits vor acht Tagen vollſtändig eingeſtürzt ſei. —
Lord Montagu's ſchneller Entſchluß hat Melroſe vor
einem ähnlichen Schickſal bewahrt. —

Dieſer Sommer ſchien überhaupt dazu beſtimmt,
unſerem Dichter die reichſte Nahrung für ſeine Lieb=
lingsliebhabereien zu gewähren. — Georg IV. hatte
ſeine Abſicht zu erkennen gegeben, Schottland zu beſu=
chen, und ſogleich richteten ſich Aller Augen auf Walter
Scott, als den geeigneten Mann, um die Vorbereitun=
gen zu dem Empfange zu leiten und ſein Vaterland
würdig zu repräſentiren.

Kein Fürſt aus dem Hauſe Hannover hatte bis
dahin Schottlands Boden betreten, mit Ausnahme
des grauſamen Herzogs von Cumberland, der 1746
nach der Schlacht bei Culloden den jacobitiſchen Auf=
ſtand mit ſolcher Grauſamkeit niederwarf, daß ihm der
Beinamen Schlächter Cumberland ſeit der Zeit geblie=
ben iſt. — Mit dem Tode des letzten Prätendenten
war die bis dahin in Schottland noch ſehr ſtark her=
vortretenden Sympathie für das verbannte Königs=
haus erloſchen, und man konnte erwarten, daß die

Torys von jeder Schattirung dem Könige einen herz=
lichen Empfang bereiten würden. Allein wenn auch
das regierende Haus eigentlich keine Gegner mehr
hatte, so war doch Georg's des Vierten Person nichts
weniger als allgemein beliebt, und erst ganz neuerdings
hatte der Prozeß gegen die Königin die unteren Volks=
klassen auf's Tiefste erbittert. Da die Parteiorgane
der Presse dieser schlimmen Stimmung beständig neue
Nahrung gaben, so schien der Versuch des Königs, sich
in Schottland zu zeigen, immerhin ein gewagter.

Es ist gar nicht zu bestreiten, daß Scott während
seines wiederholten Aufenthaltes in London hauptsäch=
lich dahin gewirkt hat, diese Reise in's Leben treten zu
lassen, und daß seinem Einfluß das endliche Zustande=
kommen derselben wesentlich zugeschrieben werden muß.
— Ebenso gewiß aber ist es auch, daß das Gelingen
des Unternehmens und der enthusiastische Empfang
des Königs in seinem nördlichen Reiche ganz vorzüg=
lich auf Rechnung des unermüdlichen Eifers zu setzen
ist, welchen Scott mit Hilfe seines ganzen Einflusses
und seiner ungeheuren Popularität bei dieser Gelegen=
heit entfaltete, und ihm ist es hauptsächlich zu danken,
daß die Sache einen über alle Erwartung günstigen
Verlauf nahm.

Der von Scott persönlich ausgehende Plan zu der
Gesammtheit aller dieser Festlichkeiten trug einen
wesentlich hochländisch romantischen Charakter, und

es ift nicht zuviel gefagt, wenn damals die Anficht laut wurde, Scott habe einige Kapitel des Wawerley auf's Großartigfte in Scene gefeßt, wobei der König, damals fchon 60 Jahre alt, die Rolle des Prätendenten, und der große Unbekannte felbft die des Baron von Brab= wardine fpielte, der das Hofamt hatte, ad exuendas vel detrahendas caligas domini regis post batta= liam, d. h. dem Könige nach der Schlacht die Stiefel auszuziehen. — Aber diefe Rolle hatte er fich gleichfam als Schluß vorbehalten. Bis dahin waren die andern Rollen, die ihm zufielen, gar mannichfaltiger Art.

Das fchwerfte Gefchäft blieb jedenfalls die Aufgabe, das Ganze in Scene zu feßen, und hierbei hatte er Geduldsproben aller Art zu beftehen, die wohl jeden andern Menfchen zur Verzweiflung gebracht hätten. — Die Magifträte des ganzen Königreiches, denen das Ganze etwas vollftändig Neues war, beftürmten ihn um feinen Rath und feine Anweifungen vom Größten bis zum Kleinften. In welcher Weife diefer oder jener Aufzug anzuordnen fei, wie man diefen oder jenen Knopf müffe prägen, diefe und jene Uniform zufchnei= den und ficken laffen folle, Alles mußte er wiffen und mittheilen. Ganz befonders verwickelt aber waren die Rangftreitigkeiten unter den hochländifchen Häupt= lingen, bekanntlich die eingebildetfte und adelftolzefte Menfchenklaffe in der Welt, deren Prätenfionen noch weit anfpruchsvoller find, als die der fpanifchen Gran=

ben; — denn alle diese kleinen Grundherren halten sich
für eine Art unterbrückter Souveraine, von nicht min=
berem Glanz der Geburt, als die Bourbons oder min=
bestens die Montmorencys. — Scott war der einzige
Mensch, der noch einige Gewalt über diese Granden
besaß, weil sie in ihm den Verherrlicher ihres Landes
verehrten, der durch seine Schriften zuerst die Welt auf
die romantischen Schluchten und Thäler aufmerksam
gemacht hatte, wo sie zum Theil noch in ganz patriarcha=
lischer Weise hausten und herrschten. — Da Scott nun
überdies Mitglied des bereits erwähnten Celtischen
Clubs war, so gab ihm dies noch mehr Mittel, auf
diese Halbwilden einzuwirken, bei denen die Civilisa=
tion das ursprünglich heftige Naturell nie ganz zu
unterbrücken vermocht hat. — Sein Adjutant bei die=
ser Arbeit war General David Stuart von Garth, der
alle Feldzüge in Spanien und Egypten mitgemacht
hatte und mit den kriegerischen Gebräuchen seiner
Landsleute in hohem Grade vertraut war. — Beiden
gelang es zuletzt, die Häuptlinge für diesmal, jedoch
ohne Präjubiz für ihren wirklichen Rang und mit aus=
brücklichem Vorbehalte der Rechte für künftige Gelegen=
heit, zu einer gewissen Unterordnung zu bewegen. —

Diesen nothbürftig bewerkstelligten Frieden aufrecht
zu erhalten, war er unablässig bemüht. Nicht nur
bewirthete er die Magnaten täglich in seinem Hause,
sondern er dichtete auch eine Ode zu ihrem Lobe und

ihren Ehren, die mit großer Begeisterung aufgenom=
men wurde.

Wenn in dieser Ode die Geistlichen aufgefordert
werden, den Himmel um einen recht heiteren Tag für
die Landung des Königs anzuflehen, so haben sie dies
entweder nicht gethan, oder ihr Gebet ist wenigstens
nicht erhört worden, denn am 14. August, als die
Königliche Yacht und die sie begleitende kleine Flotte
an der schottischen Küste Anker warfen, war es so stür=
misch, daß der König bis zum 15. an Bord bleiben
mußte. — Scott konnte indessen seine Ungeduld nicht
so lange bezwingen. Mitten im strömenden Regen
bestieg er ein Boot und ließ sich an den Royal George
heranrudern, wo seine Ankunft alsbald dem Könige
gemeldet wurde. — Die Edinburgher Zeitung berichtet
über diesen Vorfall weiter in folgenden Worten: „Se.
Majestät riefen alsbald aus: Was? Sir Walter
Scott? Der Mann, den ich vor Allen in Schottland
am Meisten zu sehen wünschte! Laßt ihn herauf=
kommen. — Der berühmte Baronet bestieg dem=
gemäß das Schiff und wurde Sr. Majestät auf dem
Quarterdeck vorgestellt, wo er nach einer passenden
Anrede im Namen der Edinburgher Damen dem
Könige ein silbernes Andreaskreuz überreichte, welches
seine schönen Unterthaninnen für ihn hatten verfertigen
lassen. — Der König ertheilte mit sichtlichen Zei=
chen des Wohlgefallens eine sehr gnädige Antwort,

nahm in der gewinnendſten und herablaſſendſten Weiſe
das Kreuz in Empfang und verſprach, daſſelbe öffent=
lich zu tragen, als Zeichen ſeiner Dankbarkeit gegen die
Geberinnen.“ —

Der König ließ hierauf eine Flaſche Hochland=
Whisky bringen, trank in dieſer vaterländiſchen Flüſ=
ſigkeit die Geſundheit des Dichters und ließ dann
auch für dieſen ein Glas füllen. — Nachdem Sir
Walter daſſelbe geleert, bat er, der König möge die
Gnade haben, ihm das Glas zu verehren, aus dem er
Scott’s Geſundheit getrunken, und als dies gewährt
wurde, wickelte Scott das Glas ſorgfältig ein und
ſteckte es in die Taſche ſeines Rockes. — So kehrte er
in ſein Haus nach Edinburgh zurück. — Hier erwar=
tete ihn eine höchſt angenehme Ueberraſchung, denn er
fand den Dichter Crabbe in ſeinem Zimmer vor, den
er von London her perſönlich kannte. — Dieſen Be=
ſuch hatte Scott ſchon ſeit langer Zeit ſich vergebens
gewünſcht, und in ſeiner Freude machte er es möglich,
trotz aller Geſchäfte und Unruhe·den würdigen Bruder
in Apollo bei ſich einzuquartieren. — Noch naß von
dem Regen, wie er eingetreten war, ſchloß er den
Freund in ſeine Arme, zog denſelben alsdann anf einen
Stuhl und ſetzte ſich neben ihn — als er durch einen
Krach daran erinnert wurde, daß er das königliche
Geſchenk ganz vergeſſen habe. — Das Glas in ſeiner
Rocktaſche war in Scherben zerdrückt. — Sein Schrei

6*

und seine Geberden dabei ließen Lady Scott glauben, daß er sich auf eine Scheere oder etwas Aehnliches gesetzt habe, doch war er unverletzt, und der Ausruf hatte mehr dem Schmerz über das zertrümmerte Andenken gegolten.

Am folgenden Morgen früh 6 Uhr war Scott schon in vollständigem Hochländer=Costüm. — Die einzelnen Stämme dieses Völkchens unterscheiden sich bekanntlich durch die Farben ihrer Plaids oder durch die Aufeinanderfolge und Durchkreuzung der bunten Farben, welche das Muster dieser gewürfelten Zeuge bilden. — Scott wählte die Farben des Clans Camp=bell, desselben, zu dem der rothe Räuber gehörte, weil er mit diesem Clan durch eine seiner Urgroßmütter ver=wandt war. — Er musterte den Hochländischen Zug und beschenkte denselben mit einer Fahne, die er selbst überreichte und dabei eine von donnerndem Beifall gekrönte Anrede hielt.

Inzwischen hatten sich mehrere Mitglieder des Celtischen Clubs, von Scott zum Frühstück geladen, in vollem Hochlandscostüm in dessen Wohnung einge=funden. — Der ehrwürdige Crabbe war in seinem sau=bersten Priesteranzuge mit Hut und Schnallenschuhen ebenfalls dazugekommen, und da er diese seltsam geklei=deten Männer sich untereinander in celtischer Sprache unterreden hörte, die er für eine fremde Sprache hielt, von der er nicht wußte, wofür er sie erklären sollte, so

suchte er sich in gebrochenem Französisch verständlich zu
machen. — Die Hochländer, die ihn vielleicht für einen
fremden Abbé hielten, versuchten in noch viel schlechte=
rem Französisch die Complimente zu erwiedern, und
Scott hörte, als er in's Zimmer trat, mit Erstaunen
dieser seltsamen Conversation zu, die sich in allgemei=
nes Gelächter auflöste, als des Dichters Gruß von
Crabbe sowohl als den Hochländern in gutem Englisch
erwiedert wurde.

Die ganze Stadt Edinburgh war nach Scott's
Anleitung in eine Art von Hochländischem Lager ver=
wandelt worden, und der Anblick soll ein über alle
Beschreibung malerischer gewesen sein, obgleich für eine
ernste Begebenheit vielleicht etwas zu maskenhaft und
theatralisch.

Der König hatte in dem etwa anderthalb Meilen
von Edinburgh belegenen Schlosse des Herzogs von
Buccleugh Wohnung genommen und unterhielt hier
täglich eine zahlreiche Mittagsgesellschaft, bei welcher
Scott fast jedes Mal zugegen war, dem besonders die
große Auszeichnung wohl that, mit welcher Georg IV.
den jungen Herzog von Buccleugh behandelte.

Besonders ergreifend war auch der Gegensatz, den
der Anblick Edinburghs am nächsten Sonntag, als der
König zur Kirche fuhr, mit dem Tumult des Einzugs
bildete. — Die Schotten, nach ihrer strengen Sitte,
bewegten sich in lautlosen Zügen zu den Gotteshäusern,

und Crabbe bemerkt hierüber in seinen Notizen: die Sonntagsstille in Edinburgh ist an sich selbst schon so erhebend wie ein Gottesdienst. —

Bei allen diesen Anlässen wurde Scott, und das ist nicht zu viel gesagt, fast ebenso verehrt und angestaunt, wie der König. — Sir Robert Peel, der nachherige Premierminister, spricht sich in dieser Beziehung folgendermaßen aus: „Bei der Feierlichkeit zur Anwesenheit des Königs in Edinburgh hatte Scott den größten Einfluß. — Eines Tages, als der König nach Holywodhouse kommen sollte, veranlaßte mich der Dichter, mit ihm durch die Hauptstraße zu gehen, um zu sehen, ob auch alle Vorbereitungen gehörig getroffen seien. Ich machte ihn darauf aufmerksam, daß er nicht unerkannt durchkommen werde. Er sagte: O ja, die Leute sind jetzt ganz in dem Könige aufgegangen. — Aber ich hatte richtig prophezeit. Er wurde sogleich erkannt, und der ganze Weg wurde zu einem Triumphzuge für ihn. Nie habe ich eine solche Offenbarung der allgemeinsten Volksbeliebtheit gesehen.“

Bei dem ersten großen Lever erschien auch der König selbst in vollständiger Hochlandstracht, angethan mit dem Tartan in Stuart's Farben und in prachtvollem, nach strengster Landessitte gewähltem Costüm, bei dessen Anordnung der oben erwähnte General Steward von Garth die Aufsicht geführt hatte. — Des Königs stattliche Person nahm sich in

dieser malerischen Tracht vortrefflich aus, und, auf
seine Person sehr eitel, war Georg IV. von seiner eige=
nen Erscheinung nicht wenig befriedigt. Diese Selbst=
zufriedenheit sollte aber einen argen Stoß erleiden,
denn es dauerte nicht lange, so entdeckte der König
einen colossalen Hochländer, der ganz so wie er selbst
angezogen war und wie des Königs Doppelgänger
herumging, was einen höchst lächerlichen Effect
machte. — Diese Hochlandscomödie wurde übrigens
auf die Spitze getrieben, als die ganze Gesellschaft im
Theater erschien, wo das Stück Rob Roy aufgeführt
wurde, und die Hochländer auf den Brettern vor
denen in den Logen agirten, und zwar auf ausdrück=
lichen Wunsch des Königs.

Auch bei dem großen Festmahl, welches die Stadt
am 24. August dem Könige gab, war dem Dichter
eine hervorragende Rolle zugetheilt, indem er einer der
großen Tafeln präsidiren mußte, und es schmeichelte
ihm nicht wenig, daß seine Hochlandsideen so sehr von
dem Könige acceptirt wurden, daß derselbe den Toast
auf die Häuptlinge und Clans der Hochlande selbst
ausbrachte.

Scott selbst war durch die Ideen zu diesen Feier=
lichkeiten und durch die Verwirklichung derselben so in
Entzücken und Begeisterung versetzt, daß er sich selbst
für einen ächten Hochländer zu halten schien, worauf
er durch eine weitläufige Verwandtschaft mütterlicher

Seite einigen Anspruch hatte, — aber das Merkwür=
digste bei alle dem war der Tact und die, man kann
wohl sagen, staatsmännische Weisheit und diploma=
tische Kunst, mit welcher er die verschiedensten Inter=
essen und Ansprüche, die sich bei solchen Gelegenheiten
stets geltend machen, im Gleichgewicht zu halten ver=
stand. — Und dabei merkte man ihm nicht die gerigste
Anstrengung an. — Die ganze, von ihm haupsächlich
in Bewegung gesetzte Maschinerie bewegte sich so leicht
und geräuschlos, daß sich Alles wie von selbst zu
machen schien, und selten mag wohl ein Dichtergenie,
mit Ausnahme von Goethe allein, praktische Tüchtigkeit
und weltmännische Klugheit zugleich in solchem Maße
besessen haben. — Bei der Gelegenheit, von der wir
reden, waren aber auch alle Geisteskräfte und alle
Gaben seines Gemüths zu ihrem schönsten und höch=
sten Ausdruck gesteigert, weil es galt sein geliebtes
Vaterland zu ehren und in seinem vollen Glanze und
seiner ganzen Schönheit erscheinen zu lassen.

Es ist ein immerhin erwähnenswerther Umstand
und spricht für die ganz außergewöhnliche Stellung,
die Walter Scott durch seine Persönlichkeit und seinen
Ruhm in Schottland einnahm, daß er förmlich offi=
ciell als derjenige anerkannt wurde, der den Empfang
des Königs geleitet habe. — In dem von Sir Robert
Peel an den Dichter gerichteten Schreiben vom
28. August 1822 heißt es: Der König hat mir

befohlen, Ihnen zu sagen, daß er Schottland nicht Lebe=
wohl sagen kann, ohne Ihnen persönlich den wärmsten
Dank zu sagen für das lebhafte Interesse, welches Sie
für alle Einzelheiten und Arrangements bei Sr. Maje=
stät Besuch entfaltet, und für die Art, wie Sie so
wesentlich zu dem Gelingen des Ganzen beigetragen
haben. — Se. Majestät kennt sehr wohl die Schwie=
rigkeiten, die zu überwinden waren, und die Größe
Ihrer unermüdlichen Thätigkeit in dieser Richtung
und weiß, daß diese Erfolge hauptsächlich durch die hohe
Achtung ermöglicht wurden, in welcher Sie bei Ihren
Landsleuten stehen. Der König wünscht deßhalb
durch Ihre Vermittelung den hochländischen Häupt=
lingen seinen Dank abzustatten 2c. 2c.

Die Leistungen unseres Dichters in diesen bewegten
Tagen erscheinen aber nicht blos außergewöhnlich, son=
dern wahrhaft bewunderungswürdig, wenn man
erfährt, daß gerade damals sein Gemüth durch die
Theilnahme für einen unglücklichen Freund auf's
Allertiefste ergriffen war, so daß er einst zu Crabbe
sagte: Sie können auf mich jetzt Ihren schönen Vers
anwenden:

<blockquote>Im Tageslärm das Weh' der Nacht betäuben.</blockquote>

Der Freund seines Herzens, William Erskine, war
nämlich endlich so glücklich gewesen, zum Richter an
dem höchsten schottischen Rechtshofe ernannt zu wer=
den, und nahm als Lord Kinnedder von dieser neuen

Würde Besitz. Leider war er jedoch schon zu weit in Jahren vorgerückt, um sich leicht in die neuen Pflichten dieses Amtes zu finden, und die Schwierigkeiten und Bedenklichkeiten machten ihn förmlich melancholisch. — Dazu kam nun ein abscheuliches boshaft erfunde= nes Geklatsche, welches ihn beschuldigte, ein unerlaub= tes Liebesverhältniß unterhalten zu haben, was bei den strengen Begriffen der Schotten über diese Dinge fast für entehrend gilt. — Der zartfühlende Mann nahm sich das so zu Herzen, daß er gefährlich erkrankte und starb, und mitten im Gewühl der Königstage mußte Scott sich losreißen, um in Queensferry dem Leichenbegängniß seines liebsten Jugendgenossen beizu= wohnen. — Er hatte jeden Augenblick, den er erübri= gen konnte, bei demselben zugebracht und viele Nächte theilweise bei ihm gewacht, so sehr auch sein Körper nach den fortwährenden Aufregungen der Tage die Ruhe erheischte. — Nie, sagt Lockhart, habe ich Wal= ter Scott in einem solchen Zustande vollständiger Trostlosigkeit gesehen, als am Grabe Erskine's.

Viertes Kapitel.

Die Abreise des Königs, welche in Schottland wieder den Zustand der früheren Ruhe nach der leb= haften Aufregung der Empfangstage eintreten ließ,

brachte in Beziehung auf Abbotsford eine ganz ent=
gegengesetzte Wirkung hervor. — Alle die Fremden,
welche zu den Festlichkeiten herbeigeströmt waren,
wollten nun auch Walter Scott sprechen oder wenig=
stens sehen, und mehrere Wochen noch ergoß sich der
Strom in so reichen Wellen über des Dichters Woh=
nung, daß es darin stets wie auf einem Markte zuging.
— Da nun überdies in jenen Tagen der Bau noch
nicht vollendet war, so dienten die Arbeiten und die
Unordnung, welche sie mit ihren Stein= und Holz=
massen hervorbrachten, nur dazu, die Verwirrung noch
größer zu machen. — Scott, der durch die Aufregungen
und Anstrengungen, die er durchzumachen hatte, und
durch den tiefen Eindruck, den Erskine's Tod hinter=
lassen, in ein wahres Fieber versetzt war, hätte mehr
als je der Ruhe bedurft, und doch sollte sie ihm bei
diesem Andrang von Gästen und Besuchern weniger
als je zu Theil werden. — Allein es war mit dieser
Art von Unruhe noch nicht abgethan. — Eine zahllose
Menge von Personen, die sich um den König und sei=
nen Empfang besondere Verdienste erworben zu haben
glaubten, bestürmten den Dichter mit ihren Gesuchen,
ihnen eine Auszeichnung für diese Thaten zu erwirken,
da man wußte, wie gut er an höchster Stelle ange=
schrieben war. — Mußte er nun auch die meisten von
solchen Gesuchen ausdrücklich oder stillschweigend von
sich ablehnen, so gelang es ihm doch, einigen hochlän=

bischen Officieren durch seine Verwendung bei dem Herzoge von York nützlich zu werden.

Für seine eigene Person benutzte Scott diese Gelegenheit, um die Erfüllung eines alten Wunsches in Anregung zu bringen, der gewissermaßen ein Seitenstück zu der Aufsuchung der schottischen Königsinsignien bildete. — Es existirt nämlich eine in der schottischen Geschichte gar oft unter der Benennung Mons Meg erwähnte Riesenkanone aus den ersten Zeiten nach Erfindung der Geschütze. — Dieses Nationaldenkmal hatte man bei der Entwaffnung, die dem Aufstande von 1745 folgte, von dem Edinburgher Schlosse entfernt und in den Tower von London transportirt. — Scott wünschte nun die Rückgabe dieses Riesengeschützes und wandte sich an den König. — Es folgten darauf weitläufige Unterhandlungen mit dem Herzog von Wellington als Generalobersten der Artillerie, und Scott verlor die Geduld nicht, stets von Neuem die Sache anzuregen, bis endlich es später unter Wellington's Ministerium 1828 gelang, die kleinlichen Bedenken, die sich erhoben hatten, zu beseitigen und Mons Meg an seinen ursprünglichen Platz zurückzuführen.

Neben der großen Unruhe, die der häufige Besuch erregte, waren aber auch viele Bekannte und Fremde bemüht, durch allerlei Darbringungen zur Ausschmückung des in alterthümlichem Style stets weiter schreitenden Schloßbaues dem Dichter ihre Verehrung und ihren Dank zu bezeigen. Ja Städte und Communen finden sich unter Denen, welche alte Steinarbeiten oder Schnitzwerke als Geschenk darbrachten.

Von den vielen Briefen, die über Aufstellung und Anschaffung solcher Dinge mit dem Hauptcommissionair, dem Freunde Terry, gewechselt wurden, sei einer vom 20. November 1822 hier mitgetheilt, weil er von dem Styl und der Art der inneren Ausschmückung von Abbotsford eine ziemlich gute Anschauung giebt:

„Lieber Terry! — ich habe jetzt alle Pläne erhalten, sie sind reizend schön. Die Bibliothek wird prachtvoll werden, und an Deckenverzierungen haben wir so viele, daß keine einzige wiederholt zu werden braucht. — Der Entwurf zu den Bücherbrettern ist sehr schön. Meine Sammlung wird für lange Zeit noch darauf Platz finden. Auch die Messingbeschläge zu den Brettern gefallen mir sehr, aber nicht der Preis dafür. — Seit ich Dir zuletzt schrieb, habe ich von dreierlei Seiten her wieder große Geschenke erhalten. Nr. 1) hat mir der Magistrat von Dumfermline aus der dortigen Kirche die Kanzel, den Buße-Stuhl, den königlichen Ehrensitz und noch eine große Menge geschnitzter Täfelungen verehrt, genug, um die Halle bis zur Höhe von sieben Fuß zu belegen, wo dann oben ein Fries angebracht werden könnte, um Gewehre, alte Portraits, untermischt mit Waffenstücken, aufzu=

hängen. — Es wird dies einen prächtigen Eingang bil=
ben. Nr. 2) sind vierundzwanzig Stück der kostbar=
sten chinesischen Tapeten, jede zwölf Fuß lang und vier
Fuß breit, ein Geschenk meines Vetters Hugh Scott.
Das reicht hin, um ein Empfangszimmer und zwei
Schlafzimmer zu tapezieren. Nr. 3) ist eine große
Partie sogenanntes Jamaika = Cedern = Holz, ausrei=
chend, um mit diesem sehr schön geaderten Holze zwei
Empfangszimmer und die Bibliothek auszustatten,
Schränke und Bücherbretter mit einbegriffen. — Dank
Deiner unermüdlichen Sorgfalt, wird das große
Empfangszimmer nun bald complet sein. Wir haben
einen schönen alten englischen Schrank mit Porzel=
lan u. s. w. Zwei kostbare prachtvoll geschnitzte Lehn=
stühle aus Buchsbaum, mit Gruppen von Kindern,
Früchten und Blumen im italienischen Geschmacke, ein
Geschenk von Constable. Sie kamen aus Rom und
werden sehr bewundert. — Da der Spiegel, dessen Du
Erwähnung thust, ebenfalls einen geschnitzten Buchs=
baum=Rahmen hat, so würde er wahrscheinlich gut zu
diesen Stühlen passen. Er müßte seinen Platz über
dem Kamin erhalten, und gegenüber würde ich Chan=
trey's Büste auf einen antiken Tisch von Marmor=
mosaik aufstellen..... Ich denke die Zimmer vor=
läufig noch nicht sehr mit Möbeln anzufüllen, damit
Raum für hübsche Sachen bleibt, die man künftig
erwerben könnte. Ich möchte gern mal selbst einen

Kreuzzug durch die Trödlerbuben mit Dir unterneh=
men, nur fürchte ich, daß das ein sehr kostbares Unter=
nehmen sein würde.

„In Bezug auf die kleine Kapelle, die ich in der
Bibliothek angebracht zu sehen wünschte, ist der Plan
nicht so entworfen, wie ich mir es gedacht hatte. —
Drei Wände der Bibliothek sollten mit Büchern besetzt
und die vierte in alterthümlicher Weise so eingerichtet
sein, daß allerlei Winkelchen, Nischen, versteckte
Schübe u. s. w. angebracht wären, wo man Selten=
heiten aufstellen könnte. Hier würde ich auch dem
Abguß von Robert Bruce's Schädel und dem Krucifix
ihren Platz gegeben haben. — — — Das Dach ist
jetzt ganz vollendet und ich kann mir nichts Hübscheres
denken, als diese Masse von Thürmen und Vorsprün=
gen und Thürmchen aus einer gewissen Entfernung
gesehen."

Dieser Brief ist noch um deßhalb besonders merk=
würdig, weil sich am Schlusse desselben zum ersten
Male die körperlichen Beschwerden erwähnt finden,
welche ihn niemals wieder ganz verlassen sollten, bis
sie zuletzt seinem Leben ein Ende machten. — Er
schreibt:

„Ich bin nicht sehr wohl gewesen. — Eine fatale
Dickigkeit des Blutes und dabei das niederbeugende
Gefühl, das in meinem Geiste durch den Verlust so
vieler Freunde entstanden ist, haben mir sehr zugesetzt,

und ich fürchte, daß mein neuester Roman Peveril einen schlagflüssigen Beigeschmack bekommt. Ich werde mich aber aufraffen und habe schon wieder einen Plan aus der Zeit Ludwig's XI., dieser malerischsten aller Zeiten, wo ein schottischer Bogenschütze die Hauptrolle spielen soll."

Von seiner nächsten Familie hatte Niemand eine Ahnung von diesen körperlichen Beschwerden, doch hatte der Schwiegersohn und auch einige Freunde schon seit längerer Zeit im Stillen befürchtet, daß er leichte schlagähnliche Anfälle gehabt und dieselben ver= heimlicht haben könnte. — Die Kraft indessen, mit der er sich wieder aufraffte, war so groß, daß seine Arbei= ten durchaus keine Unterbrechung litten. — Bevor das Jahr zu Ende ging, war nicht nur Peveril von der Höhe zum Schluß gebracht, sondern bereits der erste Band von Quentin Durward geschrieben. — Im October hatte er nicht nur vollständig Alles geliefert, was er für Constable zu schreiben versprochen hatte, sondern er schloß mit demselben bereits einen neuen Contract über den erst später erschienenen Roman Woodstock.

Es ist sehr natürlich, daß der unglaubliche Absatz, den diese Romane fanden, die Habsucht der Nachdruk= ker auf's Höchste anspornte, und so war es dahin gekommen, daß Peveril in Amerika gleichzeitig nachge= druckt wurde, ehe noch die englische Ausgabe zum

Verkauf gestellt war. — Da dies nur durch die Treu=
losigkeit eines Gehilfen der Ballantyne'schen Druckerei
ermöglicht sein konnte, so wurden nunmehr nicht allein
die Handschriften auf's Strengste beaufsichtigt, sondern
Walter Scott befolgte von jetzt an die Politik, daß
jeder neu erscheinende Roman zuerst vollständig
gedruckt wurde, und er nicht vor Vollendung des Gan=
zen den Namen, den derselbe führen sollte, dem Buch=
drucker mittheilte, der nun das Titelblatt zuletzt druk=
ken mußte.

Peveril gehört übrigens unter die schwächsten
Erzeugnisse des Dichters und wurde auch ziemlich kalt
aufgenommen. Er hat in demselben eine Nach=
ahmung von Goethe's Mignon aus Wilhelm Meister
angebracht und dies phantastische Geschöpf noch dazu
stumm gemacht. — Goethe selbst, der sonst einer der
größten Verehrer Scott's ist, tadelt dies bitter und mit
Recht, und wenn der Roman auch große Schönheiten
und vortrefflich gezeichnete Charaktere enthielt, so
konnte er doch nie ein Liebling des Publikums werden,
besonders, weil die endliche Entwickelung schon zu
Anfang so deutlich erkennbar ist, daß dadurch jede
Spannung eigentlich wegfällt.

Es war daher ein sehr glücklicher Gedanke, daß
Scott die Scenen des nächsten seiner großen Werke,
Quentin Durward, nach Frankreich verlegte, um durch
diese neuen Umgebungen seiner Phantasie neuen

Schwung zu geben; jedoch hatte er sich damit
zugleich Schwierigkeiten bereitet, wie sie keiner der frü=
heren Romane ihm dargeboten hatte. Er mußte das
Land und dessen Geschichte erst studiren und aus viel=
fachen Quellen das Material sammeln, welches er stets
ohne Weiteres im Kopfe hatte, so lange es sich um die
Darstellung schottischer Begebenheiten handelte. —
Sehr zu statten kam ihm dabei die Bereitwilligkeit
seines Freundes, des Herrn Skene, der von Frankreich
zurückkehrend ihm seine ausführlichen Tagebücher, so
wie eine große Menge von Karten und Abbildungen
zur Verfügung stellte. — Die unvergleichliche Einlei=
tung zu Quentin Durward und die unübertreffliche
Schilderung des französischen Seigneurs und seines
Haushaltes auf dem verfallenen Schlosse scheint aus
diesen Skene'schen Tagebüchern genommen zu sein.

Die Maske der Anonymität, welche der Verfasser
von Waverley zu tragen fortfuhr, wurde übrigens seit
dieser Zeit immer durchsichtiger, woran er selbst mit
Schuld war, indem er manchen Scherz, der auf seine
Autorschaft Bezug hatte, nicht geradezu abwies. —
So hatte zum Beispiel bald nach der Veröffentlichung
des Peveril ein Herr aus Frankreich an ihn geschrieben
und gebeten, ihm seine Werke zu senden, wofür er sich
erlauben wolle, mit einer Parthie vom besten Cham=
pagner aufzuwarten. — Scott ließ durch seine Verle=
ger seine Gedichte und Romane abgehen und empfing

dafür eine Sendung, deren Werth allerdings mehr
nach der Freude des Verehrers von Walter Scott, als
nach dem Werthe der empfangenen Bände abge=
messen war.

Ferner hatte der berühmte Rorburgh=Club in
London, wo sich die größten Kenner und Sammler
alter und seltener Bücher zusammen finden, aus der
scherzhaften Einleitung zum Peveril Veranlassung
genommen, den Verfasser von Wáverley zu ihrem
Mitgliede zu erwählen. — Scott erwiederte auf die
Nachricht von dieser ihm widerfahrenen Auszeich=
nung: „Wer auch der Verfasser von Waverley ist, er
muß sich jedenfalls durch diese ihm, der doch ein bloßer
Name ist, erzeigte Ehre sehr geschmeichelt fühlen.
Sollte er auch selbst unbekannt bleiben und nicht im
Club erscheinen wollen, so wird er doch gewiß nicht
ermangeln, irgend eine kleine Seltenheit zu Ihrer
Sammlung beizutragen. Freilich wird der Platz, den
Sie ihm an Ihrem Tische bestimmt haben, wie Ban=
quo's Sitz, leer bleiben müssen. Wenn ich aber nach
London komme, ehe er selbst erschienen ist, so bin ich
vielleicht so kühn, mich für seinen Stellvertreter anse=
hen zu lassen und seinen Stuhl einzunehmen u. s. w."
Diese Ernennung war übrigens die Veranlassung, daß
Scott in Edinburgh einen ähnlichen Club von
Bücherliebhabern stiftete, dessen Vorsitzender er wurde,
und dem er bald nach dem ersten feierlichen Mittags=

7*

mahle, welches daselbst abgehalten wurde, die Origi=
nalmanuscripte sämmtlicher Waverley=Romane zum
Geschenk machte.

Ueberhaupt wetteiferten jetzt alle möglichen Clubs
und gelehrte und ungelehrte Gesellschaften, ihn wenig=
stens dem Namen nach als Mitglied oder Präsidenten
zu besitzen, und selbst Compagnien rein technischer und
kaufmännischer Natur, wie z. B. die Oelgascompagnie
in Edinburgh, deren wir früher beiläufig erwähnten,
blieb nicht zurück.

Wie sehr auch alle diese Dinge seine Zeit in
Anspruch nahmen, und wie groß die Correspondenz
mit seinen Freunden nicht nur, sondern auch mit den
Geschäftsleuten war, die ihm die zur inneren Aus=
schmückung seines Schlosses gewünschten Sachen
besorgten — die schriftstellerische Thätigkeit erlitt
dadurch keinen Eintrag. — Im Juni 1823 wurde
Quentin Durward veröffentlicht — und von diesem
Augenblick an war Scott in Frankreich, Deutschland
und Italien vollkommen ebenso populair, wie er es bis=
her bereits in England und Amerika gewesen war. —
Für den Dichter hatte dies persönlich zur Folge, daß
der Strom von Fremden, der nach wie vor Abbotsford
überfluthete, jetzt vollständig zur Ueberschwemmung zu
werden drohte, denn zu den Landsleuten des Dichters
gesellten sich nun in ebenso großer Zahl die Deutschen
und Franzosen, um ihn zu sehen und wo möglich ein

Wort von ihm zu erhaschen. — Natürlich konnte ein
Einzelner unter diesem großen Heer von Besuchern
kaum zu besonderer Geltung kommen, indessen war es
doch Ein Gast, der ihm den August 1823 zu einem
besonders glücklichen Monat machte. — Miß Edgeworth kam nach Abbotsford. — Der Dichter ging der
lang erwarteten hochgeehrten Freundin mit strahlenden
Blicken entgegen, reichte ihr die Hand und rief alsbald
freudig aus: Wahrlich, Ihr Anblick ist vollkommen so,
wie man sich ihn hätte vorstellen müssen, wenn man
gescheidt genug gewesen wäre!

Vierzehn Tage blieb man bei einander, und jeder
dieser Tage wurde durch irgend ein ländliches Fest aus-
gezeichnet, und an jedem Abende fand der herzlichste
und innigste Gedankenaustausch zwischen diesen edlen
Menschen statt. — Wir werden später sehen, wie die
Freundschaft zwischen ihnen bei einem Gegenbesuch,
den Scott auf den Gütern der Familie Edgeworth in
Irland abstattete, durch die noch enger geknüpften persönlichen Beziehungen stets mehr befestigt wurde.

Die Tage des Dichters gingen in dieser, vielleicht
der glücklichsten Zeit seines Lebens ziemlich gleichmäßig
vorüber, denn der stets wechselnde Verkehr mit Fremden war in Abbotsford sowohl, als in Edinburgh
nichts Besonderes, sondern eben das Regelmäßige. —
Einige Stellen aus der damaligen Correspondenz
mögen hier Platz finden. Zuerst eine merkwürdige

Aeußerung in einem Briefe an Southey über den am 17. September 1824 erfolgten Tod Ludwig's XVIII. — Scott schreibt am 26. September:

„Der Tod des Königs von Frankreich, der mich doch eigentlich so wenig anzugehen scheint, hat für mich die sehr verdrießliche Folge gehabt, daß Canning, der mir versprochen hatte, zwei oder drei Tage in Abbotsford zu sein, nun nicht zu mir kommen kann. — Es ist mir dies um so fataler, als die Anwesenheit des Ministers in London gewiß nur durch rein formelle Ursachen nöthig gemacht wird, da man durchaus nicht annehmen kann, daß Karl X. die von seinem Bruder befolgte Politik ändern werde. — Ich erinnere mich des neuen Königs noch ganz gut aus dem Jahr 1794, wo er in Edinburgh lebte. — Er war einer der elegantesten Männer und von den feinsten Formen in Rede und Bewegungen, die ich je gesehen habe. — Es sind wunderbare Zeiten, in denen wir leben! — Ich rede von Karl X. heut gerade so, wie ein Franzose im Jahr 1661 mag von Karl II. gesprochen haben. — Haben Sie wohl beiläufig wahrgenommen, wie leicht es für einen guten Geschichtschreiber wäre, eine Vergleichung zwischen der englischen und französischen Revolution zu ziehen? Der Fanatismus in England würde der sogenannten Philosophie in Frankreich entsprechen. — Wie groß müßte der englische Nationalcharakter bei solcher Vergleichung bastehen! mag man nun die Charaktere der Hauptpersonen, oder den Grab von Mäßigung und Humanität in's Auge faßen, der bei beiden Nationen sich offenbarte. — In beiden Ländern war eine wesentliche Verbesserung der Staatseinrichtungen die Folge der großen Umwälzungen. Ich hoffe, die Franzosen werden die Gleichförmigkeit beider Bewegungen nicht so weit treiben, noch eine zweite Revolution zu machen, aber seltsam genug wäre es, wenn Karl X. durch seine Vorliebe für die Geistlichkeit und für die strengen Formen des Katholicismus es doch so weit brächte! — — —

„Mein jüngerer Sohn geht jetzt auf die Universität nach Oxford. Mein ältester ist Lieutenant im fünfzehnten Husarenregiment und wird hoffentlich bald das Ziel jedes jungen Officiers, eine Compagnie, erhalten, was sehr zu wünschen wäre."

Daß Walter Scott seinen Sohn Charles nach Oxford schickte, zeigt, daß die Gedanken an die dem Knaben zugesicherte Anstellung in Indien aufgegeben waren. Da eine solche Anstellung unter den obwaltenden Verhältnissen und bei Scott's Verbindungen den Sohn unfehlbar in kurzer Zeit zu Ansehen und Reichthum geführt hätten, so ist das Fallenlassen dieser sicheren Versorgung der unumstößlichste Beweis, daß Scott damals noch keine Ahnung davon hatte, daß seine eigenen Verhältnisse auf unsicherem Grunde ruhten. — Er hielt sich vielmehr für einen unabhängigen,

sehr begüterten Mann, der für das Fortkommen der
Seinigen selbst zu sorgen gar wohl im Stande ist.

Am 22. Oktober 1824 schreibt er an den jungen
Studenten:

„Mein lieber Charles, — es freut mich zu hören,
daß Du nun auf der Universität eingerichtet bist, und
zwar, wie ich hoffe, mit dem Vorsatze, Deinen Aufent=
halt daselbst zu ernstem Studium anzuwenden, da es
ja sonst eine Verschwendung von Zeit und Geld wäre.
— Der Erfolg hängt wesentlich von Dir allein ab, und
deßhalb hoffe ich zu hören, daß Du einen ehrenvollen
Platz unter Deinen Kameraden einnimmst. — Die
Augen derselben werden auf Dich gerichtet sein, da
man von dem Sohne eines Schriftstellers immer
Etwas erwartet, und ich hoffe, daß Du die Erwar=
tungen, die man von Dir hegt, in reichem Maße
erfüllen wirst. — Der Sohn meines Freundes Hughes
hat versprochen, sich Deiner anzunehmen, und er wird
Dich nur mit solchen Personen bekannt machen, deren
Umgang nützlich und ehrenvoll für Dich sein wird. —
Sage mir, aus wem die Gesellschaft besteht, an die Du
Dich angeschlossen hast. — Du wirst Dich hoffentlich
an die Besseren halten und nicht an die Unnützen.
Wer im Weltlauf nicht stets bemüht ist, der Erste zu
sein, wird bald der Letzte werden.

„Von Hause habe ich wenig zu berichten. — Der
alte Maiba ist in vergangener Woche auf seinem

Strohlager ruhig entschlafen, nachdem er noch kurz vorher eine tüchtige Mahlzeit zu sich genommen hatte. Der Hund war zuletzt schon so altersschwach, daß sein Ende eine wahre Erlösung ist. Er ist unter einem Monument begraben, auf welches folgende lateinische Verse eingemeißelt sind, die ich Dir schicke, obgleich es eine große Kühnheit ist, der Oxforder Universität Latein aus Abbotsford vorzulegen:

Maidae marmoreâ dormis sub imagine Maida
Ad januam domini sit tibi terra levis.

Das heißt übersetzt:

Hier unter Deinem Steinbild liegst Du, treues Thier,
Schlaf ruhig, Maida, aus vor Deines Herren Thür. —

„Gestern hatten wir unsere große Jagd, und es wurden vierzehn Hasen geschossen. Aber ein Hund von Sir Adam brach das Bein und mußte sogleich getödtet werden. — Dein kleiner Neffe John spricht das ärgste Kauderwelsch, das ich je gehört habe, wenn er seine kleinen Gedichte hersagen soll. Ich wünsche nur, daß das Kind jemals ordentlich reden lernt. — Mama, Sophie, Anne und ich senden unsere herzlichen Grüße. — Stets Dein treuer Vater W. S."

Die eben erwähnte Grabschrift erlangte sonderbarer Weise eine Art von Berühmtheit; der Maurermeister in Abbotsford hatte einem Steine, dessen man sich zum Aufsteigen beim Reiten bedient, die Gestalt des liegenden Maida gegeben, und auf dem Sockel

waren obige lateinischen Verse eingegraben. — Die
schottischen Zeitungsschreiber, die auf jedes noch so
geringfügige Ergebniß begierig waren, welches mit
Walter Scott zusammenhing, theilten alsbald die
Grabschrift mit, und auch die englischen Zeitschriften
blieben nicht zurück. — Nun hatte Jemand ausgefun=
den, daß die erste Sylbe von janua lang sei, der Vers
also fehlerhaft, — und zum Unglück hatte der Abschrei=
ber noch einen zweiten Fehler hinzugefügt, indem er
dormis in jaces verwandelt hatte. — Von Sir Wal=
ter's falschen Quantitäten war nun überall die Rede,
ja ein gewisser Berguer wollte sogar die Richtigkeit des
Verses beweisen, und Scott schrieb, um diesem Gewäsch
ein Ende zu machen, folgende Zeilen an den Heraus=
geber der Morning=Post: „Mein Herr! da ich die
Wahrheit ehre, sogar in unbedeutenden Sachen, so
kann ich mich nicht unter den Mantel der Liebe ver=
stecken, mit welchem Herr Lionel Berguer und noch ein
anderer unbekannter Freund mein falsches Sylbenmaß
bedecken wollen. Die beiden Zeilen waren rein im
Scherz geschrieben, ohne daß der Gedanke entstehen
könnte, sie würden je öffentlich bekannt gemacht wer=
den. — In der ersten Zeile ist das Wort jaces ein
Fehler des Abschreibers, denn es steht da: dormis,
welches, wie ich glaube, richtig in den Vers paßt. —
In der zweiten ist allerdings ein Fehler in dem Worte

janua, und ich beuge meinen Nacken der verdienten
Strafe. Zu meiner Entschuldigung kann ich nur
anführen, was Doctor Johnson bei einer ähnlichen Ge=
legenheit vorbrachte: Unwissenheit, reine Unwissenheit
ist die Ursache meines Schnitzers. — Vor vierzig Jah=
ren legte man bei der schottischen Erziehung noch nicht
so großen Werth auf lange und kurze Sylben, und nun
sehe ich, daß ich noch obendrein das Wenige, was ich
davon wußte, vergessen habe. — Ich habe nur noch
hinzuzusetzen, daß ich weit davon entfernt bin, irgend
einen Zweig der Bildung darum gering zu achten, weil
ich nicht so glücklich bin, denselben zu besitzen, und ich
wünsche, daß unsere Nachkommen eine gründlichere
classische Erziehung empfangen mögen, als in meiner
Jugend gewöhnlich war.

„Die Inschrift kann nun nicht mehr geändert wer=
den; wenn dieselbe aber als ein Zeichen meiner mangel=
haften Sprachkenntnisse stehen bleibt, so soll sie doch
nicht zugleich gegen meine Offenherzigkeit Zeugniß
ablegen. — In minder ruhigen Tagen würde ich mich
geschämt haben, einen Platz für mein Schuldbekennt=
niß in Ihrem Blatte zu erbitten, aber gegenwärtig
mögen Sie es immerhin aufnehmen. — Pugna est
de paupere regno. — Ich bleibe Ihr gehorsamster
Diener Walter Scott." —

Das Spaßhafte bei der Sache ist, daß Scott gar

nicht selbst der Sünder war, sondern daß Lockhart das fehlerhafte Distichon abgefaßt hatte. -- Scott verbot demselben jedoch auf's Strengste, sich in die Händel zu mischen und die Schuld auf sich zu nehmen.

Fünftes Kapitel.

Die vortrefflichen Schilderungen von Mr. Adolphus und Capitain Hall, welche wir im ersten Kapitel dieses Bandes mitgetheilt haben, geben uns ein so deutliches und vollständiges Bild von dem Leben und Treiben in des Dichters Hause während dieser glücklichen Jahre, daß wir ohne Weiteres auf ein Hauptereigniß in der Familie, die Verlobung und Verheirathung des ältesten Sohnes und voraussichtlichen Erben des Namens und Titels Sir Walter Scott, übergehen können. — Capitain Hall beschreibt einen Ball, bei dem zum ersten Male die prächtigen Räume von Abbotsford vollständig geöffnet und beleuchtet sich zeigten. — Er aber wußte so wenig wie die meisten der andern Gäste, daß diese Festlichkeit zu Ehren einer jungen Dame gegeben wurde, die der gelehrte Reisende nur beiläufig unter der Bezeichnung der hübschen Erbin von Lochore als anwesend erwähnt. —

Dieses sehr hübsche und liebenswürdige junge Mädchen war Miß Anne Page, Sir Adam Ferguson's

Nichte und Besitzerin eines schönen und einträglichen
Landgutes. Sie war eine Jugendliebe des jungen
Walter, und da die Neigung gegenseitig war, so stan=
den nur die Bedenken entgegen, welche die Mutter der
jungen Dame gegen die Verbindung mit einem Offi=
cier hatte, weil sie ihre Tochter nicht den Zufällen und
Aengsten aussetzen wollte, die die Gattin eines Solda=
ten zu erwarten hat, sobald derselbe nicht blos zur
Parade, sondern zum wirklichen Kampfe auszuziehen
hat. — Indessen auch diese Bedenken wurden über=
wunden, und um die Gleichheit des Vermögens eben=
falls herzustellen, verschrieb Scott das Eigenthum
der Abbotsforder Besitzung seinem Sohne, indem er sich
selbst nur den lebenslänglichen Nießbrauch vorbehielt.

Freudig unterzeichnete er den Contract, der diese
Festsetzung enthielt, und sagte: Ich entäußere mich auf
diese Weise meines Grundbesitzes mit größerer Freude,
als jemals die Erwerbung oder der Besitz desselben
mir gemacht hat, und ich hoffe, daß ich einst den jungen
Leuten noch das Doppelte werde zuwenden können. —

Seine Gedanken und Empfindungen bei diesem
frohen Familienereigniß lernen wir am besten aus
einem am 28. Januar 1828 an Lady Davy, seine
Verwandte, Gattin des berühmten Sir Humphry
Davy, kennen: „Da ich weiß," schreibt er, „in wie
hohem Grade Ihr aufrichtiger Freund und entfernter
Vetter Ihre gütige Theilnahme besitzt, so hoffe ich,

wird es Ihnen angenehm sein zu hören, daß mein
ältester Sohn, der noch vor ein Paar Jahren so schüch=
tern war, daß er sich durchaus nicht von Ihnen küssen
lassen wollte (was mir beiläufig das Glück verschaffte,
den ihm zugedachten Kuß für mich in Anspruch nehmen
zu dürfen), daß, sage ich, dieser schüchterne Bursche bei
zunehmenden Jahren einsehen gelernt hat, wie man
solche Gunstbezeigungen zu würdigen hat. Mit einem
Wort, der linkische Knabe von damals ist jetzt ein hüb=
scher junger Mann geworden, mit guten Manieren und
einem angenehmen Gesicht, soweit ein Vater darüber
urtheilen kann. — Er steht gut angeschrieben bei sei=
nem Regiment, und im Besitz guter kriegswissenschaft=
licher Kenntnisse ist er noch immer der alte gute, treu=
herzige Mensch, ungeachtet er auf Reisen gewesen und
an Höfen und in Feldlagern sich umzuthun Gelegen=
heit gehabt hat. — Einige von diesen guten Eigen=
schaften, vielleicht alle, und besonders seine Geschicklich=
keit in Belagerung fester Plätze, haben ihm die
Neigung und die Hand eines sehr hübschen und lieben
Mädchens erworben, der Miß Anne Page, hier unter
der Benennung der jungen Erbin von Lochore bekannt,
ein Name, den sie nun mit dem Namen Mistreß Scott
von Abbotsford vertauschen will. — Es scheint dies
von beiden Seiten eine alte Liebe gewesen zu sein. —
Obgleich ihr Vermögen beträchtlich ist, so hat mich die
Gunst des Publikums doch in Stand gesetzt, auch mei=

nerseits dem jungen Paare soviel zu geben, wie die
Familie nur beanspruchen kann. — Das einzige Hin=
derniß ging bisher von der Mutter der Braut aus,
einer sehr würdigen Dame aus den Hochlanden, die
sich nicht an den Gedanken gewöhnen konnte, ihr einzi=
ges Kleinod von den Wechselfällen des kriegerischen
Lebens abhängig zu machen, während ich meinerseits
nicht zugeben konnte, daß mein Sohn sich entschlösse,
ein Landjunker und Fuchsjäger zu werden. — Der
Rath der Freunde und Vormünder hat nun auch diese
Einwendungen beseitigt, und die Partie kommt zu
Stande, ungeachtet der Schwiegerpapa das höchst
weltliche und unprofitable Geschäft des Versemachens
betreibt, und der junge Mensch einen entsetzlichen
Schnurrbart trägt. — Das junge Paar soll nach der
Hochzeit ein Paar Tage in Abbotsford bleiben und
dann in London die Einkäufe für ihre Equipage
u. s. w. besorgen. — Wenn Sie bei dieser Gelegenheit
vielleicht meine liebe kleine Schwiegertochter aufsuchen
wollen, so hoffe ich, daß Sie Gefallen an ihr finden
werden. — —"

Die Hochzeit wurde mit allen Ehren zu Edinburgh
am 3. Februar 1825 gefeiert, und bald darauf kaufte
Walter Scott dem Sohne die Rittmeisterstelle für
3500 Lstr., also nicht viel weniger als 25,000 Thlr.
— Die junge Frau erwies sich als ein sehr liebes
Glied der Familie, und Scott schrieb ihr sehr häufig,

und aus allen diesen Briefen sieht man, wie sehr er mit der Wahl seines Sohnes zufrieden war, und es machte ihm nicht wenig Freude, zu entdecken, daß die junge Frau für seine Hauptliebhaberei, für die Baum= zucht, ganz besonderes Interesse hatte und die Anpflan= zungen auf ihren Gütern selbst beaufsichtigte.

Daß bei der genauen und höchst zweckmäßigen Art, wie Walter Scott seine Zeit eingetheilt hatte, die litera= rischen Arbeiten durch häusliche Feste keinen Abbruch litten, wissen wir schon. — So brachte denn dies Jahr die Erzählungen der Kreuzfahrer, namentlich die Verlobten und den Talisman, welcher letzterer mit größtem Beifall aufgenommen wurde, obgleich die Erzählung sehr an's Märchenhafte streift. — Die Figuren des Saladin und Richard Löwenherz sprachen aber allgemein an. Letzterer ist freilich sehr stark idea= lisirt, und die poetische Seite dieses Charakters zu stark vor der groben und rohen hervorgehoben.

Constable war nun der Meinung, daß es Zeit sei, die Waverley=Romane durch eine wohlfeilere Ausgabe selbst den Aermsten zugänglich zu machen, und er wollte zugleich eine Menge anderer Bücher in soge= nannter Volksausgabe verbreiten. — Scott ging auf diese damals ganz neuen Gedanken ein, und wir erken= nen hier den Anfang einer Richtung, welche das gesammte Buchhändlergeschäft seitdem, gewiß nicht zu seinem Nachtheil, eingeschlagen hat.

Man zog mehrere Sachverständige zu Rathe, hielt förmliche Sitzungen über die Sache, und es wurde bestimmt, daß Scott selbst zur Erweiterung der beabsichtigten Sammlung von wohlfeilen Werken das Leben Napoleon's in der Art schreiben sollte, daß einzelne Abschnitte davon nach und nach erschienen. Er glaubte als Anfang dazu eine Darstellung der französischen Revolution mit derselben Leichtigkeit verfertigen zu können, mit der er seine Romane aus dem Aermel schüttelte. Man versprach sich den glänzendsten Erfolg von diesen Projecten und wurde dadurch in die allerheiterste Stimmung versetzt. Scott schrieb einen launigen Bericht über diese Verhandlungen als Einleitung zu den Erzählungen der Kreuzfahrer nieder.

Was Sir Walter selbst betrifft, sagt Lockhart an dieser Stelle, so kann man nicht ohne Trauer und Verwunderung diese seine Scherze lesen. Bedenkt man, daß die festen Säulen, auf die er sein weltliches Glück erbaut zu haben glaubte, nur deßhalb zusammenbrachen, weil er, nicht zufrieden damit, der erste Schriftsteller seiner Zeit zu sein, auch sein eigener Drucker und Verleger sein wollte, so kann man kaum begreifen, wie er in der nämlichen Zeit das Folgende schreiben konnte:

In den patriarchalischen Zeiten, heißt es in der erwähnten Einleitung, war Jedermann sein eigener Weber, Schneider, Fleischer, Schuhmacher u. s. w.

Und in der Zeit der Aktiengesellschaften, wie man die gegenwärtige nennen kann, vereinigt der Einzelne wiederum so ziemlich alle diese Thätigkeiten in seiner Person. — Wahrlich, wenn Jemand sich tief genug in dergleichen Unternehmungen einläßt, so kann er seine Ausgaben immerhin vergrößern und doch zu gleicher Zeit sein Einkommen verbessern, — gerade wie jene hydraulische Maschine, die, jemehr Wasser sie herauf= pumpt, um so leichter den Bedarf dazu sich selbst herbeischafft. — So ein Mann kauft sein Brot bei seiner eigenen Bäckereigesellschaft, nimmt Milch und Käse von der Aktienmusterwirthschaft, und der neue Rock, den er machen läßt, kommt seiner eigenen Beklei= dungsgesellschaft zu Gute. Das Gas, mit dem er sein Haus beleuchtet, treibt die Aktien der Gascompagnie in die Höhe, und die Gesellschaft zur Einführung fremder Weine, zu der er gehört, macht desto bessere Geschäfte, je mehr Wein er selbst trinkt. — Auf diese Weise wird jede Verschwendung eine vernünftige Handlung kaufmännischer Berechnung. — Ja, selbst wenn der Preis für eine solche Sache ungeheuer groß und die Sache selbst sehr schlecht ist, so ist der Consu= ment doch stets sein eigener Kunde und wird zu sei= nem eigenen Vortheil betrogen und übertheuert. — Sollte die in Aussicht gestellte Vereinigung von Aerzten und Todtengräbern noch zu Stande kommen, unter der Firma: Tod und Doctor, so könnte man durch eine

Betheiligung an derselben seinen Erben ein gutes Theil der Kosten erstatten lassen, die durch die letzte Krankheit und das Begräbniß des Erblassers verursacht werden.

Wenn Scott geglaubt hatte, die Geschichte der französische Revolution als Einleitung zu Napoleon's Leben ohne große Mühe abfassen zu können, so wurde er bald gewahr, daß er sich im Irrthum befunden. — Die Nothwendigkeit, sich mit den nöthigen Quellen für solche Arbeit zu versehen, wurde bald klar, und Constable, als Herausgeber, versah den Dichter mit ganzen Wagenladungen von Büchern, deren erste unter anderen in ungefähr hundert Foliobänden den Moniteur enthielt, und Bücher auf Bücher wurden herangefahren, bis sein Zimmer mehr einem Bücher-auctionslocale als einer Studirstube glich. — In gleichem Maaße waren die Freunde bemüht, handschriftliche Notizen aller Art aus allen Städten Europa's herbeizuschaffen. — Diese Fluth von gelehrtem Material schlug so über seinem Kopfe zusammen, daß folgende Verse als Schluß eines Briefes vom Juni 1825 seine Verzweiflung darüber ausdrücken.

> Als ich noch ging auf Verse aus,
> Hatt' ich Platz in einem Schneckenhaus.
> In der kleinsten Cabane
> Ist Raum zum größten Romane;
> Ich hätte mich mit Wonne
> Begnügt in Diogenes Tonne; —
> Denn für der Dichtung weitesten Flug
> Ist der engste Raum groß genug. —

8*

Doch jetzt möcht' ich einen Reitstall bauen,
Mit Napoleon mich herumzuhauen. —

Die ungewohnte Schwierigkeit aber, weit entfernt ihn kleinmüthig zu machen, spornte den Dichter nur zu neuem Eifer, und wenn sich auch alsbald übersehen ließ, daß das Werk viel bänderreicher werden müsse, als man Anfangs vermuthet hatte, so waren weder Verfasser noch Verleger hierüber betrübt.

Die angestrengte und ungewohnte Arbeit machte jedoch bald eine Erholung nothwendig, und Scott beschloß, diese auf einer Tour durch Irland zu suchen, wobei hauptsächlich der Wunsch, seinen Sohn in dessen Garnison zu besuchen und Miß Edgeworth in der eigenen Heimath zu sehen, den Ausschlag gab.

Lady Scott reiste nicht mit, weil sie überhaupt keine Freundin von Reisen war und namentlich die Dampfschifffahrt nicht liebte. Dagegen waren Anna und Lockhart von der Partie.

Die Reise war eine durchweg gelungene Unternehmung, denn Scott's Laune blieb die heiterste und glücklichste während derselben, so oft auch sein Herz durch das Elend, welches damals noch weit mehr als jetzt überall in Irland sichtbar war, auf's Schmerzlichste bewegt wurde.

Am 14. Juli kam man nach Dublin. — Die Reisenden trafen den jungen Walter mit seiner Frau in einem schönen Palaste am Hauptplatze der Stadt einquartiert, wie denn eine Menge der prachtvollsten Edelsitze damals, von ihren Eigenthümern verlassen, zu wohlfeilen Preisen zu miethen waren.

Wir lassen Lockhart selbst reden:

Niemals, sagt er, werde ich den Ausdruck von Stolz und zärtlicher Freude vergessen, mit der Sir Walter um sich blickte, als er zum ersten Male an seines Sohnes Tisch saß. — Es gemahnte mich an die schöne pindarische Ode, wo der glückliche Greis beschrieben wird, der den Becher mit schäumendem Weine in der Hand seines Kindes Hochzeitsfest begeht.

Noch selbigen Abend erschienen Abgeordnete der königlichen Akademie, welche Sir Walter zu einem Festmahle einluden, und am nächsten Morgen fand er auf seinem Frühstückstische ein Schreiben des Rectors der Universität, der ihm ankündigte, daß diese hohe Körperschaft dem Dichter das Ehrendiplom eines Doctors der Rechte überreichen wolle. — Der Erzbischof von Dublin war unter den Ersten, die sich zum Besuche einfanden. Ebenso machten der oberste Staatsanwalt, der Gouverneur von Dublin und der Präsident des Finanzcollegiums ihre Aufwartung, Letzterer als Ueberbringer einer Einladung des Vicekönigs von Irland, welcher den Dichter auf den nächsten Mittag zu sich auf sein Landschloß einlud.

Jeden Morgen war förmlich Cour, wie bei einem gekrönten Haupte, und es fehlte an keiner erdenklichen

Achtungsbezeigung, noch an Auerbietungen jeder Art.
— Am merkwürdigsten aber war die Ehrfurcht, welche
sogar die niedere Bevölkerung dem Dichter überall
bewies. — Hielt sein Wagen vor irgend einer Thür,
so war alsbald die Straße mit Menschen, die auf
ihn warteten, so dicht gefüllt, daß man nur im Schritt
fahren konnte. — Bogen wir in eine Straße ein, so
ging die Nachricht davon wie ein Lauffeuer vor uns
her; — alle Verkäufer traten mit Weib und Kindern
vor ihre Läden und machten tiefe Verbeugungen, und
der Pöbel und die Kinder umschwärmten Hurrah
schreiend unseren Wagen, wie bei einem Triumphzuge.
— Ein alter presbyterianischer Glasgower, der diesen
Empfang mit ansah, sagte kopfschüttelnd: Das ist ja
wahre Anbetung, wie sie kaum sich ziemt für eine sterb=
liche Creatur! —

Da der Name Swift in Irland mindestens ebenso
populär ist, als Scott's Name in Schottland, und da
überdies der große Schotte das Leben des großen
Irländers beschrieben hatte, so war es natürlich, daß
man ihm die Honneurs von allen auf Swift bezüg=
lichen Merkwürdigkeiten machte; und jedes Mal, wenn
man von einer solchen Besichtigung zurückkehrte, war
der Volksjubel besonders groß für den Mann, der dem
größten irischen Schriftsteller ein ehrendes Denkmal
durch dessen Lebensbeschreibung gesetzt hatte.

Als Scott des Abends im Theater erschien, war der

Lärm so betäubend, daß die Schauspieler darüber nicht zu Worte kamen. Der Director erschien auf der Bühne und fragte nach der Ursache der Unruhe. Da riefen tausend und tausend Stimmen mit solcher Gewalt und so ohne Aufhören: Sir Walter Scott, daß dieser endlich sich genöthigt sah, sich zu erheben und mit einigen Worten für die ihm erwiesene Ehre zu danken, worauf dann der Lärm des Beifalls und Entzückens wo möglich noch größer wurde.

Als eine in der Nähe der Stadt befindliche berühmte Felsenhöhle besehen wurde, bestand Scott darauf hinabzusteigen, was er mit einiger Mühe bewerkstelligte, und die alte Führerin sagte, daß er der erste lahme Mann sei, der dies gewagt habe. — Als man ihr erzählte, der Herr sei ein berühmter Dichter, erwiederte sie: den Teufel ist das ein Dichter, es ist ein anständiger Herr, er hat mir eine halbe Krone gegeben. — Dichter und Gentleman sind immer noch Dinge, die im englischen Volksbewußtsein nicht wohl vereinbar sind! —

Am 1. August ging die Reise in Begleitung des Sohnes und der Schwiegertochter nach Edgeworths-town, der Herrschaft der Edgeworth'schen Familie, bei der mehrere sehr glückliche und vergnügte Tage verlebt wurden. — Der ganze Adel der Nachbarschaft strömte hier zusammen, nicht nur um den fremden Gast zu ehren, sondern ganz besonders um ihm zu zeigen, wie stolz sie auf ihre berühmte Landsmännin seien. — Hier sah man denn auch, wie gut es um Irland stehen könnte, wenn die Gutsbesitzer im Lande blieben und sich der Fürsorge für ihre Gutsangehörigen hingäben, statt die Einkünfte in der Fremde zu verprassen. — Hier war von den landesüblichen Kothhütten und den nackten Bauern Nichts zu sehen, hübsche saubere Häuser und gesunde lachende Gesichter zeigten sich überall; und eine Simultanschule, zu gleicher Zahl von Katholiken und Protestanten besucht, war in der allerbesten Ordnung. — Diese Schule ist merkwürdiger Weise die nämliche, in welcher einst Oliver Goldsmith seine erste Erziehung empfing, und das Grundeigenthum war schon damals in den Händen der Familie Edgeworth.

Marie Edgeworth mußte auch deßhalb schon für Walter Scott eine große Anziehungskraft besitzen, weil sie von jeder Schriftstellereitelkeit und von allem Großthun gerade so entfernt war, wie er selbst. — Lord Byron bezeichnet den Eindruck, den sie auf ihn gemacht, als er sie zuerst gesehen, mit den Worten: Sie sah aus wie Jenny Deans*), und so befand Walter Scott sich also einer Verkörperung seiner liebenswürdigsten Heldin gegenüber, deren tiefreligiöses Wesen den Zauber ihrer Persönlichkeit nur erhöhen konnte.

Das folgende von Lockhart mit angehörte Gespräch

---

*) Jenny Deans looking girl.

läßt uns einen Blick in die Harmonie der Lebensan=
schauung dieser beiden hochbegabten Persönlichkeiten
thun. — Er hatte in Gegenwart Scott's und der
irischen Dichterin geäußert, daß den Dichtern und
Romanschreibern die Welt wohl hauptsächlich aus dem
Gesichtspunkte erscheinen müsse, daß sie der Stoff sei
für ihre poetischen Gebilde. — Scott wurde nachdenk=
lich und sagte sehr ernst: Das sind etwas unreife Vor=
stellungen! — Was hätten wir für eine armselige Welt,
wenn dem so wäre! — Du legst zu sehr den literari=
schen Maßstab an Alles. — Ich habe Bücher genug
gelesen und mit den größten und bedeutendsten Män=
nern mich unterhalten, aber ich kann versichern, daß
die tiefsten Aussprüche, die ich gehört habe, von den
Lippen armer ungebildeter Männer und Frauen kamen,
wenn sie mit großem, wenn auch wenig bemerktem Hel=
denmuthe die schwierigsten Lagen und Verhältnisse über=
wanden. — Wenn sie über solche Dinge mit den Ihri=
gen sprachen, da kamen oft Dinge zu Tage, die erha=
bener und ergreifender vielleicht nur in der heiligen
Schrift gefunden werden können. — Auch der Dichter
wird seinen wahren Beruf nur erfüllen, wenn er Alles
als eitel und werthlos erkennt, was nicht wahre innere
Herzensbildung ist. — Marie hörte mit Thränen in
den Augen dieser Rede zu, und dann gegen Lockhart
sich wendend, sagte sie: Sie sehen nun, wie es steht! —
Swift sagte, er habe seine Bücher geschrieben, damit

das Volk lerne ihn wie einen großen Herrn anzusehen. — Sir Walter schreibt die seinigen, damit er stets besser im Stande sei, die, welche unter ihm stehen, so zu behandeln, wie ein großer Herr im wahren Sinne des Wortes es thun soll.

Die hier geäußerte Ansicht Walter Scott's steht übrigens keineswegs vereinzelt da. So z. B. als seine Tochter Anna ihr Mißfallen über Etwas mit dem Aus=druck bezeichnete: Es ist vulgair, so erwiederte Scott: Mein Kind, Du redest wie ein ganz junges Fräu=lein! — Weißt Du denn, was vulgair heißt? Vulgair heißt gewöhnlich. — Nun darf man von Nichts, außer von dem Laster, darum geringschätzig reden, weil es gewöhnlich ist; und wenn Du etwas länger gelebt haben wirst, so wirst Du mir Recht geben, wenn ich sage, daß, Gott sei Dank, in dieser Welt Nichts, was wahren Werth hat, und was wahrhaft verdient, daß man es erstrebe, ungewöhnlich ist. —

Nachdem man eine Woche lang hier auf's Herz=lichste und Vergnügteste gelebt hatte, machte die Gesell=schaft sich auf, um einer Einladung des Ministers Can=ning zu folgen, der sich damals gerade zum Besuch bei einem seiner irischen Verwandten befand, und Miß Edgeworth und zwei ihrer Geschwister ließen sich leicht bereden, von der Partie zu sein.

Diese ganze Tour durch die malerische Insel wurde auf solche Weise zu einem doppelten Triumphzuge, und

Scott kann kaum Ausdrücke finden, um die Herzlichkeit und Ausdehnung der irländischen Gastfreiheit zu schildern. Jedes Haus, sagt er, scheint wie das Zelt der Fee Paribanu immer größer zu werden, je mehr Gäste hineinkommen, und die Erzählung ist nicht länger unwahrscheinlich, daß ein irischer Harfenspieler sein Instrument in den Kamin geworfen, weil es ihm an Brennholz fehlte, um für einen Gast Thee zu bereiten.

Um den Styl des Empfanges, der das Dichterpaar überall erwartete, mit einem Worte zu charakterisiren, genügt es, zu sagen, daß in allen Städten, denen ihr Reisezug sich näherte, die Glocken zur Begrüßung geläutet wurden.

Auch an spaßhaften Zwischenfällen fehlte es nicht. — In Limmerik z. B. stellte sich ein Bruderpoet, O'Kelly genannt, mit einer Subscriptionsliste den Reisenden vor, und er parodirte, um eine Spende zu erlangen, ein Epigramm von Dryden folgendermaßen:

Drei Dichter, stammverschieden, doch an Ruhm sich gleich,
Sie zieren jetzo das vereinte Königreich. —
Byron von England, Scott von schott'schem Blut,
Und Irland's Stolz — O'Kelly groß und gut. —

Da Scott alsbald mit fünf Schillingen sich auslöste, so wurde sofort auch ein Vers auf Miß Edgeworth beclamirt, der die gleiche Belohnung zur Folge hatte.

Nicht weit von dem Orte, wo dies vorfiel, sollte eine Gemäldegallerie auf einem Landsitze besehen werden. Am Thore erblickte man aber zwei tiefumflorte Leichendiener, einen Tisch mit der Schnapsflasche zwischen sich, welche meldeten, daß der Herr des Hauses, Major H., Tags zuvor gestorben sei, und sie hier die Leichenwache hielten, um alle vorüberziehenden Christen einzuladen, ein Glas auf die Seelenruhe des Verstorbenen zu leeren. — Die Gesellschaft zog weiter, ihre Karten für die Wittwe zurücklassend.

Tags darauf kam folgender Brief: Frau H. sendet ihre besten Empfehlungen und bedauert sehr, daß sie die Bilder heut nicht zeigen kann, da Major H. gestern am Schlagflusse gestorben ist. Frau H. ist hierüber um so mehr betrübt, als sie dadurch der Ehre verlustig geht, Sir Walter Scott und Miß Edgeworth in ihrem Hause zu sehen. — Scott sagte, dies erinnere ihn an die Wittwe von Fife, die die Unglücksfälle aus dem schwersten Jahre ihres Lebens aufzählte, indem sie sagte: Da haben wir erst unser liebes kleines Kind verloren, — und dann Jenny, und dann starb mein Mann selber, — und dann fiel die Kuh, das arme Vieh, — aber bei der habe ich 15 Schillinge für das Fell bekommen.

Als ein merkwürdiger Umstand bei dieser Reise wird erwähnt, daß, obgleich damals die Frage nach der Emancipation der Katholiken das Land auf's Heftigste bewegte, doch durchaus kein Unterschied in der gastfreien Aufnahme zu merken war, welche sie von den Bewohnern beider Confessionen erhielten. Ein einziger

katholischer Gutsbesitzer zeigte sich unhöflich), (und dies
wird als der einzige Ausnahmefall angeführt), indem
er eine Jagd auf seinem Gebiete nicht gestatten wollte,
weil Scott ein Gegner der Emancipation sei.

Des Dichters Freude während dieser irländischen
Tour wäre noch vollkommener gewesen, wenn er
Thomas Moore daselbst angetroffen hätte. Dieser war
aber leider abwesend und sprach sein Bedauern, den
Freund verfehlt zu haben, in einem herzlichen Briefe
aus. — Scott erwiederte eben so herzlich, indem er
sagte, er bitte Moore, diese irländische Reise für einen
Besuch anzusehen, den er ihm habe abstatten wollen,
und da er ihn nicht zu Hause getroffen, habe er wenig=
stens seine Karte abgeben wollen.

Wir dürfen den Bericht über diese irländische Reise
nicht schließen, ohne zweier alten Damen zu gedenken,
welche damals zu den bekanntesten Persönlichkeiten in
Großbritannien gehörten, und die sich möglicher Weise
noch vor Aerger in ihrem Grabe beunruhigen würden,
wenn irgend Jemand eine Gelegenheit vorübergehen
ließe, die sich darbietet, ihrer Erwähnung zu thun.

Lady Eleanor Buller und die sehr ehrenwerthe
Miß Ponsoby hatten in ihrer Jugend und mitten im
Glanze großer Schönheit, umgeben von Reichthum
und jedem Luxus des Lebens, ewige Männerfeindschaft
geschworen und sich einen reizenden Landsitz in Irland
zum Tempel für ihre ewige Jungfrauenschaft erkoren.

Sie waren unter sehr romantischer Form in Irland
aufgetreten. Lady Eleanor in ihrer natürlichen Erschei=
nung als hübsches Mädchen, Miß Pobony aber als
ihr Page verkleidet, und dies hatte zu allerlei Gerüch=
ten Anlaß gegeben, die Jahre lang bestanden, bis die
Wahrheit überall Anerkennung fand. — Zur Zeit, als
Scott ihrer Einladung folgend sie besuchte, war die
Eine siebenzig, die Andere fünfundsechszig Jahre alt.
— Beide trugen blaue Reitkleider, dicke Schuhe und
Mannshüte. — Die Röcke hatten sie in seltsamer
Weise aufgesteckt, und als sie die Gesellschaft an ihrer
Thür begrüßten, hätte man sie von Weitem für ein
paar alte halbverrückte Matrosen halten können. —
Bei näherer Besichtigung fand man, daß sie mit einer
ganzen Last von Brochen, Ringen und Ketten beladen
waren, und Lady Eleanor trug außerdem eine Menge
Ordenssterne und Kreuze und Ordensbänder. Das
Haar hatten sie kurz verschnitten und in schneeweißen
Borsten rings vom Kopfe abstehend. — Die ältere
Dame, fast erblindet, schien sehr altersschwach, die jün=
gere, der ehemalige Page, dagegen noch recht rüstig.

Das ganze Haus war von oben bis unten mit
Bildern, Schnitzwerken und Nippessachen aller Art
wörtlich vollgepfropft. — Walter Scott's Werke, in
Prachtband, präsentirten sich an einer hervorragenden
Stelle.

Sie überschütteten den Dichter mit Fragen, Zärt=

lichkeiten und Küssen dermaßen, daß er sich noch acht
Tagen nachher davon nicht erholen konnte, zeigten ihm
Alles und Jedes, und schenkten ihm kein Autograph
der Fürsten und Könige, die sie besuchten, und mit
Orden und Ehrenzeichen beschenkt hatten. — Kurz sie
wären durchaus lächerlich erschienen, wenn nicht die
ganze Umgegend voll des Lobes ihrer großartigen
Wohlthätigkeit und ihrer Fürsorge für die Armen und
Kranken gewesen wären, und Männer, Weiber und
Kinder diese wunderlichen Ruinen wie höhere Wesen
verehrt hätten.

So schied man mit einem aus Spott und Bewun=
derung gemischten Gefühle von einem Paar der seltsa=
men Originale, welche der englische Reichthum und
der Müßigang, den derselbe nur zu oft im Gefolge hat,
in so üppiger Fülle von jeher erzeugt haben.

Am 1. September war diese Reise vollbracht, und
Walter Scott wieder in seinem Hause in Abbotsford.

Sechstes Kapitel.

Die alten Tagesgewohnheiten wurden sogleich
wieder aufgenommen, doch galt es jetzt, wo das Leben
Napoleon's geschrieben wurde, ein ernsteres Quellen=
studium zu beginnen, als er je zu einer seiner bisheri=
gen Arbeiten bedurft hatte. Er betrieb auch dies mit

dem Ernst und dem Eifer, mit welchem er von jeher an
jedes Geschäft gegangen war. — Er schrieb und machte
Anmerkungen und Auszüge mit der Gewissenhaftigkeit
eines Registrators; aber wenn das Pensum, das er sich
gesetzt, vollendet war, so stand er nicht wie sonst von
der Arbeit auf, in bester Laune und sprudelnd von
drolligen Einfällen, die ihm bei seinen Dichtungen
zuströmten. — Da war es eine Freude gewesen, ihn
an seinem Pulte zu überraschen, wie er dasaß, das
schneeweiße Haupt in voller Kraft aufrecht gerichtet,
ein Zug der Freude über das leichte Gelingen der
Arbeit um die Lippen spielend, während die Feder
pfeilschnell die noch schneller eilenden Gedanken auf
das Papier zu befestigen suchte. — Jetzt aber war die
alte Sehkraft schon nicht mehr ungetrübt. — Er
mußte mit Hilfe der Brille über den oft kleinen Druck
und die schlechte Schrift seiner Quellen sich herabbeu=
gen, und die unbeschäftigte Hand, die sonst des treuen
Maida Haupt während der Arbeit gestreichelt hatte,
hielt nun ein Notizbuch, worin die mühsam gesammel=
ten Thatsachen eingetragen wurden.

Lockhart beobachtete alle diese Veränderungen mit
um so tieferem Schmerze, indem er gerade damals
sich genöthigt sah, mit seiner Familie auf Reisen zu
gehen, weil der kleine John so zarter Gesundheit war,
daß die Aerzte den Aufenthalt in einem milderen

Klima für das einzige und letzte Mittel erklärte, das
schwache Kind vielleicht noch am Leben zu erhalten.

Da war es denn ein glückliches Zusammentreffen,
daß gerade in diesen trüben Tagen Thomas Moore
endlich den langgehegten Plan ausführte, nach Ab=
botsford zu kommen. — Beide großen Dichter waren
alsbald die innigsten Freunde, und Scott faßte solches
Zutrauen zu dem gefeierten Sänger Irlands, daß
er ihm ohne Weiteres die Autorschaft der Waverley=
Romane offen eingestand. — Als am zweiten Morgen
des Abbotsforder Aufenthaltes Moore in Scott's
Zimmer trat, legte dieser mit großer Rührung die
Hand auf des Anderen Schulter und sagte: Nun, lie=
ber Moore, sind wir Freunde für's ganze Leben.

Moore war nicht minder entzückt von diesem
Besuche, wie einst Washington Irving und kurz vor=
her Capitain Hall. — „Ich trennte mich," sagte er,
„von Scott mit der Ueberzeugung, daß zwar die ganze
Welt seine Werke bewundern muß, daß aber nur der
seine ganze Liebenswürdigkeit begreifen kann, der ihn
in Abbotsford gesehen hat. — Soll ich meine Mei=
nung von ihm mit einem Worte sagen, so kann es nur
geschehen, wenn ich mich des sehr gewöhnlichen Aus=
druckes bediene: Er ist ein grundguter, ehrlicher
Mensch!"

Noch ein anderer Besuch fällt in diese Zeit. — In

dem reichen England war damals wegen ihres Reich=
thums die frühere Schauspielerin, Wittwe des reichen
Banquier Coutts, berühmt, welche später den Herzog
von St. Albans heirathete. — Einige Tage vorher,
ehe dieser angekündigte Besuch eintraf, waren gerade
mehrere vornehme englische und schottische Ladies nach
Abbotsford gekommen, und dieselben blieben absichtlich
dort, um sich in ihrem Adelstolze über die bürgerliche
Millionairin zu erheben, die dies übrigens durchaus
nicht verdiente, da sie eine einfache und liebenswürdige
Frau war.

Scott durchschaute die Sache vollkommen, und
seinem edlen offenen Charakter konnte kaum Etwas
mehr zuwider sein, als solche Erbärmlichkeiten.

Als nun die Damen sich von der Mittagstafel
erhoben, bemerkte er, daß sich Mistreß Coutts in
Vorahnung der ihr zugedachten Kränkungen unbehag=
lich fühlte. — Er hob deshalb die Sitzung der Herren
sobald wie möglich auf, und zu den Damen sich gesel=
lend, wußte er die Hübschste und Jüngste unter ihnen,
die zugleich die Vornehmste war, in seine Waffenhalle
zu locken, unter dem Vorwande, ihr Etwas zu zeigen,
und hier sprach er zu ihr, wie er das später erzählte,
Folgendes: Ich wünsche mit Ihnen ein Wort wegen
Mistreß Coutts zu reden. — Wir kennen uns lange
genug, als daß Sie mir Etwas übel nehmen könnten.
Es ist, wie ich höre, nichts Ungewöhnliches unter den

feineren Damen in London, sehr gern Einladungen an=
zunehmen und selbst nach solchen Einladungen Jagd
zu machen, z. B. zu Mistreß Coutts, großen Festen und
Bällen, und dann, wenn man sie in kleinem Zirkel
trifft, kalt und vornehm gegen sie zu thun. Sie wer=
den mir gestehen, daß das gemein ist, aber Sie wissen
so gut wie ich, daß selbst die größten Herrschaften sich ·
zuweilen zu Gemeinheiten herablassen, deren sich ein
Bettler schämen würde, wenn es sich darum handelt,
irgendwo Zutritt zu erlangen. — Ihnen, das weiß ich,
wäre dergleichen absolut unmöglich; aber Sie müssen
mir die Bemerkung erlauben, daß die Art und Weise,
wie Sie Alle sich heut gegen Mistreß Coutts, die mein
Gast ist, betragen haben, sehr an solche Handlungs=
weise erinnert. — Sie Alle wußten bereits vor drei
Tagen, daß sie zu mir kommen würde. — Fand es
nun Eine von Ihnen unter ihrer Würde, mit diesem
meinem Gaste bei mir zusammen zu sein, so war Zeit
genug, um durch rechtzeitige Abreise dem zu entgehen.
Da dies keine von Ihnen gethan hat, und ich doch
nicht glauben darf, daß Sie blos aus Neugierde hier
geblieben sind, so muß ich annehmen, daß Sie es mit
der Absicht gethan haben, mich bei Ausübung meiner
Gastfreundschaft zu unterstützen." — Die schöne Für=
stin, die er so angeredet hatte, erwiederte: Sir Walter,
ich danke Ihnen. Sie haben mir die große Ehre
erwiesen, mit mir zu reden, als wenn ich Ihre Tochter

wäre, und verlassen Sie sich darauf, was Sie wün=
schen, soll mit bester Manier und aus gutem Herzen
geschehen. — Die anderen Damen erfuhren alsbald,
um was es sich handelte, und sie benahmen sich demge=
mäß Alle so, daß Mistreß Coutts nicht ferner Ursache
hatte zu klagen und, nachdem sie drei Tage geblieben
war, sehr befriedigt von ihrem Aufenthalte in Abbots=
ford die Reihe von Equipagen, die ihr Gefolge bilde=
ten, ebenso stattlich heimwärts fahren ließ, wie sie
gekommen war.

Seit dem 20. November 1825 könnte man das
Leben des Dichters fast Tag für Tag mit ihm noch
einmal durchleben, denn an diesem Tage begann er ein
„Journal" über Alles und Jedes zu führen, was ihn
äußerlich und innerlich beschäftigt. Die Veranlassung
hierzu hatte der Buchhändler Murray gegeben, welcher
ein von Lord Byron in Ravenna geführtes, später
durch Thomas Moore größtentheils veröffentliches
Tagebuch unserem Dichter zur Kenntnißnahme über=
sandt hatte. — Scott fand die Gewohnheit, solche
Notizen zu machen, höchst angenehm und zweckmäßig,
und es wurde alsbald zu diesem Behufe ein dicker
Quartband mit einem Vorlegeschloß angeschafft und
dazu bestimmt, alltäglich dasjenige aufzunehmen, was
er zunächst mit sich selbst zu reden und abzumachen
hatte.

Von den reichen Auszügen, welche Lockhart aus

diesen Niederschreibungen seinen Memoiren einverleibt
hat, werden wir von hier ab Alles dasjenige mittthei=
len, was das Lebensbild des Dichters, seinen Charak=
ter und seine Denkungsart in noch helleres Licht zu
setzen geeignet ist. — Sehr bald leider nehmen diese
Aufzeichnungen eine trübe Färbung an, und wir müssen
jetzt die Ursachen der Verwickelungen kurz andeuten,
welche den Sturz der großen Buchhändlerfirmen zur
Folge hatten, mit denen leider Walter Scott seine
gesammten Vermögensverhältnisse gemeinsam ver=
bindlich gemacht hatte.

Das Jahr 1825 sah seit den Law'schen Zeiten die
erste Handelskrisis ausbrechen, welche in Folge dessen
sich ereignete, was man in neuesten Tagen mit dem
Namen Aktienschwindel bezeichnet. — Die amerikani=
schen Goldbergwerke, die neu entstehenden Eisenbah=
nen, die damals projectirt wurden, ausschweifende
Speculationen in allen möglichen Handelsartikeln
hatten durch die Aussicht auf schnellen und mühelosen
Gewinn auch solche Privat= und Geschäftsleute mit
fortgerissen, die eigentlich mit dergleichen Dingen gar
Nichts zu thun hatten.

Eine der größten Buchhändler=Firmen in London,
Hurst und Robinson, war durch solche Geschäfte so
sehr um allen Credit gekommen, daß der Fall dieses
Hauses vorausgesehen wurde, und mit diesem war
wieder Constable, und mit dem Letztgenannten das

Compagniegeschäft von Ballantyne, dessen Theilhaber Scott war, so tief verwickelt, daß von Geschäftskundigen der Bankerutt dieser sämmtlichen genannten Geschäfte prophezeit wurde.

Von der Ausdehnung, in welcher Scott Mitverpflichteter für das Druckerei= und Buchhändlergeschäft der Letztgenannten war, hatte Niemand eine Ahnung. — Da man indessen wohl wußte, daß innige Beziehungen des Dichters zu den Druckern obwalteten, so hielten die Freunde und namentlich der Schwiegersohn es für angemessen, den Dichter von den umlaufenden Gerüchten in Kenntniß zu setzen. Walter Scott war aber so wenig in die wahren Verhältnisse der ihn so nahe angehenden Geschäftsverbindungen eingedrungen, daß er auf diese Warnungen nur erwiederte, es möge in London wer auch immer zu Falle kommen, das Edinburgher Haus stehe fest wie eine Eiche. — Wenige Tage nach dem Auftauchen dieser ersten beunruhigenden Gerüchte erhielt Lockhart von einem Rechtsverständigen die Nachricht, daß man in London wissen wolle, Constable's Banquier habe demselben ferneren Credit verweigert und ihn zur Berichtigung seiner Verbindlichkeiten aufgefordert.

Sogleich eilte Lockhart zu seinem Schwiegervater, der an diesem Tage gerade keinen Besuch hatte und, wie er in solchen Fällen pflegte, nach Tische eine Cigarre zu seinem Grogg rauchte. — Er zeigte den

empfangenen Brief vor. — Scott las denselben und
sagte mit der größten Ruhe, daß diese Gerüchte falsch
seien, weil sonst Constable und Ballantyne ihm ohne
Weiteres selbst Nachricht gegeben haben würden.

Diese Ruhe war indessen nur eine künstliche. —
Kaum war Lockhart fort, als Scott in größter Eile zu
Constable fuhr, diesem die beunruhigenden Nachrichten
mittheilte, dagegen aber die Versicherung empfing, daß
das Alles verleumberische Gerüchte seien, und sein
Credit bergefest stehe. — Er theilte dies dem Schwie=
gersohne mit, indessen in einer so eigenthümlichen Art,
daß Lockhart damals zuerst auf den Gedanken kam,
daß der Bankerutt des Buchhändlers schlimmere Fol=
haben könnte, als das bloße Ausbleiben einer Hono=
rarzahlung. — Er sowohl wie seine Frau glaubten
indessen die große Bewegung des Vaters lediglich auf
den Umstand schieben zu dürfen, daß er, im Falle sich
mit Constable etwas Schlimmes ereignen sollte, für
seine Freunde, die Ballantyne's, fürchte, und daß diese
Besorgniß ihn in solche Unruhe versetze.

Leider stand die Sache aber ganz anders.

Scott, der in seinen persönlichen Ausgaben die
genaueste Ordnung hielt und über das Kleinste so
strenge Rechnung führte, daß sich aus seinen Ausgabe=
büchern jeder Groschen hätte ersehen lassen, den er seit
dreißig Jahren für Chausseegeld bezahlt hatte, dieser
selbe Scott hatte doch niemals weder die nöthigen

kaufmännischen Kenntniſſe noch die Geduld gehabt, eine Einſicht in die Vermögensverhältniſſe der ausge= dehnten buchhändleriſchen Geſchäfte zu gewinnen, für die er als Theilhaber mit verhaftet war.

Seine Liebe und ſein Vertrauen zu ſeinen Com= pagnons war ſo groß, daß jedes Mal, wenn er zu den= ſelben ſich begab, und ſie mit ihm rechnen wollten, er dies Vorhaben als unnütz und langweilig zurückwies, und alle Drei gar bald von den heiterſten Dingen ſich unterhaltend durch das laute Gelächter die Leute im Vorzimmer darüber nicht in Ungewißheit ließen, daß die Verhandlungen im Büreau drinnen keinesweges geſchäftlicher Natur waren.

Beide Ballantyne's waren auch weit davon ent= fernt, ihren hochverehrten Freund betrügen zu wollen. Aber ſie waren ſo ſanguiniſch und leichtſinnig, daß ſie ſich ſelbſt betrogen, wie ja das Teſtament des John Ballantyne davon das beſte Zeugniß giebt, der große Summen vermachte und banquerott ſtarb. — Sie lebten vom Credit und waren in Ausſtellung von Wechſeln bis zu einer Ausdehnung leichtſinnig, die allen Glauben überſteigt. — Dieſe Wechſelverbindlich= keiten waren nun wieder ſo verwickelter Natur, daß eben nur ein gewiegter Kaufmann hier hätte auf den Grund ſehen können, und ſo kam es, daß ſie längſt banquerott waren, ehe ſie ſelbſt und noch weniger Scott davon eine Ahnung hatten.

Diese vollkommene Sicherheit über seine Lage geht
aus den Anfängen des Tagebuches sehr deutlich her=
vor. Denn die Aufzeichnungen beziehen sich auf Rück=
erinnerungen aus der irländischen Reise und sonstige
Tagesbegebenheiten, und am 26. November findet sich
zum ersten Male der Gedanke ausgesprochen, daß bei
der Krisis in allen Geldverhältnissen es angemessen sei,
unnütze Ausgaben möglichst einzuschränken, ohne daß
er wußte, wie solche Einschränkungen sich ihm nur zu
bald von selbst auf's Unabweislichste aufdrängen wür=
den. — Die erste Eintragung in das Journal ist vom
20. November 1825, und beginnt dasselbe mit folgen=
der Bemerkung:

Ich habe immer bedauert, kein regelmäßiges Tage=
buch geführt zu haben. Ich habe dadurch nicht nur
selbst gar vieles Bemerkenswerthe aus der Erin=
nerung verloren, sondern habe auch meiner Familie
Vieles entzogen, was zu wissen sie interessirt haben
würde. — Als ich jüngst einige Bände von Byron's
Aufzeichnungen zu Gesicht bekam, wurde es mir als=
bald klar, daß er die richtige Art getroffen hatte, solch ein
Tagebuch zu führen. Man muß jeden Anspruch auf
Ordnung und Regelmäßigkeit dabei fahren lassen und
immer das aufzeichnen, was einem gerade einfällt. —
Es wird deshalb auch zur Kenntniß der Gemüths=
stimmungen und der ganzen Auffassungsweise Scott's
am besten beitragen, wenn wir die folgenden Bruch=

stücke aus diesem Tagebuche ganz in derselben zusam=
menhangslosen Weise mittheilen, wie sie niedergeschrie=
ben wurden.

Schon am zweiten Tage, den 21. November schreibt
er: Ich bin verliebt in mein Journal und wünsche,
daß der Eifer dafür beständig bleibe. — Ich denke
wieder an Irland. — Was man von der dortigen
Armuth erzählt, ist nicht übertrieben, auch sind sie ganz
so witzig, so voll guter Laune und seltsamer dummer
Streiche und voll tapferen Muthes, wie alle Welt
ihnen nachsagt. — Einem Burschen, der nur sechs
Pence zu bekommen hatte, gab ich einen Schilling
(das Doppelte). — „Vergiß nicht, daß Du mir sechs
Pence schuldig bist." Mögen Ew. Gnaden leben, bis
ich sie bezahle! Gewiß eine eben so höfliche als
geschickte Antwort, und doch wären alle Kleider, die
der Kerl auf dem Leibe trug, mit sechs Pence zu theuer
bezahlt gewesen. — Die heiterste Gastfreundschaft
wohnt in jeder irischen Hütte, und wer dich eben auf
der Straße angebettelt hat, sucht dich in seinem Hause
auf's Beste zu bewirthen. — Ihre ganze Gemüthsart
hat den Zug nach dem Lustigen und Vergnügten. —
Wenn der Schotte an seine unbezahlten Rechnungen
denkt oder, falls die ihn nicht quälen, an die Rechnung,
die er in der nächsten Welt abzulegen hat, während der
Engländer schon hier eine wahre Hölle heiß macht,
wenn seine Frühstücksemmel schlecht geröstet ist, so

denkt der Irländer auf Nichts, als auf Spaß und
Lachen. — Reizbar sind sie allerdings, und sie schlagen
dich todt auf den kleinsten Verdacht hin, aber den Tag
darauf sehen sie ein, daß das Alles ein Irrthum war,
du warst es gar nicht, den sie todtschlagen wollten.

22. November. — Thomas Moore hier. — In
seinem Wesen ist männliche Offenheit, gepaart mit
vollkommenem Anstande und guter Erziehung. —
Keine Spur vom Poeten und Pedanten. — Ein sehr
kleiner Mann ist er, und sein Gesicht nicht schön, aber
seine Züge beleben sich, wenn er spricht oder singt, in so
anmuthiger Weise, daß es mehr Eindruck macht, als
die größte regelmäßige Schönheit. —

Ich wußte, daß Byron gesprächsweise sowohl als
auch in seinen Tagebüchern von mir und Moore immer
mit gleicher Liebe wie von zwei ähnlichen Naturen
gesprochen hat. — Und doch sind wir so verschieden. —
Moore hat stets in der eleganten Welt gelebt. Ich
auf dem Lande und mit Geschäftsleuten, oft auch mit
Staatsmännern. Moore ist ein Gelehrter, ich nicht.
Er ist ein großer Musikus, — ich kenne keine Note. —
Er ist ein Democrat, ich ein Aristocrat; gar nicht zu
gedenken, daß er ein Irländer ist, ich ein Schotte, und
Beide tragen wir in hohem Maße das Gepräge unse=
rer Volkseigenthümlichkeit.

Eine Seite haben wir gemein, und zwar in
hohem Grade: Wir sind Beide gemüthliche Kerle, die

lieber sich des Augenblicks freuen, als darauf bedacht sind, ihre Würde als Löwen des Tages aufrecht zu erhalten, und wir lachen herzlich über solche hochnasige Personen, die in ihrer literarischen Wichtigthuerei an den Mann erinnern, der sich in den Kneipen vorstellte als der große Twalmy, Erfinder der schleusenförmigen Plätteisen. —

Es gehen hier schlimme Dinge vor. — Die Handelskrisis hat zwei große mit Constable in Verbindung stehende Häuser getroffen. Kommen sie zu Falle, so wird Constable kaum sich halten können, und dies würde Ballantyne's und mir große Verlegenheit bereiten. — Nun, Gott sei Dank, ich bin mehr als zahlungsfähig! — Doch wird viel Unangenehmes die Folge sein! — Hätte ich nur die Lehre besser genutzt, die ich 1814 bekam! — Aber predigen und in's Tagebuch schreiben kann jetzt Nichts helfen. — Kann ich mit Woodstock bis zum 25. Januar fertig werden, so ist das eine große Hilfe. — Aber meine trüben Gedanken lassen mich nicht recht zum Schreiben kommen. — Aus Rücksicht für meine Gesundheit habe ich in letzter Zeit meine tägliche Portion Grogg vermindert und rauche statt dessen ein Paar Cigarren, was beruhigend wirkt. — Vor zwanzig Jahren habe ich ziemlich stark geraucht. Aber da ich eines Morgens einen unangenehmen Tabaksgeruch im Zimmer empfand, habe ich es von dem Tage ab viele Jahre lang gelassen. —

Nachher habe ich durch meinen Sohn, den Husaren,
und durch meinen Schwiegersohn, einen alten Oxforder
Studenten, mich wieder verleiten lassen. — Ich könnte
es jeden Augenblick lassen. — Die Herrschaft solcher
Gewohnheiten ist mir nur lächerlich. — Wir lassen sie
zu Riesen werden und wollen sie dann nicht bekäm=
pfen. — —

23. — — Abbotsford ist jetzt zu voll für mich
von Gästen aller Art, besonders kommen mir zu viel
Ausländer. — Ich liebe sie nicht. — Bunte Westen
und Tuchnadeln auf schmutzigen Hemden sind mir
zuwider. — Auch hasse ich die Unverschämtheit ihrer
Complimente und die Art, wie sie mit einem Schrift=
steller in dessen eigenem Hause von seinen Werken
sprechen. Das zeigt keine gute Erziehung. — Doch
giebt es Ausnahmen, z. B. ein sehr liebenswürdiger
junger Graf Davidoff, der neulich mit seinem Lehrer in
Abbotsford war. — —

Ich bin etwas gallig heute, zum ersten Mal seit
sechs Monaten. — Das können nicht die Londoner
Nachrichten machen, denn da geht es besser, und es
kann noch ganz gute Wirkung auf mich und Andere
haben. —

Am 25. wird bei Gelegenheit der Unruhen unter
den Kohlenarbeitern bemerkt: Ein Feuer anzünden
kann der kleinste Zwerg, aber der größte Riese kann es
nachher nicht löschen. —

Ich bin gestern Abend übel hingefallen. — Im Mondschein täuschte mich ein Haufen Schutt. Ich gerieth bis über die Knöchel in eine Pfütze, stürzte vorn über auf die Hände und sah aus wie die Mauer im Sommernachtstraum. — Ich muß mich künftig des Abends einer Equipage bedienen. — Ein arger Zwang, aber ich muß mich unterwerfen.

An dieser Stelle findet sich im Tagebuch später an den Rand geschrieben: Dieser gute Vorsatz, mich zu unterwerfen, fiel mir acht Wochen später ein, als ich nicht mehr die Mittel besaß, Equipage zu halten. —

Ich speiste ganz allein mit Frau und Tochter. —

Hier will ich die Ersparnisse aufzählen, die ich zu machen denke:

Keine Bauten ferner; — Abbotsford ist schon allzu groß für den Umfang der Ländereien. — Keine Land= einkäufe, bis die Zeiten ganz sicher sind. — Keine Bücher und unnütze Kleinigkeiten — oder doch nur wenige. — Von den Einkünften dieses Jahres will ich Schulden bezahlen. — Bei diesen Entschlüssen, wenn meine Gesundheit und mein gewohnter Fleiß aushalten, kann ich auch im Sturm ruhig schlafen. Es ist doch schlimm, daß jüdische Börsenspeculanten den Credit in London so erschüttern konnten, daß selbst solide Buchhändler, wie Horst und Robinson, darunter leiden müssen. — Es ist gerade wie bei Taschendieben, die einen Auflauf veranlassen, bei dem ehrliche Leute zu

Schaden kommen, damit sie dabei ihr spitzbübisches Gewerbe treiben können. —

26. — Im Gerichtshofe kam heut die Angelegenheit eines hochländischen jungen Grundbesitzers vor, der durch die Schuld seiner Vormünder in große Verlegenheit gekommen war. Ich habe ihm 200 Pfr. auf eine unsichere Hypothek zu leihen versprochen. — Ich stehe in keiner Verbindung mit der Familie, außer durch Mitleid, und werde keinen Dank ernten, wenn der junge Mensch großjährig wird. — Meinem Vater ging es fast jedesmal so, wenn er einem Clienten aus der Noth half. — Allein wenn wir nicht einmal auf diese Gefahr hin Gutes thun wollten, wo wäre da das Verdienst dabei? —

Auch hierbei ist nachher an den Rand geschrieben: Ich mußte dies aufgeben wegen meines eigenen Unglücks. — —

Am 29. steht unter Anderem vermerkt: Es wird dunkler um mich. — Ich muß jetzt beim Lesen und Schreiben beständig die Brille tragen, deren ich bisher nur ab und zu mich bediente. Meine Gesundheit ist vollkommen gut, nur mein lahmer Fuß wird zuweilen schmerzhaft und oft unbequem. — Nun, das ist der Lauf der Natur und muß in Ergebung getragen werden. — Nähte müssen platzen, und Ellenbogen müssen durchkommen, sagt der Schneider; und da ich im August 54 Jahre alt geworden bin, so ist das Kleid

meines Geistes nicht das neueste mehr. — Sind doch
Walter, Charles und Lockhart kräftig und gesund, und
hübsche Burschen, und so lange sie frisch und thätig
sind, darf ich es ja mir mit als Entschädigung anrech=
nen. — —

2. Dezember. Ein magerer Tag für das Tage=
buch. — Sophie speiste allein mit uns, da Lockhart zu
den Seinigen gegangen ist, um vor seiner Reise Abschied
zu nehmen. Wir verbrachten den Abend im Gespräch
mit Sophie über ihre künftigen Aussichten. Gott
segne die arme junge Frau! Sie hat mir nie in
irgend einem Augenblick Grund gegeben, über sie zu
klagen. — Aber ihr armes zartes Kind, lieber Gott,
so gescheut, so voll Leben, und doch nur noch mit einem
dünnen Faden an der Erde hängend! Niemals aus
den Gedanken der Mutter, fast nie aus den Armen des
Vaters, wenn er nur einen Augenblick Zeit übrig hat.
— Gott wolle darüber wachen! — —

5. Dezember. — Diesen Morgen haben Lockhart's
uns in aller Frühe verlassen, ohne Abschied zu nehmen.
Als ich um acht Uhr aufstand, waren sie fort. — Das
war recht. Handeln und Leiden ziemt dem Römer. —
Wir können unsere Empfindungen nicht unterdrücken,
und wenn wir es könnten, sollten wir es nicht einmal;
aber wir können sie in Schranken halten und müssen
nicht mit ihnen schön thun, sonst werden wir ihre

Narren und sollten doch ihre Herren sein. — Ich ver=
liere viel Liebes, auf das ich zur Verschönerung meines
Lebens gerechnet hatte. — Nun, ich will die, welche
mir bleiben, desto lieber haben, Gott segne sie! —
„Und jetzo wiederum an's Werk," welches in diesem
Augenblick die Schilderung des noblen Triumvirats
von Danton, Robespierre und Marat ist. —

Heute habe ich schon wieder ein Papier von Werth
verlegt. — Ich weiß nicht, welcher böse Geist mir so
oft diesen Streich spielt. Nachdem ich das ganze
Haus hatte umdrehen lassen, fand ich es irgendwo,
gleichviel wo; — das muß ich mir abgewöhnen. —

6. Dezember. — Es ist doch ein seltsam Ding, diese
Schriftstellerei und die Sucht nach Ruhm, die daran
hängt. — Da ist Henry Mackenzie, 83 Jahr alt, der
in der gestrigen Akademiesitzung eine Abhandlung über
Träume vorlas. — Am Rande des Grabes ist er mit
Plänen so eifrig beschäftigt, als läge das Leben noch
erst vor ihm. — Er zieht mich zu Rathe, und ich freue
mich, ihm die Dienste zu vergelten, die er mir einst
leistete. — Dieser gefühlvolle Schriftsteller, den man
sich unwillkürlich als eine sanfte stille Erscheinung mit
einem weißen Schnupftuch denkt, ist ganz das Gegen=
theil davon. — Thätig und munter, ein Politikus, ein
Jäger und Angler, der noch bis auf diesen Tag der
Flinte und der Fischerei nicht entsagt hat und jede

Gesellschaft durch seine Possen und Anekdoten belebt. — Zu Hause soll er manchmal schwermüthig sein, in Gesellschaft habe ich dergleichen nie wahrgenommen. —

Ein merkwürdiger schottischer Charakterzug ist der, daß sie das Rechtsstudium für dasjenige halten, was eigentlich jeder junge Mann ergreifen muß. — Ist er dumm — die Jurisprudenz wird seinen Witz schärfen, — ist er leichtfertig — sie wird ihn gesetzt machen, — ist er arm — wie viel arme Leute sind reiche Advokaten geworden, — hat er ein Gut — er wird Sheriff der Grafschaft werden. — Für Tory's und Whig's paßt die Rechtsgelehrsamkeit gleichmäßig. So wird die Carrière überfüllt, und Keiner kommt zu Etwas. — Ich freue mich, daß Walter ein tüchtiger Soldat geworden ist. — —

7. Dezember. Gute wohlfeile Bücher müssen herausgegeben werden. Die Kinder lesen lehren und ihnen keine guten Bücher zur Verfügung stellen ist, als wenn man Einem Appetit macht und nur ungesunde und giftige Sachen in der Speisekammer läßt, die dann doch aus Hunger verzehrt werden. —

Mir kommt es vor, als wäre mein Zimmer dunkler, seit die vielen Häuser in unserer Straße in Edinburgh gebaut sind. Vielleicht geht es mir aber auch wie dem alten tauben Herrn, der glaubte, daß die Leute in seiner Jugend lauter gesprochen hätten. Speiste ruhig mit Lady Scott und Anne. — Anne übt sich jetzt die schottischen Lieder ein, die ich von Sophie so gern singen hörte. — Da sie mehr die neuere Musik liebt, so denke ich, das gute Mädchen will mir Ersatz für das leisten, was mir seit der Abreise der Schwester so oft fehlt. — Wenn sie sich meinetwegen diesen Zwang auf= erlegt, so kann ich als Dank nur sagen: Gott segne sie!

Der Anblick meiner Familie gewährt mir jetzt große Freude. — Mein ältester Sohn ist unabhängig und hat ein liebes Weib und gute Aussichten in seinem Beruf. — Mein zweiter ist auf dem besten Wege, seine guten Geistesanlagen auszubilden. — Anne ist ein gerades, gutes, ehrliches schottisches Mädchen, der ich nur gern einen Hang zur Satyre abgewöhnen möchte; — und Lockhart ist Lockhart, dem ich so gern das Glück der Tochter anvertraue, die er gewählt hat, und die ihn gewählt hat. —

Aber meine geliebte Frau, die meine Sorgen und mein Glück getheilt hat, — ich fürchte, ihre Gesund= heit ist nicht gut, obgleich ich hoffe und Gott bitte, daß sie mich überleben möge. — Aber wenn ihr beschwer= liches Leiden anhält, so deutet dies auf kein langes Leben. — Mein Bruder war fünfzig, mein Vater siebenzig, als er starb. — Machen wir die Theilung — also mit sechszig Jahren, gute Nacht, Sir Walter. — Mir ist's gleich, wenn ich einen unbefleckten Namen und meine Familie gut versorgt zurücklasse. — Sat est vixisse. — —

10. Dezember. Heute habe ich wieder ein Paar von den wunderlichen Gesuchen zu beantworten gehabt, die die wunderlichsten Leute über Gott weiß was an mich richten. — —

Ein Narr schreibt mir da — etwas spät, wenn er glaubt, daß es von Wichtigkeit sei, — daß ihm die ersten drei Bände des Kerker von Edinburgh gefallen, daß er aber den vierten ganz verwerfen müsse. — Wahrscheinlich glaubt er, daß seine Meinung die sieben Pence werth ist, die der Brief Porto gekostet hat. — Nun, ein Schriftsteller kann immerhin zufrieden sein, wenn drei Viertel seines Werkes dem Leser gefallen haben. Der Kerl verlangt noch in einem Postscript, ich soll das Schwert von Sir William Wallace zurückfordern, welches man nach England entführt hat. — Ich bin nicht General=Feldzeugmeister, soviel ich weiß. — Aber es war doch Unrecht, daß man das Schwert und Mons Meg weggenommen hat. — Komme ich nach London, so will ich meine Unterhand= lungen mit dem großen Herzoge wieder aufnehmen. —

Ein eigenthümliches Glaubensbekenntniß ist an demselben Tage aufgezeichnet:

Ich hoffe, daß es wenig Menschen giebt, die das Dasein Gottes leugnen; ja ich glaube, daß Niemand jemals einen so scheußlichen Glauben gehabt hat, wenn auch manche Menschen es von sich gesagt haben. — Mit dem Glauben an Gott ist der Glaube an

Unsterblichkeit der Seele und an Lohn und Strafe nach dem Tode unauflöslich verbunden. Mehr können wir nicht wissen, aber es ist uns unverwehrt, unseren Geist, wenn gleich vergeblich, anzustrengen, um hinter den Vorhang zu blicken, der diese Geheimnisse verhüllt. — Die Ausdrücke der heiligen Schrift sind jedenfalls bildlich, denn das höllische Feuer und die Musik der Sphären können doch nur mittelst leiblicher Sinne empfunden werden, und der Geist ist nach dem Tode, wenigstens bis zur Auferstehung ganz gewiß, nicht mit einem Leibe verbunden. — Auch kann man nicht annehmen, daß die verklärten Leiber, die am jüngsten Tage auferstehen sollen, für unsere groben irdischen körperlichen Leiden und Freuden empfänglich sein sollten. — Die Idee eines mahommedanischen Paradieses ist mit der Reinheit unserer göttlichen Religion unvereinbar. — Harmonie der Sphären ist offenbar gewählt als Bezeichnung des wenigst materiellen aller sinnlichen Genüsse und als Sinnbild der Liebe, der Einigkeit, des Friedens und des vollkommenen Glückes. — Aber d i e haben eine armselige Vorstellung von der Gottheit und von den Belohnungen, die der Gerechten warten, welche diese Sphärenmusik im wörtlichen Sinne nehmen, — eine Geburtstagscantate ohne Ende. — Ich sollte meinen, die höchste Belohnung müßte ein göttlicher Auftrag sein, eine zu erfüllende Pflicht, auf welche der Lohn des guten

Gewissens folgt. — Daß Gott, von dem wir doch
glauben müssen, daß er die Geschöpfe liebt, die er in's
Dasein gerufen hat, einen Theil seiner Macht an
andere Wesen überträgt, kann ich wenigstens nicht für
so widersinnig halten. — Milton's erhabene Erfindung
der Schutzheiligen und Engel, die über die Königreiche
der Erde wachen, hätte dann Etwas für sich. Ja wir
könnten uns der katholischen Lehre von der Thätigkeit
der Heiligen annähern, ohne in ihre abgeschmackte
Anbetung der Heiligen zu verfallen. — Denken wir
uns diese Heiligen thätig, so muß ich gestehen, daß ein
ewiges Leben, ausgefüllt durch thätige Liebe, mit mei=
nen Begriffen mehr übereinstimmt, als eine Ewigkeit
von Musik. — Doch das sind Grübeleien, — und wie
können wir wissen, was wir sein werden, wenn wir
nicht wissen, was wir jetzt sind. — Aber es lebt ein
Gott, und ein gerechter Gott, — ein Gericht wird
gehalten werden im künftigen Leben, und Alle, die dies
glauben, mögen nach diesem Glauben handeln. —
Die Geister, an die ich glauben möchte, würde ich
übrigens nicht auf diese Erde beschränken. Das
Weltall mit seinen endlosen Sonnen und Welten ist
für sie offen. — —

Wir hatten heut Mittag viele Gäste, u. A. einen
Herrn Kähler. — Ich habe schon oft bemerkt, daß alle
Leute, deren Name ohnstreitig von einem Handwerk
hergenommen ist, durch irgend eine seltsame Schreib=

art denselben ändern oder alterthümlich machen wollen.
Sie nennen sich Mühler, Becker, Vischer u. s. w., als
wollten sie sagen, mein Vater war allerdings ein
Handwerker, aber vor so uralten Zeiten, daß damals
die Worte noch ganz anders geschrieben wurden.

11. Dezember. Ich hatte einen Anfall von nervö=
ser Verstimmung. — Körperliche Anstrengung und
frische Luft habe ich stets wirksamer dagegen gefunden,
als Vernunftgründe. —

14. Dezember. Die Berichte über die Geldkrisis
in London sind wieder sehr schlecht; das wird hier
nachwirken, und ich habe mich zu tief eingelassen, um
es nicht zu empfinden. — Um die Sache mit einem
Male abzumachen, möchte ich die 10,000 Pfund auf=
nehmen, mit denen ich mir vorbehalten habe, Abbots=
ford belasten zu dürfen. — Das wird uns möglich
machen, den Beistand der Bankiers zu entbehren und
mitten in diesem Gewitter ruhig zu schlafen. — Ich
weiß nicht, wie es zugeht, die Sache macht meine
Stimmung gereizt, woran aber auch die wenige Mo=
tion Schuld sein kann, die ich während der Gerichts=
sitzungen habe, und dann kommt dieser plötzliche
Witterungswechsel hinzu. — Jedenfalls soll dies das
letzte Mal sein, daß ich mich aus Leichtsinn oder aus
Lust am Gewinn habe verführen lassen, solche Wechsel=
verbindlichkeiten mit einzugehen. —

16. Dezember. Speiste zu Hause mit meiner

Familie. — Ich bin entschlossen, nicht mehr, wie bis=
her, den Gastwirth für ganz England und Schottland
zu spielen, und da ich in diesem Jahre borgen will, so
will ich auch sparen.

Wir hatten Nachricht von Sophie aus London. —
Sie schreibt, das ganze Hôtel wäre zusammengelaufen,
um zu sehen, wie der schottische Mehlbrei für den klei=
nen John gekocht wurde, und die Kinderfrau sagte in
großem Aerger darüber: England ist ein schlechtes
Land, um Brei darin zu kochen. — Gott segne den
armen Kleinen und mache ihn ganz gesund. —

Ein früher sehr wohlhabender Mann, der sich
durch seine Kunstliebhabereien ruinirt hat, kam heute
mit einem Rechtsverständigen zu mir, um Rath und
Hilfe in seinen Verlegenheiten bei mir zu suchen. —
Ich kann ihm nicht helfen, da wir uns überzeugten,
daß der förmliche Banquerutt nicht abzuwenden ist.
Ich bot ihm ein hübsches mir gehöriges Häuschen,
das gerade frei steht, zum Aufenthalt an. Meine
Frau billigt dies nicht, da sie glaubt, er sei kein passen=
der Nachbar für uns. — Aber die Frau und die
Kinder dauern mich. — Der Mann will seine alte
Schriftstellerei wieder versuchen, und ich hoffe, er wird
den Unterhalt für seine Familie dadurch erwerben
können. — Was mich selbst betrifft, wenn die Sachen
in London schlimm ablaufen, so wird der Zauberstab
des großen Unbekannten in meiner Hand zersplittern.

— Der Tanz meiner Phantasie wird gelähmt sein durch den Verlust der Unabhängigkeit. Nicht mehr werde ich fortan am Morgen erwachen voll klarer Ideeen, die ich eilig auf's Papier werfe, und die all= monatlich mir bisher die Mittel gewährten, meine Hügel zu bewalden und meine Güter zu vergrößern. — Dies Alles muß nun aufhören, und ich werde mich nüchterner und einträglicher Arbeit widmen, z. B. Geschichtsschreibung und dergleichen. — Das wird nicht mehr die alte begeisterte Aufnahme finden. — Der Autor, von dem man weiß, daß er für's tägliche Brot schreibt, sinkt in den Augen des Publikums. Er wird dann zur zweiten Klasse gerechnet. — Wenn das edle Roß erst soweit herunter ist, daß Peitsche und Sporn es zum Laufen antreiben müssen, dann ist der feurige Renner zum Karrengaul geworden. — Das ist ein bitterer Gedanke! Treten mir die Thränen dabei in's Auge, so mögen sie fließen. — Mein Herz hängt an diesem Platz, den ich geschaffen habe. Kein Baum wächst hier, den ich nicht gepflanzt habe.

Wie wunderbar hat mein Leben sich gestaltet! — Meine Bildung eine halbe, die wissenschaftliche Erziehung vernachläßigt oder mir selbst überlassen, habe ich mir den Kopf mit einer Masse von dummem Zeuge vollgestopft und ward lange Zeit von meinen Altersgenossen verkannt. Doch kam ich vorwärts und galt bald für einen kühnen und gescheuten Burschen,

zur Beschämung derer, die mich für einen bloßen
Träumer erklärt halten. — Zwei Jahre lang glaubte
ich, mein Herz wollte brechen, aber das Herz heilte
ganz gut wieder zusammen, obgleich die Narbe bis an
meinen Todestag zu sehen sein wird.

Jetzt nun muß ich von der Höhe meines Stolzes
herabgestürzt und flügellahm werden, bloß weil es der
Londoner Börse einfällt, toll zu sein, und ich armer
harmloser Löwe werde deshalb von Bären und Ochsen
in's Gedränge gebracht. — Und was wird das Ende
davon sein? Gott weiß es! — so endet der Katechis=
mus. Mein Trost bleibt, daß zuletzt Niemand durch
mich einen Groschen verlieren soll. — Die Leute wer=
den sagen, Hochmuth kommt vor den Fall. — Mögen
sie doch, und mögen sie sich deswegen nur höher
dünken. — Ich habe das gute Bewußtsein, daß mein
Wohlstand Vielen genützt hat, und daß die Meisten
mir meinen schnell vergangenen Glanz vergeben wer=
den in Betracht meiner guten Absichten und meiner
steten Sorge für das Wohl der Armen. — Auf meinen
Gütern giebt's viel trauernde Herzen. — Ich habe
halb und halb beschlossen, Abbotsford nicht wieder zu
sehen. — Wie kann ich meine Hallen künftig betreten
mit so gebeugtem Stolze! — Soll ich als armer ver=
schuldeter Mann an dem Orte leben, wo ich einst reich
und hochgeachtet war? — Sonnabend hätte ich wie
gewöhnlich in Glück und Lust dorthin fahren sollen,

meine Freunde zu empfangen. — Meine Hunde wer=
den nun vergebens auf mich warten. — Es ist när=
risch, aber der Gedanke, mich von diesen stummen
Geschöpfen zu trennen, hat mich tiefer bewegt, als alle
die traurigen Betrachtungen, die ich eben niederschrieb.
— Arme Thiere! ich muß sehen, daß ich Euch einen
guten Herrn verschaffe! — Noch giebt es Leute, die
meine Hunde lieben werden, weil es meine waren. —
Ich muß diese traurigen Ahnungen verscheuchen, damit
sie mir nicht die Fassung rauben, mit der ein Mann
dem Unglück entgegen treten soll. Ich fühle, wie
meine Hunde sich an meine Kniee drängen, ich höre,
wie sie wimmernd mich überall suchen. — Das ist
Unsinn, aber ich weiß, sie würden es thun, wenn sie
verstehen könnten, was vorgeht. — Ein seltsamer
Gedanke kommt mir! — Wird, wenn ich todt bin, dies
Tagebuch aus dem Ebenholzschrank in Abbotsford
hervorgeholt werden, und wird man mit Verwunde=
rung lesen, daß der ansehnliche Baronet jemals so
nahe daran gewesen, ruinirt zu sein, — oder wird
man es in irgend einer obscuren Miethwohnung fin=
den, wo der herabgekommene Sprößling alter Ritter
sein Wappenschild aufgehängt hat, und wo ein paar
alte Freunde mit ernsten Gesichtern unter einander
flüstern werden: Der arme Mann! — ein wohlmei=
nender alter Herr! — war keines Menschen Feind als
sein eigener. — Glaubte, sein Genie wäre unerschöpf=

lich. — Familie in kümmerlichen Umständen. — Schade, daß er den dummen Adelstitel annahm! — Wer kann dies beantworten?

Manche meiner armen Freunde thun mir leid! — Guter William Laidlaw — armer Tom Purdie — diese bösen Neuigkeiten werden Euch in's Herz schneiden, denn mein Wohlstand war Euer tägliches Brot.

Meinen Gefühlen Lauf zu lassen, habe ich dies nieder geschrieben — sie zu bemeistern, kehre ich zur Bearbeitung der Geschichte des französischen Convents zurück. — Ich danke Gott, daß ich es mit Fassung thun kann.

Wie wird nur Anna ein solches Unglück tragen? — Sie ist leidenschaftlich, aber starkherzig und tapfer in wichtigen Dingen, obgleich Kleinigkeiten sie außer Fassung bringen. — Ich bin froh, daß Lockhart und seine Frau nicht hier sind. — Weßhalb, weiß ich selbst nicht, aber ich bin froh, daß ich dies mit mir allein durchmachen muß, ohne durch Beileidsbezeugungen, wie herzlich und aufrichtig sie auch sind, weich gemacht zu werden.

Seltsamer Weise kommt gerade jetzt mein alter Freund Hector Macdonald und bittet mich um einen Abdruck meines Wappens, wobei ich aus seiner pfiffigen Miene sehe, daß es sich um eine Ueberraschung handelt.

Um halb acht Uhr. — Ich schrieb bis hierher in Erwartung des Ruins, der jeden Augenblick über mich hereinbrechen sollte, und jetzt, eine Stunde später, mache ich das Buch noch ein Mal auf, Gott sei Dank, mit starker Hoffnung, daß Alles sicher und ehrenvoll, in kaufmännischem Sinne, wird abgemacht werden. — Cadell, Constable's Compagnon, kam zu mir, um zu melden, daß das große Londoner Haus den Sturm überstehen werde. — Ich werde stets deßhalb mit Liebe an Cadell denken, nicht blos, weil da lieblich ist der Boten Schritt, die mit guter Nachricht kommen, son= dern weil der arme Bursche Gefühl zeigte, tiefes Gefühl.

Wie Unrecht war es von mir, daß ich ihn bisher so fühllos glaubte, wie seinen Zahltisch! — Daß er Gefühl für Einen zeigte, der ihm doch nicht so nahe steht, will ich ihm gedenken, wenn Alles gut geht. — Ich liebe die Tugend solcher rauhen geraden Naturen. Die Anderen flüchten sich hinter ihre Riechfläschchen und ihre weißen Schnupftücher. — — —

Ballantyne und Constable kamen Beide gleichfalls, sie sind voll bester Hoffnung, Constable fest wie ein Fels — aber ich muß an die Arbeit. — — —

Den 20. und 21. war ich in Gesellschaft. — Heut mit dem Schauspieler Mathews. Als ich das letzte Mal mit ihm zusammen traf, war Sir Alexander

Boswell anwesend, der acht Tage darauf ermordet wurde. — Vorher hatte ich Mathews zuletzt 1815 gesehen, wo Lord Byron mit uns frühstückte. — Nie sah ich Byron so ausgelassen, lustig, witzig und voller Scherze. — Ich habe ihn nachher nie wieder gesehen. — Dieser Mathews mit seinen Späßen hat mir kein Glück gebracht. — Er zwingt Einen zum Lachen, und das thut mir nicht wohl. — Wenn ich recht von Herzen lachen soll, so muß die Veranlassung ohne Absicht, wie von selbst kommen. — Gestern aber konnte ich mitten im Gelächter den Kummer nicht vergessen, der noch so kurz vorher mich niedergedrückt hatte. — — —

22. Gestern schrieb ich vierundzwanzig Druckseiten von Woodstock. Es interessirt mich sehr. — Man wird es für oberflächlich erklären, aber das kümmert mich wenig.

Speiste bei Lord Minto in einer kleinen gewählten Gesellschaft.

Constable will eine neue Ausgabe der Waverley=Romane machen, wozu ich Anmerkungen liefern soll. Er denkt 20,000 Pfstr. dabei zu gewinnen und bietet mir einen Antheil davon an. — Ich kann es jetzt brauchen, obgleich meine Mühe dabei eigentlich nicht soviel verdient.

Abbotsford, den 25. Dezember. — Gestern Abend kam ich hierher. Wie still ist Alles hier im Vergleich

mit dem vergangenen Jahre. — Aber noch ist Nichts
verloren, wenn wir beisammen bleiben. — Ich werde
fleißig arbeiten und wenig Einladungen annehmen.

<hr>

Siebentes Kapitel.

Unter wechselnden Hoffnungen und Befürchtungen
ging das Jahr 1825 zu Ende. Die Arbeit wurde
aber nicht unterbrochen, und lieferten die letzten Tage
außer der Fortsetzung des begonnenen Romans eine
Menge kleiner kritischer Aufsätze, Vorreden und Bei=
träge für Zeitschriften.

So kam nach schweren, sorgenvollen Tagen der
16. Januar 1826 heran, welcher die Gewißheit
brachte, daß Constable sowohl, als Ballantyne in den
Sturz des großen Londoner Hauses mit hinein gerissen
worden, und daß auch Scott selbst, der als Ballan=
tyne's Compagnon für alle Schulden der Firma mit
verhaftet war, vollständig ruinirt sei.

Von den Kämpfen, deren schweren ergreifenden
Ausdruck er in seinem Tagebuche niederlegte, hatten
selbst seine nächsten Umgebungen, ja Frau und Tochter
keine Ahnung. — Ihnen zeigte er stets das heiterste
Gesicht.

Nachdem er am 16. früh in das Buch nur die kur=
zen Worte geschrieben hatte: „Schlechte Nachrichten

begleiteten mich heut auf den schlechten Wegen nach Edinburgh. Hurst und Robinson haben Constable's Wechsel nicht angenommen, und so ist denn wohl der Fall beider Häuser entschieden. Nun, ich werde es bald wissen. — Ich speise bei Skene's."

Herr Skene versichert, daß Walter Scott an diesem Tage während des Diners ganz der alte heitere Gesellschafter war und auf jeden Gesprächsgegenstand mit vollem Eifer einging, als ob gar Nichts im Werke wäre. — Aber beim Scheiden flüsterte er seinem Wirthe zu: Skene, ich habe Etwas mit Ihnen zu reden, seien Sie so gut, morgen früh bei mir vorzusprechen.

Als Skene am anderen Morgen um halb zehn Uhr in Scott's Arbeitszimmer trat, fand er diesen schreibend. — Er stand auf und sagte: Mein Freund, geben Sie mir Ihre Hand — hier haben Sie die Hand eines Bettlers.

Er erzählte dann, daß Ballantyne so eben bei ihm gewesen, und daß der Banquerutt gewiß und vollständig sei, — wobei er kurz die Verhältnisse auseinandersetzte, die zu diesem traurigen Resultate geführt haben, — und daß noch selbigen Tages der Fall der Häuser Constable und Ballantyne öffentlich erklärt werden würde. — Er fuhr fort: Glauben Sie nicht, daß ich zu Hause sitzen und müßig über dem Unglück brüten werde, das nicht mehr abzuwenden ist. Ich arbeitete

an Woodstock, als Sie eintraten. Ich gehe jetzt auf's
Gericht, und im Augenblick, wo ich wieder zu Hause
bin, nehme ich auch die Feder wieder zur Hand. —
Sonntag Mittag komme ich zu Ihnen zu Tische, und
dann sollen Sie hören, was ich unterdessen gearbeitet
habe. —

Als der Sonntag erschien, berichtete er, daß, ungeachtet aller der zahllosen Unterbrechungen, welche die
Conferenzen mit seinen Handlungsgenossen, mit Constable und den anderen Geschäftsleuten herbeiführten,
— seiner eigenen gedrückten Gemüthsstimmung und
der Aufregung zu geschweigen, welche unter solchen
Verhältnissen ungeheuer sein mußten, wo er noch nicht
einmal seine Frau und seine Tochter von der möglichen Verwickelung in Kenntniß gesetzt hatte, in die er
gerathen war, — also aller dieser Hindernisse ungeachtet, berichtete er am Sonntag dem Freunde, daß er am
Abend eines jeden Tages ein Kapitel an seinem
Roman geschrieben habe.

Lady Scott und Anna nahmen die Nachricht von
dem Unglück, daß sie so ganz aus heiterem Himmel
betroffen, mit vieler Fassung auf. Dazu trug allerdings
der Umstand bei, daß sie die Berichte Walter Scott's
anfangs für übertrieben hielten und einen großen
Theil davon auf Rechnung seiner lebhaften Phantasie
schrieben. — Mit Bezug hierauf heißt es denn auch im
Tagebuche vom 19. Januar: „Wir speisten natürlich

zu Hause, und vor und nach Tische schrieb ich unge=
fähr zwanzig Druckseiten an Woodstock. Wie sie aber
geworden sind, darüber mögen Andere urtheilen.

Eine schmerzliche Scene nach Tische und eine
ebenso schmerzliche nach dem Abendessen, da ich diese
armen geliebten Geschöpfe zu überzeugen suchte, daß sie
nicht auf Wunder hoffen dürfen, sondern das Unglück
als sicher betrachten müssen, und daß Geduld und
Arbeit das Einzige ist, was mir übrig bleibt."

An Theilnahme fehlte es dem Dichter in diesen
Tagen nicht. — Alle Freunde und Bekannte drängten
sich mit Anerbietungen von Hilfe an ihn. Die könig=
liche Bank sandte eine Deputation, um zu versichern,
daß man dort in jeder Art sich ihm zur Verfügung
stelle. — Ja, er erhielt das anonyme Anerbieten eines
Geschenkes von 30,000 Lstr., über 200,000 Thlr.
Walter Scott wies Alles zurück und blieb bei dem
gleich in dem ersten Augenblick ausgesprochenen Vor=
satze, sein gesammtes Vermögen den Gläubigern zu
ihrer Befriedigung zu überweisen und von jetzt an nur
dazu noch ferner zu arbeiten, um durch den Ertrag sei=
ner Schriften den Betrag zu decken, zu dessen Bezah=
lung sein Besitzthum nicht ausreichte.

Das Resultat der Ermittelungen über die Schul=
benmasse der gefallenen Häuser war indessen, wie sich
bald herausstellte, ein weit ungünstigeres, als Walter
Scott sich hatte träumen lassen. — Constable's Ver=

bindlichkeiten beliefen sich auf mehr als anderthalb
Millionen Thaler, und die von Hurst und Robinson in
London überstiegen zwei Millionen.   Die Gläubiger
der ersten Firma erhielten ungefähr den vierten, die
der letztgenannten kaum den zehnten Theil ihrer For=
derungen.

Ballantyne's, und also Scott als Theilhaber,
hatten eine Schuldenlast von 800,000 Thalern,
117,000 Lstr.

Hätte die Abbotsforder Besitzung verkauft werden
können, so würden die Gläubiger weit besser fortge=
kommen sein, als die der anderen Häuser, allein die
Sache wurde höchst verwickelt durch den Umstand, daß
Scott selbst nur den Nießbrauch seiner Güter behalten,
das Eigenthum derselben aber in einem nicht anzu=
fechtenden Vertrage auf seinen Sohn und dessen Frau
übertragen hatte.

Er machte sich, und nicht ganz mit Unrecht,
Vorwürfe darüber, daß auf diese Weise den Gläubi=
gern ein Object zu ihrer Befriedigung entging, und er
mußte sich sagen, daß er durch mehr Aufmerksamkeit
auf die Geschäfte der Firma einen großen Theil der
Verluste hätte vielleicht verhindern können.

Nun betrachtete er diese ganze Angelegenheit nicht
mit den Augen eines Kaufmannes, sondern er wollte
sich als Ehrenmann und als Gentleman im vollen
Sinne des Wortes benehmen. — Er sagte sich, daß,

11*

wenn er wie bißher in seinen schriftstellerischen Arbeiten
fortfahre, er im Stande sein werde, die Schulden bis
auf den letzten Heller zu bezahlen.

Die Gläubiger, mit sehr wenigen unrühmlichen
Ausnahmen, waren nicht nur mit diesen Ansichten
vollständig einverstanden, sondern ihr Vertrauen auf
Scott's unerschöpfliche Erfindungsgabe als Dichter
und Schriftsteller war so groß, daß sie sich einen voll=
ständigen Erfolg von seinen Anstrengungen versprachen.
— Und redlich hat Scott bis an seinen letzten Augen=
blick dies vorgesteckte Ziel verfolgt, und der Erreichung
desselben seine Kräfte und seine Gesundheit, ja sein
Leben selbst zum Opfer gebracht und seine Ehre und
die Achtung der Mit= und Nachwelt unbefleckt sich
erhalten.

Der Fleiß, mit dem er sich der Arbeit von jetzt an
hingab, ist erstaunlich. — So finden wir im Tagebuch
am 23. Januar verzeichnet, daß er von Montag bis
Donnerstag, also in vier Tagen, einen halben Band
von Woodstock geschrieben hat. — Er setzt hinzu: Ich
höre, wie meine Frau und Tochter im Nebenzimmer
ganz lustig mit einander schwatzen. Das thut meinem
Herzen wohl.

Am 24. ging er zum ersten Male nach der Ver=
öffentlichung seiner Unfälle wieder in's Gericht. —
Wie der Mann mit der langen Nase, sagte er, glaubte
ich, daß Niemand an etwas Anderes denke, als an

mich und mein Mißgeschick. — Die Meisten thaten das
auch, Alle mit Bedauern, Einige offenbar ergriffen.
— Es war unterhaltend, zu beobachten, wie verschieden
die Leute sich benahmen, als sie mir auf ihre Art ihre
Theilnahme bezeigen wollten. — Einige lächelten, als
sie mir guten Tag wünschten, als wollten sie sagen:
Denke nicht weiter daran, mein Bursche, wir denken
selbst nicht mehr daran. — Andere grüßten mich mit
dem affectirten Ernst, der uns bei den Leichenbittern so
zuwider ist. — Die, welche am besten wußten, wie sie
sich zu benehmen hätten, — denn die Gesinnung aller
war die nämliche, — schüttelten mir einfach die Hand
und gingen weiter. — Wollte ich mich förmlich für
banquerutt erklären und die gesetzlichen Mittel ergrei=
fen, die mir eine Erleichterung meiner Lage gewähren
können, so verdiente ich, vor jedem Ehrengerichte
meine Sporen zu verlieren. — Das sei ferne! — Wenn
meine Gläubiger mich nur gewähren lassen, so will
ich lebenslang wie ein Sclave für sie arbeiten und die
Schachten meines Geistes nach Diamanten durchwüh=
len, oder wenigstens nach solchen Dingen, die sie für
Diamanten verkaufen können, um meine Schulden zu
bezahlen, nicht um mich zu bereichern, — und dies
Alles nicht aus Furcht, zahlungsunfähig genannt zu
werden, was ich doch wohl bin, sondern nur, um mei=
nen Gläubigern keines der geistigen und literarischen
Hilfsmittel zu entziehen, die mir noch zu Gebote stehen.

Und diesem edlen männlichen Vorsatze ist er treu geblieben bis zum letzten Athemzuge.

Die Gläubiger kamen zusammen und beschlossen den Weg gütlicher Unterhandlung in der von Scott vorgeschlagenen Art zu betreten. — Scott trat sein sämmtliches Eigenthum in Abbotsford, seine Bibliothek, sein Silberzeug und seine Sammlungen an sie ab, wurde aber in Besitz gelassen und siedelte nach Ablauf der Gerichtssitzungen im März dahin über.

Das Haus in Edinburgh wurde zum Verkauf gestellt, und er miethete eine Wohnung für die Zeit, wo er seines Amtes wegen dort sein mußte. — Dies war ein schwerer Schritt, da der Engländer es für das erste Zeichen eines Mannes in guten Umständen hält, daß er sein eigenes Haus bewohne!

Aber nicht nur die Gläubiger erwiesen ihm alle Rücksicht, die sein Ruhm und sein hochgeachteter Charakter verdienten, sondern es fehlte ihm von allen Seiten nicht an Zeichen der lebhaftesten Theilnahme. So sandte unter Anderem der celtische Club eine Deputation, die ihm ein sehr kostbares altes Schwert übersandte, und von den angesehensten und vornehmsten Personen des Reiches gingen Bezeigungen der Theilnahme und Anerbietungen aller Art bei ihm ein.

In einem Antwortsschreiben Scott's auf einen dieser vielen Briefe findet sich folgende charakteristische Stelle:

„Was meine Angelegenheiten betrifft, deren Sie so freundlich gedenken, so kann ich in Wahrheit sagen, daß die Eiche ihre welken Blätter nicht mit mehr Gleichmuth fallen sieht, als ich mich von dem getrennt habe, was man wohl großen Reichthum nennen konnte. — Wollte Gott, ich könnte Unglücksfälle ganz anderer Art, die mich leider jetzt bedrohen, mit solcher Ruhe tragen. Sie haben vielleicht gehört, daß Lock= hart's einziger Sohn sehr krank ist; und jetzt ist der Zustand des unglücklichen Knaben zu einem Rücken= markleiden geworden, das keine Hoffnung läßt, und das bei den jetzigen Umständen meiner Tochter für diese selbst Folgen haben kann, an die ich nicht denken will. — Dazu kommt noch, obgleich wahrlich Nichts dazu zu kommen brauchte (denn die Schmerzenslaute des armen Kindes tönen fortwährend in meinen Ohren), daß eine Consultation von Aerzten über den Zustand meiner Frau sehr traurige Aussichten eröffnet. — Sie war meine Gefährtin auf rauhen und ebenen Pfaden, in Gut und Böse durch so viele Jahre!"

Das Tagebuch spricht sich hierüber in den Eintra= gungen vom 17—19. März aus. — Er war der Familie nach Abbotsford voran geeilt, um die Vorbe= reitungen für die Aufnahme der kranken Gattin zu treffen:

„— — Brief von Lockhart. Meine schlimmsten Ahnungen gehen in Erfüllung. Die Aerzte finden,

daß die Kräfte des armen kleinen John schwinden. Er
ist mit seiner Mutter in Brighton. Die Bitterkeit die=
ses Unglückes, welches uns bevorsteht, ist grenzenlos.
Das Kind war fast zu gut für diese Welt. — So
schön und so liebenswürdig, obgleich von Allen verzo=
gen, und die schnellste Auffassungsgabe, die mir je vor=
gekommen ist. Dabei hatte er etwas Humoristisches,
wie ich es an keinem anderen Kinde gesehen habe, und
durch den beständigen Umgang mit Großen hatte er
mehr gelernt, als je ein Kind in seinem Alter. —
Wenn wir das Unglück haben sollten, dieses geliebte
Kind noch vor Sophia's Niederkunft zu verlieren, so
kann das sehr übel wirken, — kurz, es ist ein Unglück
von allen Seiten. — Das arme Kind war oft so fie=
berhaft, daß, wenn es seine heißen Lippen gegen die
meinigen preßte, mein Herz von schlimmen Ahnungen
erfüllt wurde, die jetzt leider wahr werden sollen.

18. Ich hatte eine schlechte Nacht. — Die Sorge
um den Knaben läßt mich nicht schlafen, und dabei ist
er so elend und leidet so viel, daß man ihm Erlösung
wünschen muß, wie schrecklich auch der Verlust für die
armen Eltern sein wird. — Ein Hund heulte vor mei=
nen Fenstern. — Das arme Vieh, es hat auch seinen
Kummer, so gut wie ich den meinigen.

19. Lady Scott, die treue Gefährtin meines
Lebens, die alle meine guten und bösen Schicksale mit
mir theilt, hat endlich eingewilligt, Dr. Abercrombie

zu Rathe zu ziehen, — und sein Ausspruch ist Nichts
weniger als günstig. — Ihre Beklemmungen gehen
schnell in Wassersucht über, wie ich das längst gefürch=
tet habe. — Aber die Gewißheit drückt mich nun zu
Boden. — Sie bleibt noch einige Tage in der Stadt,
um die Wirkungen einer neuen Medicin zu erproben.
— Dienstag wollen sie herkommen. Ein neuer Gram,
wo doch des alten schon genug war. Doch ihre Natur
ist gut, und wenn sie den Aerzten folgt, kann es noch
besser gehen. — Gott gebe es, denn wahrlich, diese
Trübsale folgen zu schnell eines auf das andere.

23. — Lady Scott kam gestern Mittag an. —
Sie war wohler, als ich erwartete, aber Anna, die
arme Seele, sieht elend aus und ist von den Anstren=
gungen der letzten Wochen sehr angegriffen."

Mitten in diesen trüben Tagen war bei ununter=
brochener Arbeit am 26. März Woodstock vollständig
beendet. — Die gänzliche Abgeschiedenheit, in welcher
die Familie jetzt in Abbotsford lebte, war für die För=
derung der begonnenen Aufgaben günstig, und das
Tagebuch spricht es aus, daß der Dichter die Men=
schenmenge, die ihn sonst täglich umgab, nicht vermißt,
sondern sich in der Einsamkeit mit den Seinigen wohl
fühlt, nur beunruhigt durch die Besorgnisse um die
Gesundheit der Gattin und des geliebten Enkelsöhn=
chens. —

Woodstock, woran er im Ganzen drei Monate

gearbeitet hatte, wurde zu dem enormen Preise von 57,000 Thlr. zum Besten der Gläubiger von Ballantyne verkauft, und dieser Erfolg schien Scott zu der Hoffnung zu berechtigen, daß er im Laufe von wenigen Jahren im Stande sein werde, seine Schulden abzutragen, wobei er namentlich auf den Erfolg des Lebens Napoleon's rechnete, welches täglich Fortschritte machte.

Das Tagebuch verfolgt die kleinen Ereignisse, welche alle von einem trüben Schleier verhüllt werden, der sich immer dichter zusammenzieht, jemehr die Anzeichen sich häufen, daß es mit den beiden Kranken allmählich zu Ende geht. — Am 19. April, nachdem Tages zuvor das Leichenbegängniß eines alten Bekannten, Sir Alexander Don, stattgefunden, schreibt er: „Gestern Abend kehrte ich aus dem Sterbehause in mein eigenes Trauerhaus zurück, wo Krankheit und Besorgniß jetzt ihre Wohnung aufgeschlagen haben. — Ich mußte mein Lager in unserem Schlafzimmer abtreten, um einer Krankenwärterin Platz zu machen, und habe mich in's Nebenzimmer gebettet, auf wie lange? ob auf immer? Gott allein weiß es! —

Der Tag war so verführerisch schön, daß ich mit Tom Purdie in den Wald ging, Bäume zu fällen. Er führte mich in's Gehölz, wie die vier Ritter den blinden König von Böhmen in die Schlacht leiteten, und „da that ich manchen guten Streich!" eine ganz ritterliche Beschäftigung. —

Den 24. April. Gute Nachrichten aus Brighton. Sophie ist entbunden, und sie und ihr Knabe sind wohl, er soll Walter heißen, ein Lieblingsname in unserer Familie, und ich denke von keiner schlechten Vorbedeutung. — Aber vor Unglück schützt er auch nicht immer. — Von meines Vaters Abkömmlingen bin ich der zweite oder dritte Walter. Es ist mir lieb, daß ich diesen Namen erhielt, denn mein Vater, mein Urgroßvater und mein Ur=Urgroßvater führten ihn, so wie der Großvater des Zuletztgenannten, der erste Laird von Ranburn.

Hurst und Robinson sind nun förmlich banquerutt. — Constable ist ganz niedergeworfen. Ich kann mit Shakespeare sagen:

Du armer Schuft! in meinem Herzen schlägt
Noch eine Ader, die doch um Dich trauert. —

Er hat nicht so gehandelt, wie ich es um ihn verdient hatte, doch glaube ich, er war selbst blind, als ich mich von ihm führen ließ. — Ich will das glauben, bis das Gegentheil bewiesen ist, denn einen Mann zu hassen, der mir einst lieb war, hieße mir selbst eine Wunde in's Herz schneiden.

Meine schönen Pflanzungen thun mir leid! Ehe ich Euch in fremde Hände kommen lasse, will ich mir lieber die Fingerspitzen abschreiben."

Von Anfang des Mai an ging es mit den Kräften der Lady Scott schnell zu Ende. Die Anfälle von

Beklemmungen wurden immer heftiger, und es trat ein
Zustand fast gänzlicher Bewußtlosigkeit ein, in welchem
sie die Ihrigen nicht mehr erkannte. — Scott konnte
bei der sterbenden Gattin nicht bis zu Ende ausharren,
sondern mußte sie in der treuen Pflege der Tochter
Anna zurücklassen, weil die Geschäfte seines Amtes ihn
nach Edinburgh riefen, wo zugleich wegen der fort=
schreitenden Regulirung der Schuldverhältnisse seine
Anwesenheit durchaus nöthig war. — Am 11. schreibt
er in sein Tagebuch die Zeilen aus dem alten deutschen
Liede:

> Der Abschiedstag ist da,
> Schwer liegt es auf dem Herzen schwer. —

Charlotte konnte nicht Abschied von mir nehmen. Sie
lag in festem Schlafe, nachdem die Nacht sehr unruhig
gewesen war. Vielleicht war es so gut, und die Auf=
regung hätte ihr geschadet, und was ich auch hätte
sagen können, wäre nicht in Betracht gekommen gegen
diese Gefahr.

Seit länger als zwei Jahren habe ich diesem trau=
rigen Ende entgegengesehen, — seit den letzten zwei
Monaten hatte ich alle Hoffnung aufgegeben. Und
doch, daß ich die treue Gefährtin, die mir neunund=
zwanzig Jahre lang zur Seite gestanden, noch sterbend
würde verlassen müssen, — das hatte ich nicht gedacht,
konnte ich nicht denken. — Es preßt mir das Herz
zusammen, wenn ich mir sagen muß, daß ich kaum

hoffen darf, ihr wieder meine Sorgen und Freuden
anzuvertrauen und bei ihrem treuen Herzen Rath und
Trost zu suchen. — Doch in ihrem jetzigen traum=
wachen Zustande hätte meine Gegenwart ihr Nichts
genützt, und Anne hat versprochen, ununterbrochen
Nachricht zu geben. —

In Edinburgh wirkten die zahllosen Geschäfte und
die fortwährende Ansprache der Freunde aufheiternd,
so daß er zu Zeiten seines Grams vergaß und in der
Arbeit und im Gespräch Unterhaltung fand, bis plötz=
lich am 15. Mai die kurze Notiz im Tagebuche zu
lesen ist: Ich empfing die traurige Nachricht, daß in
Abbotsford Alles vorbei ist. —

Spät Abends eilte er dahin und fand die Tochter
in krampfhaftem Schmerze aufgelöst. —

Wir übergehen die Klagen und die Ausdrücke der
wechselnden Empfindungen zwischen Muthlosigkeit und
kräftigen Entschlüssen, die im Tagebuch hin und her
schwanken. — Wir übergehen die Trauerzeit der näch=
sten Tage, — denn der Tod macht keinen Unterschied,
und der größte Dichter, der größte Feldherr oder der
größte Gelehrte wird, wenn er die Seinen verliert,
eben nur ein Mensch sein, wie andere Menschen. —

Scott's Empfindungen zeigen neben dem tiefen
Schmerze und dem Gefühl der Vereinsamung in einer
Zeit, wo er tröstenden Zuspruchs mehr als je bedürftig
war, auf die feste religiöse Zuversicht auf ein Wieder=

sehen in der besseren Welt, „und,“ so lauten seine Worte, „diese geheimnißvolle, aber sichere Zuversicht möchte ich nicht hingeben für Alles, was die Welt bieten kann.“

Die Stille um ihn her war um so tiefer, als er mit der vor Schmerz und in Folge der anstrengenden Pflege kranken Tochter die ersten Tage ganz allein war, da man vor Sophie, damals noch Wöchnerin, die Todesnachricht geheim gehalten hatte, und die Söhne noch nicht angekommen waren.

Am 22. Mai fand die Beisetzung in Dryburgh statt, zu der die Söhne herbeigeeilt waren.

Achtes Kapitel.

Die Sensation, welche Scott's Banquerutt im großen Publikum erregte, und die Gefühle, mit welchen man dies Ereigniß betrachtete, können nicht bezeichnender ausgedrückt werden, als durch die Worte des Grafen von Dudley, der, als ihn die Nachricht erreichte, voll Erstaunen ausrief: Scott ruinirt! der Verfasser von Waverley ruinirt! Großer Gott, möge doch Jeder, dem er Tage und Monate voll Erheiterung bereitet hat, sechs Pfennige hergeben, so ist er morgen reicher als Rothschild! —

Da man wußte, unter welchen traurigen Verhält= nissen Woodstock geschrieben war, so wurde das Werk

mit der größten Spannung erwartet und mit forschen-
dem Blicke gelesen, um zu entdecken, ob sich nicht die
Spuren der Leiden des Verfassers in demselben auf-
finden ließen. — Und solcher Stellen glaubte man
allerdings mehrere zu finden, was dem Absatze des
Buches noch förderlicher war. — Diese Stellen sind
indessen von der Art, daß man, ohne vorher unterrichtet
zu sein, schwerlich etwas Besonderes darin gesucht hätte.
— Scott war von Jugend auf so gewaltig von dem
Gegenstande, den er gerade beschrieb, ergriffen, daß er
ganz in demselben aufging und sich so vollständig in denselben versenkte, daß diese Kraft der Abstraction
ihm auch unter solchen Verhältnissen die schöpferische
Dichterkraft nicht trübte, die jeden anderen Menschen
zum Produciren vollständig unfähig gemacht hätten.

Er sah das harte Geschick, das ihn betroffen hatte,
eben wie ein Schicksal an, und wenn er auch mit Constable zürnte, der als gewiegter Geschäftsmann ihm
die klare Einsicht in die Verhältnisse hätte eröffnen
müssen, die er sich selbst vermöge seiner Dichternatur
zu verschaffen versäumte, so ist es auf der andern Seite
rührend, wie er es die Ballantyne's gar nicht entgelten
ließ. — Er wußte, daß diese eben so sanguinische Menschen waren, wie er selbst, und so betrachtete er sie mit
denselben Augen, mit denen er sich selbst betrachtete,
und arbeitete für sie, wie für sich selbst. — Wir stehen
und fallen zusammen, sagte er zu James Ballantyne!

Und niemals ließ er es ihn empfinden, daß er ein Leben voll Arbeit vor sich habe, einzig zu dem Zwecke, um die Schulden des alten Freundes zu tilgen.

Capitain Basil Hall, dessen treffliche Schilderung der Abbotsforder Glanzperiode wir ausführlich mitgetheilt haben, besuchte unsern Dichter in dieser schweren Zeit von Neuem, und er giebt uns ein anschauliches Bild von dem Manne, der in seiner Vereinsamung, arm und von Unglück verfolgt, mit dem alten Geiste ungebeugt auf immer neue Schöpfungen sinnt. —

Es war vier Wochen nach dem Tode der Lady Scott und fünf Monate nach dem Ausbruch des Banquerutts, als er den verehrten Freund in Edinburgh aufsuchte.

Das alte stattliche Haus stand leer und verlassen, und die Spuren des Verfalls zeigten sich auf der sonst so sauber gehaltenen Schwelle. Ein Zettel an der Thüre lud Käufer für das Grundstück ein. — Scott bewohnte ein Stockwerk in einem geringen Hause, und der Gast trat ein, als gerade der alte Diener ein einziges Couvert für eine Person zum Essen herrichtete. — Der Strom von Gästen und fremden Bewunderern war verstoben, und Scott saß einsam unter einer Menge von Büchern zum Nachschlagen behufs seiner Napoleonischen Geschichte. — Mit ernster Miene, in schwarzer Kleidung, den Trauerflor um den Arm, empfing er den Freund. Aber das belebende Gespräch äußerte

bald seine Wirkung, — die Züge klärten sich auf, er
ging auf die verschiedensten Gegenstände mit der alten
Munterkeit ein, und nach einer Viertelstunde hatte der
Gast sich überzeugt, daß der alte Geist des Dichters
zwar vorübergehend gebeugt, aber nichts weniger als
gebrochen sei, und daß man noch viele große Meister=
werke von ihm erwarten dürfe, da der Antrieb zum
Fleiß jetzt doppelt groß geworden war und einer so lau=
teren ehrenvollen Quelle entsprang.

Die Tage vergingen nun ziemlich gleichmäßig. —
Napoleon's Leben schritt vorwärts, und zugleich wurden
die köstlichen Erzählungen ausgearbeitet, die unter
dem gemeinschaftlichen Titel: Chronik von Cannon=
gate demnächst erschienen. — Die Kinder kamen ab
und zu zum Besuch, die Gesundheit des Enkelsohnes
schien sich bessern zu wollen, und so wurden manche
Abende im häuslichen Kreise froh verlebt. — Der
Name der Mutter ward dabei stets mit Liebe und
ohne Zwang genannt, da Walter Scott die weichliche
Gewohnheit mancher Leute, das Andenken ihrer Tod=
ten aus den Gesprächen des täglichen Lebens zu ver=
bannen, für eine unwürdige erklärte.

Die veränderte Lebensstellung des Dichters jedoch
und die allmählich immer zunehmende Vereinsamung
durch das Absterben von Altersgenossen lassen es
erklärlich finden, wenn das Tagebuch gesteht, er nehme
an allen Vorkommnissen des Lebens ungefähr den

Antheil, wie ein Verstorbener auf die Dinge blicken möge, die ihn im Leben interessirten. —

Eine Unterbrechung dieses gleichmäßigen Verlaufs seiner Tage führte der Umstand herbei, daß die Arbeit an Napoleon's Leben es wünschenswerth machte, die Archive in London und Paris zu benutzen, und nachdem ihm von den Behörden die Erfüllung dieses Wunsches auf's Bereitwilligste zugesagt worden, machte er sich mit seiner Tochter Anna am 12. Oktober auf die Reise.

Der Empfang in London war so glänzend wie immer, ja vielleicht herzlicher als jemals, weil die Bewunderung für die edle Art, mit welcher er sein Unglück trug und die Arbeit seines Lebens der Befriedigung der Ballantyne'schen Gläubiger widmete, die Hochachtung für seinen Charakter womöglich noch gesteigert hatte, und man mit einem Gemisch von Staunen und inniger Theilnahme auf den Mann blickte, der Woodstock innerhalb der drei Monate geschrieben hatte, die ihn seiner Gattin und seines ganzen Vermögens beraubt hatten.

Er mußte einen Tag beim Könige in Windsor zubringen, und Georg IV. that alles Mögliche, um sich von der liebenswürdigsten Seite zu zeigen.

Nachdem er im Archive, besonders aus der Correspondenz mit St. Helena, die Auszüge gemacht, deren er bedurfte, schiffte er sich am 26. Oktober nach Frankreich ein, nachdem er vorher noch dem Sohne Charles in Orford einen Besuch abgestattet hatte.

Der junge Student bewirthete den Vater auf seinem Zimmer, und das Tagebuch sagt hierbei: O wie süß ist es für einen Vater, an seines Kindes Tische zu sitzen. Es ist, als ob ein alter Mann ausruht unter dem Schatten der Eiche, die er gepflanzt hat.

Am 30. Oktober kam der Reisende in Paris an, und kaum hatte sich die Nachricht von des Dichters Anwesenheit verbreitet, als sich Alles an ihn herandrängte, was auf Auszeichnung irgend Anspruch hatte. — Auch die Damen der Halle fehlten nicht und überreichten ein Riesenbouquet mit einer zierlichen Rede.

Die überschwenglichen Complimente der Franzosen waren ihm höchst lächerlich, und er notirt, daß Mr. Meurice, der Inhaber des damals ersten Hotels in Paris, ihm schrieb, er sei nahe daran, einen Selbstmord zu begehen, weil er den Dichter nicht habe aufnehmen können; daß die berühmte Malerin Madame Mirbel fast weinend ihm zu Füßen gefallen sei, mit der Bitte, ihn malen zu dürfen, und daß die russische Fürstin Gallitzin ihr einen Besuch zu gestatten bittet mit den Worten: Elle voulait traverser les mers pour aller voir Sir W. Scott. — Alle diese Narrenspossen, sagte er, sind mir doch lieb, weil ich sehe, daß man mich nicht wie eine gefallene Größe betrachtet.

Auch von der Königlichen Familie wurde Scott

mit großer Artigkeit behandelt, und er giebt von den Hauptpersonen folgende Schilderung, nach den Beobachtungen, die er während des Gottesdienstes in der Schloßkapelle gemacht hatte:

Der König (Ludwig XVIII.) ist im Alter derselbe, wie ich ihn in seiner Jugend in Holyroodhouse gesehen habe, bigott und höflich in vollstem Maße. — Die Dauphine gleicht im Profil sehr den Bildern von Marie Antoinette, ohne dabei schön zu sein. — Ihre Züge sind zu stark, drücken aber große Charakterfestigkeit aus, so daß man begreift, daß sie es ist, von der Napoleon gesagt hat, daß sie der einzige Mann in der Familie sei. — Sie schien in ihre Andachtsübungen versunken. Dies war weniger der Fall bei der Herzogin von Berri, welche ein Paar Mal gähnte. Sie ist eine muntere Blondine, nichts weniger als hübsch, sieht aber gutmüthig und vergnügt aus, schielt etwas und war mit kostbaren Brillanten geschmückt.

Der Aufenthalt in Paris dauerte bis zum 8. Novbr.

In dieser Zeit war es schwer, für den eigentlichen Zweck, das Studium der Quellen für die Geschichte Napoleon's, die nöthige Zeit zu finden, da die Franzosen sich sehr zudringlich erwiesen und, wie Scott sich ausdrückt, mit empörender Höflichkeit zu allen Tageszeiten bei ihm eindrangen und ihn vor ihren Complimenten nicht einmal zu Worte kommen ließen. — Im Ganzen war er jedoch mit dem Erfolge der Reise wohl

zufrieden und fagt felbft, daß er fehr undankbar fein
müßte, wollte er fich nicht von der Aufnahme, die die
Franzofen ihm bereitet hätten, gefchmeichelt finden. —
Auch mit der Ausbeute für feine Arbeit war er zufrie=
den, und befonders hat er aus Unterredungen mit
folchen Perfonen, die dem Kaifer näher ftanden, feine
Vorftellungen über den perfönlichen Charakter deffelben
berichtigt und vervollftändigt.

Am 11. war man wieder in London, wo noch
einige Tage dem ernften Studium und dem Umgang
mit den alten Freunden und Gönnern gewidmet
wurden.

Befonders freundlich bezeigte fich diesmal unter
Anderen der Herzog von Wellington, welcher unferem
Dichter ein Packet Notizen übergab, die er eigenhändig
über den ruffifchen Feldzug niedergefchrieben hatte.

Unter ernften Studien und gefelligen Zerftreuungen
vergingen diefe Tage, doch griffen die beftändigen
Gaftereien und die endlofe Unruhe diefes Treibens
feinen nicht mehr jugendlichen Körper mehr an, als
ihm zuträglich war, und fo fühlte er fich erleichtert, als
er am 26. November wieder in Abbotsford eintraf,
um von da aus den Winteraufenthalt in Edinburgh
anzutreten.

Da die Gläubiger, fehr zufrieden mit dem Ertrage
feiner Arbeiten, der ihnen überwiefen wurde, ihm die
fonftigen Einnahmen nicht fchmälerten, fo miethete er

nun ein anständig möblirtes kleines Haus für sich und seine Tochter, und hier führte er in den nächsten Monaten ein einsames Leben unter beständiger Arbeit fort, indem er höchst selten aus dem Hause ging und die Einladungen seiner Freunde nur dann annahm, wenn er zuweilen mit ihnen im engsten Familienkreise einige Stunden verbringen wollte. — Bei sich empfing er kaum irgend Jemand und war von früh bis Abend an sein Schreibpult gefesselt.

Trotz der zunehmenden Leiden, welche sein lahmer Fuß ihm jetzt zu bereiten anfing, indem rheumatische Beschwerden, die ihn quälten, sich besonders auf diesen leidenden Theil warfen, arbeitete er rastlos fort, getrieben von dem beständigen Bewußtsein, daß alle Zeit, die er erübrigen könne, seinen Gläubigern gehöre, und daß er sie zum Besten derselben anwenden müsse. — Erschwert wurde dieser Fleiß noch in hohem Grade dadurch, daß Scott seit dieser Zeit in Folge des nicht mehr regelmäßigen Blutumlaufs an Frostbeulen litt, die an Füßen und Händen sich zeigten, und welche ihm das Mechanische des Schreibens mühevoll machten, so daß seine Schrift auch seit 1826 stets unleserlicher wurde, zu großer Beschwerde der Abschreiber und Drucker.

In solchen Zeiten körperlichen Leidens war es, wo dem Vereinsamten der Verlust der Gattin oft schmerzlich vor die Seele trat.

So schreibt er in sein Tagebuch: „Wieder eine schlechte Nacht! — Ich weiß noch wohl die Zeit, wo ein leichtes Unwohlsein für mich eigentlich etwas ganz Behagliches war. — Mein Kissen wurde von der Hand der Liebe mir zurecht gerückt, und die zarten Aufmerksamkeiten, die meine Schmerzen lindern und meiner Abspannung aufhelfen sollten, thaten mir wohler, als die Leiden selbst mir wehe thaten. — Wie anders ist es jetzt! — Die alte Kutsche wird wacklig, da sie an die letzten Stationen gelangt, — aber sie wird an's Ziel kommen, und dann wird Alles gut sein. — Was ist das Leben? Ein Traum im Traume. — Wenn wir älter werden, ist jeder Fortschritt ein Erwachen. — Der Jüngling glaubt zu erwachen aus dem Kindheitstraume — der Mann blickt auf die Bestrebungen der Jugend wie auf Träumereien zurück — und dem Greise erscheint die Zeit der Mannheit wie ein fieberischer Traum. — Ist das Grab der letzte Schlaf? — Nein, es ist das letzte endliche Erwachen."

So trübe Gedanken erfüllten zu Zeiten Scott's Seele. Aber diese Gedanken mußten weichen, wenn er sich zur Arbeit niedersetzte, und neben der Fortsetzung des Napoleon und der Romane lieferte er fast jede Woche Beiträge zu allerlei Zeitschriften und sonstige kleinere Aufsätze. — Seine alte Lieberalität verleugnete er auch in diesen bedrängten Zeiten nicht, und einem armen Herausgeber eines neuen Blattes,

welches ausländische Literatur besprechen sollte, gab er
einen Aufsatz über Hoffmann's Schriften, für den ihm
jeder Buchhändler mit Freuden 100 Pfund Sterling
gezahlt hätte. — Die Fälle, in welchen er sein ganzes
Leben lang seine bedürftigen Collegen unterstützt hat,
sind kaum zu zählen, und auch jetzt, wo er sich von der
Welt so viel wie möglich zurückgezogen hatte, langten
die Hilfsgesuche immer noch zahlreich in seinem einsa=
men Studirzimmer an.

Er verließ dasselbe nur ab und zu, wenn besonders
gute Freunde irgendwo versammelt waren, um in
ihrer Mitte seine körperlichen Leiden und seine trauri=
gen Erlebnisse zu vergessen und die alte frohe Laune
auf Stunden wieder zu finden. — Von größeren
Gelagen hielt er sich fern, und erst im Februar 1827
ließ er sich zum ersten Male bewegen, einem förmlichen
Festessen nicht nur beizuwohnen, sondern als Vorsitzen=
der zu präsidiren. Es war die Gründung einer wohl=
thätigen Stiftung für verarmte Bühnenkünstler im
Werke, und der Director des Edinburgher Theaters
hatte zu dem Ende ein feierliches Diner von dreihun=
dert Couverts arrangirt, welches den Gästen Gelegen=
heit geben sollte, ihre Freigebigkeit für den guten Zweck
zu beweisen. — Präsidiren sollte, wie gesagt, Walter
Scott, und ihm standen nach englischer Sitte als
Ehrenvorsteher zur Seite der Graf von Fife und der

Lord Meadowbank und mehrere andere ausgezeichnete Personen.

Der letztgenannte Edelmann nahm unseren Dichter kurz vor Beginn des Mahles bei Seite und fragte, ob er es übel nehmen werde, wenn bei Gelegenheit eines Toastes der Autorschaft des Waverley gedacht würde. — Diese konnte nach den Verhandlungen über den Banquerutt kein Geheimniß mehr sein, und Scott willigte lächelnd ein mit den Worten: Thuen Sie, was Ihnen gefällig ist, aber sprechen Sie nicht zu viel über diese alte Geschichte.

Der Toast, den diese ertheilte Erlaubniß Scott's zur Folge hatte, so wie seine Erwiederung darauf haben seiner Zeit nicht nur in England, sondern in ganz Europa das größte Aufsehen gemacht, indem selbst diejenigen, welche an Scott's Autorschaft nicht zweifelten, doch kaum denken konnten, daß er selbst allein, ohne alle fremde Hilfe in so kurzer Zeit eine so große Anzahl von Meisterwerken geschaffen haben könne. — Es wird daher nicht uninteressant sein, die wesentlichen Stellen dieser so berühmt gewordenen Tischreden kennen zu lernen.

Lord Meadowbank redete die Versammelten folgendermaßen an:

Ich bitte um Erlaubniß, einen Toast auszubringen. — Es gilt die Gesundheit eines Mannes, dessen

Name stets vor allen Anderen genannt zu werden ver=
dient, und der überall, wo Schotten versammelt sind,
nicht mit gewöhnlichen Gefühlen der Freude und
Theilnahme, sondern mit Entzücken und Begeisterung
vernommen wird. — Wie oft auch Jeder von uns auf
das Heil dieses Mannes angestoßen hat, so geschah es
doch fast nie ohne gewisse Anspielungen auf Dinge,
welche mit einem geheimnißvollen Schleier umgeben
waren, und man durfte die glühenden Lobeserhebun=
gen, die wir ihm so gern dargebracht hätten, stets nur
auf Umwegen an ihn gelangen lassen. Jetzt aber
haben die Wolken sich verzogen, die durchsichtige Fin=
sterniß ist geschwunden, und der große Unbekannte, —
der Sänger unseres Heimathlandes, vor dessen Zau=
berstab vergangene Zeiten und vergangene Geschlechter
neu belebt unseren Blicken erschienen sind, — er steht
jetzt anerkannt vor uns, zur Freude unserer Augen und
zum Entzücken unserer Herzen. — Da ich ihn kenne,
als Freund, als Menschen und als meinen geliebten
Landsmann, so weiß ich, daß die überwältigenden
Gaben des Genies, die der große Mann besitzt, nicht
bewunderungswürdiger sind, als seine einfache Beschei=
denheit, welcher keine Art von Lobeserhebung ange=
nehm ist, so wenig sie auch das Maß seiner Verdienste
zu erreichen im Stande ist. — Doch würden Sie, die
Sie hier versammelt sind, es mir nicht verzeihen, wenn

ich es nicht aussprräche, daß unsere gesammte Nation
eine große und schwere Schuld der Dankbarkeit gegen
ihn abzutragen hat. — Er hat zuerst das Ausland mit
den Schönheiten unseres Vaterlandes bekannt ge=
macht, und der Ruhm unserer Vorfahren ist von ihm
über die Grenzen dieses Landes hinausgetragen wor=
den bis an die Grenzen der Welt. — Er hat unseren
Nationalcharakter zu neuer Anerkennung gebracht und
den Namen Schottland unsterblich gemacht, wäre es
auch nur durch das Glück, daß er unter uns geboren
ist. — Ich trinke auf das Wohl von Sir Walter
Scott! —

Der Beifallssturm, den diese Rede hervorrief, war
betäubend. — Die ganze Gesellschaft stieg auf Stühle
und Tische, schwenkte die Tücher und jubelte ohne
Aufhören. —

Als etwas Ruhe eingetreten war, sprach Walter
Scott:

Ich hatte, als ich heut hier erschien, keine Ahnung
davon, daß ich in Gegenwart von dreihundert Herren
ein Geheimniß offenbaren sollte, welches in Anbe=
tracht, daß mehr als zwanzig Menschen um dasselbe
wußten, bis jetzt so gut bewahrt wurde. — Ich stehe
hier förmlich als Angeklagter vor dem Lord Meadow=
bank, unserem geehrten Oberrichter, und ich bin über=
zeugt, daß Sie als Geschworene bei der Geringfügig=

keit der gegen mich vorgebrachten Beweise mich frei=
sprechen würden. — Dennoch will ich mich schuldig
bekennen und den Gerichtshof nicht mit Aufzählung
der Gründe ermüden, die mein Geständniß so lange
verzögert haben. — Vielleicht war es zum größten
Theil eine bloße Laune. Jetzt habe ich nur zu sagen,
daß alles Gute und alles Schlechte, was an diesen
Schriften ist, ganz und ausschließlich nur mir einzig
und allein zur Last fällt.

Dies ist mein Bekenntniß, und da ich weiß, daß
dasselbe in's Publikum kommen wird, so wiederhole ich
ausdrücklich, daß, indem ich mich als Verfasser
bekenne, ich damit sagen will, daß ich der einzige und
alleinige Verfasser bin.

Mit Ausnahme der ausdrücklich als Anführungen
aus Dichtern oder sonst bezeichneten Stellen enthalten
diese Schriften kein Wort, das nicht aus meiner Erfin=
dung niedergeschrieben oder eine Frucht meiner Stu=
dien gewesen wäre, und ich füge mit Prospero's Wor=
ten hinzu: Der Hauch Eures Beifalls war es, der
meine Segel geschwellt hat. — Und nun trinke ich auf
das Wohl des großen Bühnenkünstlers, Herrn Mackay,
der die Gestalten, deren Umrisse ich entworfen, so oft
durch sein Genie vor unseren Augen zur lebendigen
Anschauung gebracht hat. — Dieser Toast wird gewiß
mit dem Beifallssturm aufgenommen werden, an
welchen dieser Künstler mit Recht so gewöhnt ist. —

Möge dieser Beifall stets sein und bleiben: Er = staun=
lich! —

Der Enthusiasmus, den diese Worte erregten, wird
denen erklärlich sein, die sich an das Wort Er = staun=
lich! — erinnern, welches der alte Domini Sampson
im Sterndeuter stets im Munde führt, und welches
bei der Aufführung des aus diesem Roman gemachten
Stückes immer ganz besonders die Freude des Publi=
kums gewesen war.

Diese Scott'sche Rede machte anderen Tages die
Runde durch alle Zeitungen und bildete das Tages=
gespräch der nächsten Woche.

In dem Stück: Die Gelehrten in der Küche, wel=
ches bald nachher in Edinburgh aufgeführt wurde,
streiten die Kammerjungfern darüber, wer den Shake=
speare geschrieben habe. — Die Eine sagt: Ben=John=
son, die Andere „Finis,“ denn das steht darunter. —
Nein, sagte darauf einer der Schauspieler, es ist
Sir Walter Scott. Er hat es ja neulich bei dem
großen Mittagessen eingestanden.

Diese Begebenheit, die den Namen Scott von
Neuem in den Vordergrund aller Gedanken und Ge=
spräche stellte, man kann wohl sagen, in der ganzen
Welt, war in des Dichters Leben nur ein kurz vorüber=
gehender Moment, auf den alsbald wieder die kaum
unterbrochene Reihe einsamer Arbeiten folgte, und es
wurden ihm überdies diese Tage und Wochen durch

fortwährende Nachrichten getrübt, welche das Ableben
alter Gönner und Freunde meldeten. Der Herzog
von York, der große Reformator der englischen Armee,
der sich stets als warmer Freund und Bewunderer Wal=
ter Scott's bewiesen hatte und dem Sohne in seiner
militairischen Laufbahn förderlich gewesen war, starb
Anfangs Januar nach langer Krankheit; Gifford,
berühmt durch seine Uebersetzung Juvenal's, Miß Lydie
White und noch einige andere weniger bekannte Perso=
nen traten vom Schauplatz des Lebens ab.

Mitten unter diesen traurigen Notizen erwähnt
das Tagebuch eines Umstandes, der uns Deutsche
näher interessirt, und der mit folgenden Worten einge=
leitet wird:

Ich erhielt einen Brief von Baron von Goethe,
den ich mir vorlesen lassen mußte; denn obgleich ich
deutsch verstehe, so habe ich doch die deutschen Buchsta=
ben vergessen. — Ich habe es mir zum Gesetz gemacht,
Briefe von ausländischen Literaten selten zu lesen und
niemals zu beantworten. — Das führt zu Nichts als
zu einem Federballspiel mit Complimenten, die eben
nicht mehr wiegen als Federbälle. Mit Goethe ist
das etwas Anderes. — Das ist ein prächtiger Kerl,
der Ariost, beinah der Voltaire von Deutschland. —
Wer hätte mir vor dreißig Jahren gesagt, daß ich mit
ihm Briefe wechseln und gewissermaßen auf gleichem
Fuße mit dem Dichter des Götz stehen würde? Ach,

und wer hätte mir fünfzig andere Sachen voraussagen
können, die sich mit mir ereignet haben?

Goethe's Brief, den wir aus dem englischen zurück=
übersetzen, da das Original nicht zu beschaffen war,
lautete wie folgt:

Weimar, den 12. Januar 1827.

Herr H., ein mir wohlbekannter Kunstsammler,
hat mir ein Bild von Lord Byron verehrt, welches,
wie ich hoffe, wohlgetroffen ist, und dasselbe hat denn
auch die Trauer wieder lebendig werden lassen, die ich
um einen von der ganzen Welt hochgepriesenen Mann
empfinden mußte, und den ich besonders zu schätzen
alle Ursache hatte, da ich gegen die vielfachen Aus=
drücke der Vorliebe für mich nicht unempfindlich sein
durfte, die seine Schriften enthalten. — Inzwischen
bleibt es für uns Ueberlebende der beste Trost, um uns
zu blicken und in Betracht zu ziehen, daß, wie der
Dahingeschiedene nicht allein steht, sondern nur ver=
sammelt worden ist zu einer großen Zahl hochgesinnter
Menschen, gleich empfänglich für Liebe, Freundschaft
und Vertrauen, welche die irdische Welt vor ihm ver=
lassen haben, in gleicher Weise auch noch verwandte
Geister auf dieser Erde wandeln, mit denen wir, wenn
gleich sie unserem Auge so wenig sichtbar werden, wie
die abgeschiedenen Seelen vergangener Zeiten, dennoch
ein Recht haben uns brüderlich verbunden zu fühlen,
— was in der That unser reichstes Erbtheil ist. Und

somit, da Herr H. mir mittheilt, daß er binnen Kur=
zem nach Edinburgh zu kommen hofft, entledige ich
mich auf diese Weise einer Pflicht, deren ich mich seit
langer Zeit gegen Sie, mein geehrter Herr, bewußt
bin, nämlich das lebhafte Interesse zu bekennen, wel=
ches ich seit so manchem Jahr an Ihren wunderbaren
Schilderungen des menschlichen Lebens genommen
habe. —

Es hat nicht an äußerem Anreiz gefehlt, meine
Aufmerksamkeit auf diese Gegenstände zu richten, da
wir nicht nur einen Ueberfluß von Uebersetzungen in
Deutschland besitzen, sondern die Werke auch in weiten
Kreisen hier in der Ursprache gelesen und je nach dem
verschiedenen Maße gewürdigt werden, wie die ver=
schiedenen Menschen befähigt sind, in den Geist solcher
Productionen einzubringen.

Wie kann ich bei dem Bewußtsein, daß ein solcher
Mann in seiner Jugend sich selbst mit meinen Schrif=
ten bekannt gemacht und, sofern man mich nicht falsch
berichtet hat, dieselben auch theilweise zur Kenntniß
seiner eigenen Nation bringen mochte, den Ausdruck
meiner Erkenntlichkeit für solche mir erwiesene Ehre
länger verschieben? — Es ziemt sich im Gegentheil,
die sich darbietende Gelegenheit nicht vorübergehen zu
lassen, ohne Sie um die Fortdauer ihrer gütigen Be=
achtung zu bitten, und Ihnen zu sagen, wie sehr eine
unmittelbare Versicherung ihrer freundlichen Gesin=

nung von Ihrer eigenen Hand mir in meinen alten
Tagen willkommen sein würde.

Mit hoher und dankbarer Achtung grüße ich Sie.

J. W. von Goethe.

Scott war von diesem Briefe entzückt und dankte
in einem, wie Goethe sagt, sehr herzlichen und freund=
schaftlichen Schreiben, welches uns leider nicht zu
Gesicht gekommen ist, welches aber gewiß einen
erwünschten Beitrag zu der Autographensammlung
des achtundsiebenzigjährigen Dichterfürsten gebil=
det hat.

Durch solche und ähnliche Zwischenfälle unterbro=
chen, ging die Arbeit an Napoleon ihren Gang in so
stätiger Weise, daß schon am 25. April im Tagebuche
zu lesen ist: Heut habe ich Bonaparte auf St. Helena
in Sicherheit gebracht und kann nun eine kurze Pause
machen. — Diese benutzte ich, um ein paar Kritiken zu
schreiben und ein paar gute jacobitische Anekdoten
dabei anzubringen, wie die Knaben die Papierschnitzel
an die Schwänze ihrer Drachen knüpfen. — Berna=
dotte schickt mir eine Menge von Schriften, die mir
vor zwei Monaten noch unschätzbar gewesen wären,
aber jetzt leider zu spät kommen, und außerdem macht
meine Freundschaft für Prinz Wasa es mir fatal, mit
diesem Kinde der Revolution Etwas zu thun zu haben.

Neben den literarischen Notizen finden sich aus die=
ser Zeit auch viele auf die Politik bezügliche, welche alle

des Dichters Vorliebe für die Torypartei und seine
Abneigung gegen die Whigs ihnen und die von ihnen
betriebene Maßregel der Katholikenemancipation be=
weisen, aber jetzt ohne besonderes Interesse für uns
sind, und deren hier nur Erwähnung geschieht, weil
darauf hingewiesen werden soll, daß Scott in seiner
Einsamkeit keineswegs gegen die Vorgänge in Staat
und Kirche gleichgiltig blieb.

Nach unausgesetzter Arbeit von etwa ferneren acht
Wochen war Napoleon's Leben vollendet, und das
plötzliche Ende einer so angestrengten Thätigkeit schien
ihm keineswegs erwünscht, sondern er sah sich sofort
nach einer neuen Arbeit um. — Mir geht es, sagte er,
wie den Fischweibern, die, wenn sie Sonntags zur
Kirche wandern, ihre Netze waschen und mit Steinen
beschweren, weil sie ohne diese, ihre täglichen Begleiter,
nicht fest auftreten können. So muß ich mich auch
nach Etwas umsehen, damit ich nicht müßig bin.

Hierbei entstand nun der Plan zu einem der lieb=
lichsten Werke, die wir der Feder Walter Scott's über=
haupt verdanken.

Der kranke Enkelsohn hatte sich einigermaßen
erholt, und wenn auch an eine vollkommene Heilung
nicht zu denken war, so ließ sich doch die leider zu
frühe Hoffnung fassen, daß das Kind noch eine Reihe
von Jahren würde erhalten werden.

Scott nahm sich daher vor, für den kleinen John

Lockhart eine Darstellung der schottischen Geschichte zu schreiben. — Er ging dabei von dem ganz richtigen Grundsatze aus, daß die Kinder sowohl, wie das Volk, sehr bald verdrießlich werden, sobald sie merken, daß ein Schriftsteller sich zu ihnen herablassen will. Des= halb, sagt Scott, will ich ein Buch schreiben, welches ein Kind verstehen kann, und welches auch ein Mann, der es in die Hände bekommt, zu seinem Vergnügen durchlesen soll. Es wird dies eine Einfachheit des Styles nöthig machen, die mir sonst nicht eigen ist. Das Große und Interessante liegt in den Ideen, nicht in den Worten. — Gelingt mir so Etwas, so kann es Erfolg haben.

Wirklich wüßten wir auch kaum Etwas aus irgend einer Literatur, was den „Erzählungen eines Großva= ters," die hierauf entstanden, an die Seite zu setzen wäre. — Diese Darstellung der Hauptbegebenheiten aus der schottischen Geschichte in drei Bändchen gehört noch heut in England unter die beliebtesten Jugendschriften, hat unzählige Ausgaben erlebt und wird stets von Neuem gedruckt.

Ob sie in's Deutsche übersetzt sind, ist mir nicht bekannt, aber es ist dies wahrscheinlich geschehen. — In jedem Falle soll diese Gelegenheit nicht vorüberge= hen, ohne daß denjenigen meiner Leser, welche Kinder haben, dies Buch als eins der trefflichsten, zugleich lehrreichsten und unterhaltendsten empfohlen werde, daß man Kindern in die Hand geben kann; und wenn auch viele andere seiner Schriften größeren Erfolg gehabt und größere Berühmtheit erlangt haben, so ist doch keines, welches den Verfasser als Menschen höher stellte und seinem edlen Herzen mehr Ehre machte. Rechnet man hierzu, daß Walter Scott unbestritten der größte Kenner der schottischen Geschichte bis in's Einzelnste war, so kann man sich vorstellen, daß auch der sachliche Inhalt hinter der vollendeten Form nicht zurücksteht.

Neuntes Kapitel.

In der Mitte des Juni 1827 wurde das Leben Napoleon's ausgegeben, an Umfang so groß, wie vier= zehn seiner Romanbände. — Er hatte, wenn man die Zeit für die Reisen nach Irland und nach Paris abrechnet und für die anderen gleichzeitig entstandenen Schriften die nothwendige Zeit gleichfalls in Anschlag bringt, dies große Werk in zwölf Monaten durch die angestrengteste Arbeit vollendet.

Die Urtheile darüber fielen sehr verschieden aus, indessen ist jeder Tadel ungerecht, welcher auf andere Ansprüche sich gründet, als auf diejenigen, welche Scott selbst zu erfüllen sich vorgesetzt hatte:

„Das ist gerade die Aufgabe der Geschichte," sagt

er, „daß sie durch Darstellung der Thatsachen dem Ein-
drucke Dauer verleiht, welche jene Thatsachen auf die
Zeitgenossen hervorgebracht haben.‟

Man kann mit Recht sagen, daß die Geschichtsschreibung noch eine andere und höhere Aufgabe zu
erfüllen hat, aber auch die geringere, die er sich
gestellt, ist keineswegs zu verwerfen, und diese hat er
aufs Vortrefflichste gelöst. — Statt aller anderen
Beurtheilungen sei nur mitgetheilt, was Goethe über
das Buch sagt: „Walter Scott,‟ heißt es in Kunst und
Alterthum, „der reichste, gewandteste, berühmteste Er-
zähler seines Jahrhunderts, unternimmt die Geschichte
seiner Zeit zu schreiben. — Dabei entwickelt er nothwendig alle die Tugenden, die er bereits in seinen früheren Werken zu bethätigen wußte. — Er weiß den
mannichfaltigen historischen Stoff deutlichst aufzu-
fassen. — Er bringt in die Bedeutung des Gehalts
ein. — Die Eigenschaft des Romans und die Form
desselben begünstigt ihn, indem er durch fingirte
Motive das historisch Wahre näher an einander rückt
und zu einem Faßlichen vereinigt. Walter Scott ist
1771 geboren, also fällt seine Kindheit gerade in den
lebhafteren Ausbruch des amerikanischen Krieges. —
Er war siebenzehn bis achtzehn Jahr alt beim Ausbruch der französischen Revolution. Was mußte er
nicht in solcher Zeit erleben! Jetzo, da er stark in den
Fünfzigern steht und durchaus nahe genug von der

Weltgeschichte berührt worden, tritt er mit obgemelde=
ten Eigenschaften auf, um öffentlich über das vergan=
gene Wichtige sich mit uns zu unterhalten.

Welche Erwartung dies in mir erregen mußte,
wird Derjenige leicht abnehmen, der sich vergegenwär=
tigt, daß ich, zwanzig Jahre älter als er, gerade im
zwanzigsten Jahre persönlich vor Paoli stand und im
sechszigsten vor Napoleon.

Diese langen Jahre durch versäumte ich nicht, fer=
ner und näher mit den Weltereignissen in Berührung
kommend, darüber zu denken und die Gegenstände mir
zu ordnen.

Was konnte mir daher erwünschter sein, als mich
in ruhigen Stunden nach Bequemlichkeit und Belie=
ben mit einem solchen Manne zu unterhalten, der auf
seine treue, klare und kunstfertige Weise mir dasjenige
vorzuführen versprach, worüber ich zeitlebens zu denken
hatte und durch die tagtäglichen Folgen jener großen
Jahresreihe immer fortzudenken genöthigt bin.“

Man sieht, wie sich Goethe bei der Lesung des
Werkes sofort auf den Standpunkt stellte, von dem
aus Scott selbst seine Arbeit angesehen zu haben
wünscht, und wer auf diese Weise dem Verfasser gerecht
wird, der wird dieses mit wunderbarer Lebendigkeit
geschriebene Buch gewiß nicht unbefriedigt aus der
Hand legen, und nur der Gelehrte, der eben ein fach=
wissenschaftliches Werk verlangt, wie er es sich denkt,

und nicht, wie es ihm dargeboten wird, mag sich unbe=
friedigt erklären, wie das Buch denn auch für ihn nicht
geschrieben ist.   Daß im Einzelnen kleine Unrichtigkei=
ten mit unterlaufen, soll nicht geleugnet werden, allein
die Kürze der Zeit, die zwischen den Begebenheiten und
der Darstellung liegt, entschuldigt dies zur Genüge.
— Wissentlich hat Scott Nichts gesagt, was nicht
seine innerste Ueberzeugung war, und Napoleon's Cha=
rakter, der jetzt nur zu häufig überschätzt wird, ist mit
anerkennenswerther Unparteilichkeit geschildert.

Mit welcher Begierde das Werk gelesen wurde,
dafür genüge die Anführung, daß Walter Scott seinen
Gläubigern als Ertrag für die ersten beiden Ausga=
ben desselben die übergroße Summe von 112,000 Tha=
ler, 18,000 Lstr., abzuliefern vermochte. — Man sieht,
daß, wäre er im Besitz seiner Kräfte geblieben, wenige
Jahre hingereicht haben würden, um die sämmtlichen
Verbindlichkeiten zu tilgen.

Persönlich hätte der Autor beinahe große Unan=
nehmlichkeiten durch einige Veröffentlichungen gehabt,
die er auf Grund der im Londoner Archive eingesehe=
nen Correspondenzen seinem Werke einverleibte. — Es
ging nämlich aus derselben hervor, daß General Gour=
gaud von St. Helena aus dem britischen Cabinette
mitgetheilt hatte, wie sehr viele der Beschwerden des ge=
fangenen Kaisers unbegründet seien, während derselbe
Gourgaud in Frankreich gerade die entgegengesetzte

Meinung zu verbreiten suchte, wodurch seine Redlich=
keit in ein sehr übles Licht kam. — Gourgaud wurde
durch die Offenstellung seiner Zweideutigkeiten auf's
Heftigste erbittert, und es folgten lange Erklärungen
und Gegenerklärungen in den Zeitungen, welche keines=
weges im Stande waren, den General von dem auf
ihn gefallenen Verdachte zu reinigen, während Scott
überzeugend nachwies, daß er in seinem Werke nur die
Wahrheit berichtet habe.

Die Freunde des Dichters befürchteten nach der
Vollendung seines großen Werkes nicht mit Unrecht,
daß, wenn er sich nicht einige Erholung gönnte, seine
Gesundheit unter solchen fortwährenden Anstrengun=
gen, wie die letzte Zeit sie gebracht, nothwendig zu
Grunde gehen müsse.

Es erfolgten daher Einladungen zu Ausflügen von
allen Seiten.

In Folge derselben begleitete er denn auch Lady
Northampton auf einer Tour durch die Hochlande
nach den Hebriden und sah mit Freuden diese Gegen=
den wieder, die ihn zu so vielen schönen Gedichten einst
begeistert hatten, doch konnte auch eine wehmüthige
Vergleichung seiner jetzigen Lage mit der damaligen
heiteren Stimmung nicht ausbleiben.

Auf einer kleinen Insel, deren zwei, die große und
kleine Cumbray genannt, vor der Mündung des Clyde
liegen, ergötzte ihn das Kirchengebet des Geistlichen,

welches folgende Stelle enthielt: O Gott, segne und
sei gnädig der großen und kleinen Cumbray und vergiß in Deiner Güte auch nicht die uns benachbarten
Inseln Großbritannien und Irland.

Einer der schönsten Punkte, die man auf dieser
Reise berührte, der Fall des Clyde, liegt innerhalb der
Besitzungen seines theuren Jugendfreundes Cranstoun,
Bruders der Gräfin Purgstall. — Mit ihm gab es
so viel zu besprechen, daß die Stunden daselbst nur zu
schnell entflohen, und man freute sich beim Abschiede
der guten Aussichten, die der Dichter durch seine beispiellosen Anstrengungen errungen hatte.

Kaum von dieser kleinen Reise zurückgekehrt, folgte
Scott der Einladung Lord Ravensworth's, ihn auf
seinem Schlosse in der Nähe von Durham zu besuchen
und mit dem Herzoge von Wellington zusammenzu-
treffen.

Der Empfang des großen Feldherrn war von
Seiten der höheren Stände enthusiastischer, als von
Seiten des Volkes, bei dem er an Popularität verloren, seit er sich den Staatsgeschäften zugewendet. —
Der Bischof von Durham gab in der unvergleichlich
großartigen Halle seines Palastes ein Festmahl, dem
etwa hundert und fünfzig Personen beiwohnten, und
bei welchem, wie Augenzeugen versichern, Walter
Scott vollkommen in gleichem Maße mit Wellington
die Aufmerksamkeiten und Ehrenbezeigungen des Wirths

und der Gäste erhielt. — Es drängten sich so viele Per=
sonen an ihn heran, die ihm nach englischer kräftiger
Art die Hand zu schütteln wünschten, daß sein Arm
ganz lahm wurde.

In Ravensworth wiederholten sich dieselben Auf=
tritte. Der Herzog entfernte sich jedoch noch an dem=
selben Tage, und der nächste Tag verging in kleinem
Kreise sehr heiter. — Ich verbrachte die Stunden, sagt
er im Tagebuch, indem ich lachte und die jungen Leute
zum Lachen brachte.

Auf der Rückreise wurde noch ein vergnügter Tag
bei dem Herzog von Northumberland auf dessen
Landsitze zugebracht, und am 8. traf Scott wieder in
Abbotsford ein und ging mit größter Lust an die Fort=
setzung der Erzählungen eines Großvaters. — Der
Morgen, als ich ankam, sagt er, war feucht, und ein
unangenehmer feiner Regen fiel herab. So machte
ich aus der Noth eine Tugend und arbeitete wie ein
Dragoner. Ich ermordete Maclellan von Bomby,
erstach den schwarzen Douglas in Stirling, überraschte
König Jakob vor Roxburgh und erwürgte den Grafen
von Mar in seinem Bade. — Ein wildes Leben war
das in unserem alten Schottland, und an interessanten
Begebenheiten fehlte es nicht;

Denn Hochverrath und Mord und Tod,
Das war für sie wie Butterbrod.

Unter solchen Beschäftigungen verging der Herbst 1827.

Abbotsford, das Schloß, der Park, die Gärten waren die alten. Aber wie verändert das Leben in diesen einst so gastlichen Räumen!

Erfreulich, ja erhebend ist es, zu sehen, wie die Untergebenen des Dichters sich in den Schicksalswechsel mit ähnlicher Gelassenheit fanden, wie ihr Herr. Der Haushofmeister, sonst eine angesehene Person und Chef eines zahlreichen Dienergefolges, arbeitete jetzt wie ein gewöhnlicher Bedienter für die Hälfte seines Lohnes mit der ganzen alten Freudigkeit. — Der alte Leibkutscher Peter nahm mit großer Gemüthsruhe seinen Platz hinter dem Pfluge ein und spannte nur bei hohen und seltenen Veranlassungen seine Pferde an den Wagen, und so machten es Alle, die um den Dichter geblieben waren, und Alle schienen froher und vergnügter als jemals, und ihre Ehrfurcht und ihr Gehorsam gegen den geliebten Herrn war in demselben Verhältniß womöglich noch gewachsen, als dessen Glücksumstände sich verschlechtert hatten. Am schmerzlichsten für Walter Scott war es, daß er seinen lieben alten Inspector Laidlaw nicht länger beschäftigen konnte, da die Ländereien von dem Curator des Concurses verwaltet wurden. Er lebte jetzt ein Paar Meilen weit von Abbotsford, doch kam er mit Scott jede Woche wenigstens einmal zusammen, und Beide durchwandelten dann ihre alten Lieblingsplätze und sprachen von den alten Zeiten.

Diese treue Anhänglichkeit seiner Leute that dem Herzen Walter Scott's unendlich wohl und trug nicht wenig dazu bei, ihm die Kraft zu verleihen, mit der er seine trüben Stimmungen zu unterdrücken wußte.

Denn so fremd jede Art von sentimentalen Kundgebungen seinem Wesen war, so zehrte der Gram über den Verlust seiner Gattin doch beständig an seinem Herzen, wie aus tausend kleinen Aeußerungen des Tagebuchs hervorgeht, und nur seine festen Grundsätze und seine Rücksicht für Andere ließen ihn selbst in den schwersten Tagen heiterer erscheinen, als er sich fühlte.

Aeußerst rührend in dieser Beziehung sind die am 24. September 1827 niedergeschriebenen Worte:

Diesen Morgen arbeitete ich wie gewöhnlich und sandte Handschrift und Correcturen zum Drucker. — Es hängt immer noch eine Wolke des Trübsinns um meinen Geist, aber ich will sie abschütteln! — Unter den Meinigen suche ich stets ein heiteres Gesicht zu zeigen, so wenig mir auch oftmals danach zu Muthe ist. Es taugt nichts, wenn man die harmlose Fröhlichkeit Anderer dadurch trübt, daß man seine eigene traurige Stimmung sehen läßt. — Die Anstrengung, sich zu überwinden, bringt wie die Tugend den besten Lohn mit sich; die gute Laune, die wir anfangs zum Schein annehmen, kommt dann in Wirklichkeit.

Um zu begreifen, wie groß die Anstrengungen
waren, deren es oft bedurfte, um die trüben Stim=
mungen zu verscheuchen, darf man nicht vergessen,
daß die zahlreichen uneingelösten Wechsel, für welche
Scott mit verantwortlich war, jedem Inhaber eines
solchen das Recht gaben, die persönliche Verhaftung
des Dichters vollziehen zu lassen. Und wirklich glaub=
ten einige jüdische Wechsler in London, daß, wenn sie
Drohungen der Art vorbrächten, die übrigen, Scott
freundlich gesinnten Gläubiger sich herbeilassen würden,
den Dichter von solchen Gefahren dadurch zu befreien,
daß sie die schamlosen Dränger zum vollen Betrage
der Forderung alsobald befriedigten.

Gedanken an die Flucht oder an die Aufsuchung
der damals noch bestehenden Asylstätten für verfolgte
Schuldner finden sich in den Aufzeichnungen des Tage=
buches, bis die Verfolgungen plötzlich aufhörten.

Durch welche Mittel die Wucherer zur Ruhe
gebracht wurden, hat Scott damals nicht erfahren.
Er verdankte dies der Großmuth eines anderen Haupt=
gläubigers der Ballantyne'schen Firma. Sir William
Forbes, Inhaber eines der ersten Bankhäuser in Edin=
burgh, kaufte die Wechsel von den Juden im vollen
Betrage von 2000 Pstr. (14,000 Thlr.) und bezahlte
das Geld aus seiner Tasche, um die Forderung in die
Reihe derjenigen Schulden zu bringen, derentwegen

Scott nicht weiter persönlich beunruhiget werden
durfte. Erst nach dem Tode dieses großherzigen
Mannes wurde dessen Handlungsweise dem Dichter
bekannt.

Andere Gläubiger handelten nicht minder groß=
müthig, und Walter Scott hat bis an seinen Tod nicht
erfahren, welchen Dank er einigen seiner Collegen
unter den Gerichtschreibern schuldig geworden war. —
Die Herren Hector Macdonald Buchanan, Colin
Mackenzie und Sir Robert Dundas waren es, welche
auf so edelmüthige Weise sich benahmen und den Dank
jedes Ehrenmannes für alle Zeiten sich dadurch ver=
dienten.

Der Sohn des Dichters hatte von diesen Verlegen=
heiten kaum Kunde erhalten, als er aus seiner Garni=
son nach Edinburgh eilte, um dem Vater beizustehen,
aber Sir William Forbes war ihm bereits zuvorge=
kommen.

Der zweite Sohn Charles erhielt um diese Zeit
auf unmittelbaren Befehl des Königs eine Anstellung
im auswärtigen Ministerium, die ihm eine unabhän=
gige Stellung gewährte. Anna blieb unvermählt und
war die treue Pflegerin des Vaters, dessen Sorgen sie
theilte und erheiterte.

Die traurigen Zwischenfälle, deren wir kurz vorher
erwähnten, hatten die Arbeit an den Erzählungen des
Großvaters in keinem Augenblick unterbrochen. —

Das Werk wurde jetzt ausgegeben und erregte eine Begeisterung, wie keines der Vorangegangenen seit Ivanhoe, — wie denn auch Keines einer solchen Aufnahme würdiger ist; und gern weise ich hier auf Dasjenige zurück, was bereits oben zum Lobe und Preise dieser einzig schönen Erzählungen gesagt ist.

Die Gläubiger des Dichters wurden durch diese unglaublich schnellen und reichlichen Zuflüsse zu der Masse bewogen, ihm das Eigenthum an einem Theil des Gewinnes zu überlassen, den die neuen Auflagen der alten Romane fortwährend eintrugen, so daß Scott's äußere Lage von dieser Zeit an wieder gemächlicher wurde.

Dies war auch gar wohl verdient, denn bis zum 1. Januar 1828 hatten die Gläubiger nicht weniger als 300,000 Thaler als Ertrag der Arbeiten des Dichters während zweier Jahre erhalten.

Mit Recht sagt Lockhart bei dieser Gelegenheit, daß wohl kein Lebensbeschreiber eines Schriftstellers jemals eine solche Thatsache zu berichten gehabt hat.

Die Gläubiger erließen ein sehr verbindliches Dankschreiben an den Dichter, dem sie ihre wärmste Anerkennung für den unermüdlichen Fleiß aussprachen, den er in ihrem Interesse aufgewendet.

Das Tagebuch beschließt das Jahr 1827 mit folgenden Betrachtungen:

Als ich heut mein Haus wieder betrat, geschah es

mit ganz anderen und viel froheren Gefühlen, als da ich es vor sechs Wochen verließ.

Damals war ich im Zweifel, ob ich aus meinem Vaterlande entfliehen, oder mich offen für banquerutt erklären sollte, meine Bibliothek, mein Mobiliar und meinen Nießbrauch an Abbotsford den Gläubigern zum Verkauf überlassend. — Die Weltmenschen werden sagen, daß dies das Beste gewesen wäre. Und gewiß hätte ich mit dem Gelde, welches ich seitdem erworben, meine persönlichen Schulden bezahlen können. Aber dann hätte ich nicht so ruhig schlafen können wie jetzt, wo die Gläubiger mir dafür danken, daß ich wie ein Mann von Ehre gehandelt habe.

Ich sehe einen langen, schwierigen und dunklen Pfad vor mir, aber er führt zu einem Ziele, wo ich meinen Namen rein und unbefleckt wiederfinde. Sterbe ich unterwegs, wie das sehr wahrscheinlich ist, so sterbe ich mit Ehren; vollende ich meine Aufgabe, so habe ich mir den Dank vieler Menschen verdient und die Zustimmung meines Gewissens erworben.

Wenn ich auf das Ende des Jahres 1826 zurückblicke, so sehe ich mich von Sorge und Krankheit bedrängt, in Trauer um die Gegenwart und mit düstern Aussichten in die Zukunft. — Der Schmerz um den Verlust meiner Gattin und die Zerrüttung meiner Angelegenheiten drückten mich darnieder. Jetzt bin ich wieder gesund, und wenn ich auch noch in gefährlichem Waſſer ſchwimme, ſo kann ich doch hoffen, in einem Jahre das offene Meer, wo nicht den Hafen zu erreichen. — Vor Allem ſind meine Kinder geſund. — Sophia's Umſtände erregen Beſorgniſſe, aber das ſind nur die Leiden, welche die Natur dem ſchwächeren Geſchlechte auferlegt hat. Walter iſt glücklich in der Ausſicht, bald Major zu werden, Anne iſt geſund und zufrieden. Charles betritt ſeine neue Laufbahn unter ſo großen Begünſtigungen, daß für ihn ebenfalls das Beſte zu hoffen ſteht, zumal ſeine Fähigkeiten und Anlagen mit ſeiner Stellung im Einklang ſind.

Für all dieſen reichen Segen geziemt es ſich wohl Gott zu danken, der nach ſeinem Gefallen zu rechter Zeit uns Glück und Unglück ſendet.

In derſelben anſtrengenden fleißigen Lebensweiſe, mit der das Jahr 1827 beſchloſſen wurde, verlief auch das Jahr 1828.

Die Hauptbeſchäftigung gab eine neue Geſammt= ausgabe der Romane, welche durchweg mit Einleitun= gen und Anmerkungen des Verfaſſers verſehen werden ſollten. — An dieſes Werk, welches in den Tagebüchern ſtets mit Opus magnum bezeichnet wird, ging Scott mit ebenſoviel Sorgfalt als Liebe.

Die Anmerkungen enthalten eine reiche Fülle von hiſtoriſchen Thatſachen und Anecdoten und zugleich mannichfache Erinnerungen aus des Dichters eigenem Leben, mit einer Liebenswürdigkeit und Einfachheit

vorgetragen und zugleich so voll von wahrer Lebens=
weißheit, daß man gar oft an Herodot dabei erinnert
wird. —

Daneben hatte Walter Scott die Herausgabe einer
Sammlung englischer Dichter übernommen, sowie die
Abfassung der Lebensbeschreibungen derselben. — Eine
große Menge von Aufsätzen für die verschiedensten Zeit=
schriften gingen als kleine Begleiter neben diesen beiden
großen Aufgaben.

Aber nicht genug hiermit, sah dies Jahr noch ein
Werkchen von ganz absonderlicher Art entstehen, wel=
ches nicht mit Stillschweigen übergangen werden
darf. —

Ein Candidat der Theologie, Namens Gordon,
der wegen Harthörigkeit lange vergebens eine Pfarr=
stelle zu erhalten gesucht hatte, war von Scott als
Abschreiber beschäftigt worden, und endlich eröffnete sich
im Jahre 1824 eine Aussicht auf eine Anstellung als
Geistlicher, behufs deren er einige Probepredigten ein=
reichen sollte. — Seine Taubheit und die Widerwärtig=
keiten, mit denen er zu kämpfen hatte, waren aber von so
üblem Einfluß auf das Nervensystem des Unglück=
lichen gewesen, daß er nicht den nöthigen Muth finden
konnte, an die Ausarbeitung dieser Probestücke zu
gehen, und, nachdem er unzählige Versuche gemacht
hatte, unserem Dichter erklärte, er sei außer Stande,
das Geforderte zu leisten, und sehe sein Unglück vor sich.

Walter Scott erwiederte in einem Anfall von guter Laune, Gordon möge nur bei seinen Abschreibereien bleiben, und er selbst wolle ihm die Predigten schreiben. Wirklich händigte er das Manuscript derselben dem Candidaten am nächsten Morgen ein, doch war Gordon zu gewissenhaft, um davon Gebrauch zu machen, und die Handschrift blieb in Scott's Händen.

Es war inzwischen gelungen, den unglücklichen Candidaten bei irgend einer Behörde als Secretair unterzubringen, doch war sein Gehalt anfänglich so gering, daß er bald in Geldverlegenheiten gerieth, und da erinnerte er sich denn jener Predigten und bat, daß Scott ihm erlaube, sie mit Nennung des wahren Verfassers drucken zu lassen.

Scott willigte ein, um dem armen Menschen zu helfen, und schrieb zu diesen unter dem Titel „religiöse Betrachtungen eines Laien" zu druckenden Predigten eine kurze Vorrede, die er mit den magisch wirkenden Buchstaben W. S. unterzeichnete und mit folgendem Schreiben an Gordon übersandte:

Lieber Gordon, da ich im Augenblick kein Geld übrig habe, so muß ich schon meine Bedenklichkeiten überwinden, um Ihnen aus Ihrer Verlegenheit zu helfen. — Der beiliegende Zettel ermächtigt Sie, mit jedem anständigen Buchhändler zu unterhandeln. Erzählen Sie den Zusammenhang so kurz wie möglich und sagen Sie, daß die Predigten geschrieben worden

find, um einem Freunde gefällig zu sein. — Mein
Name darf jedoch weder auf dem Titelblatt figuriren,
noch unter die Vorrede anders als mit den Anfangs=
buchstaben gesetzt worden. — Die Autorschaft bekannt
zu machen, überlassen Sie den Zeitungen.

Ich bitte, daß Sie sich nicht einfallen lassen, mir
hierfür zu danken, und bin ich zufrieden, wenn Ihnen
geholfen wird. Benutzen Sie aber die Einnahme, die
sich Ihnen auf eine so unverhoffte Art eröffnet, mit
Vorsicht, denn nicht an jedem Fleck in der Wüste
springen solche Quellen.

Das Resultat war ein sehr günstiges, denn der
Buchhändler Colbourn zahlte 1700 Thaler für die
beiden Predigten, die eine Zeit lang viel besprochen
wurden, aber dann in Vergessenheit geriethen.

Aus diesem Beispiel kann man nicht nur sehen, wie
Scott stets bereits war, Anderen zu dienen und Unter=
stützungen zu verschaffen, während er selbst doch nur
für Andere arbeitete, sondern man gewinnt auch eine
Vorstellung von der Begierde, mit der der Buchhandel
nach dem kleinsten Manuscripte des Dichters haschte,
und so drängten sich die Bitten und Anerbietungen der
Verleger, und es wurden für Beiträge zu Taschen=
büchern, für Redactionen von Zeitschriften und Aehn=
liches so große Summen geboten, daß wohl kaum ein
anderer Schriftsteller widerstanden hätte. Scott aber
wich von dem Plane seiner Arbeiten nicht ab.

Ein großer Roman war stets in der Ausarbeitung begriffen, und daneben lieferte er kritische und sonstige Aufsätze über solche Bücher und Begebenheiten, die ihm gerade interessant waren. — Gegenwärtig, bei Beginn des Jahres 1828, war das schöne Mädchen von Perth an der Reihe und machte schnelle Fort= schritte. Daneben wurden zweite Ausgaben von Napoleon und von den Erzählungen eines Großvaters verlangt und mußten durchgesehen werden, und zwar waren die Forderungen nach neuen Exemplaren so stürmisch, daß Cadell beabsichtigte, den Druck unter mehrere Druckereien zu vertheilen, wogegen aber Scott zu Gunsten seines Freundes Ballantyne ent= schieden Einspruch that.

Die Arbeit war fortwährend die angestrengteste, und nur hin und wieder wurde zur Erholung ein Ausflug in's Gebirge oder zur Besichtigung einer Lieblingsruine unternommen, wobei dann freilich die allmählige Abnahme der Kräfte des einst so gewalti= gen Körpers sich bemerklich machte, denn gar mancher Thurm, den er sonst mit Leichtigkeit bestiegen, manches Burgverließ, in das er auf zerbröckelten Stufen hinab= geklettert war, konnten ferner nicht mehr besucht wer= den. — Doch wirkte ein solcher im Freien verlebter Tag jedes Mal erfrischend, und er kehrte zu seiner angestrengten Schriftsteller = Arbeit zurück. — Leider sehen wir aus dem Tagebuch, daß er dabei der

Warnungen nicht achtete, die sein körperliches Befinden ihm ertheilte, wenn er zu lange hinter einander am Schreibtische saß. — So heißt es am 17. Februar:

Ein angestrengter Arbeitstag. — Ich werde vor Tische so ziemlich vierzig Druckseiten geschrieben haben. — Ich weiß nicht, ob es wichtig genug ist, hier anzumerken, daß ich gestern um die Mittagszeit ein seltsames Gefühl hatte von einem Dasein vor dem jetzigen, um es so auszudrücken; d. h. eine verwirrte Vorstellung, als wäre Alles, was in meiner Gegenwart gethan und gesagt wurde, schon ein Mal früher gesagt und gethan worden. Es war eine sehr deutliche Empfindung, die ich mit einer Luftspiegelung vergleichen möchte, durch welche man Flüsse und Seen in der Wüste und Landschaften auf dem Meere erblickt. Es war dies Gefühl gestern besonders stark und mahnte mich an die Schwärmer, welche neben der wirklichen Welt noch eine zweite ideelle annehmen. Ich hatte das Gefühl, als sei Alles, was ich redete und vernahm, nichts Wirkliches, das machte mich düster und übellaunig, doch hoffe ich, daß man es mir nicht anmerkte. Körperlich hatte ich dabei die zerfließende und schwindlige Empfindung, wie nach einem starken Aderlasse, wo einem zu Muthe ist, als ob man auf Federbetten gehe und den Fuß nicht fest aufsetzen könne. Ich schrieb es der schlechten Verdauung zu und trank ein paar Gläser Wein, welche das Ding aber nur

ärger machten. — Auch heut hat mich dieses eigenthümliche Gefühl noch nicht ganz verlassen. — Die
Einsamkeit hier auf dem Lande macht das nur schlimmer, in der Stadt werde ich durch die mancherlei
Unterbrechungen und durch Gespräche mit Bekannten
mehr abgezogen.

Solche und ähnliche Anfälle wiederholten sich
während der angestrengten Arbeit der nächsten Wochen,
ohne daß er sich dadurch abhalten ließ, mit solchem
Eifer fortzuschreiben, daß schon Ende März das
schöne Mädchen von Perth vollendet war.

Dieser Roman gehört zu den schönsten und anmu-
thigsten Schöpfungen des Dichters. Der junge Hochländer, in dem das wilde Naturell mit einer inneren
Zaghaftigkeit im Kampfe liegt, der Schmidt, das
schöne Mädchen selbst, der Kronprinz und die fahrende
Sängerin sind Figuren vom höchsten poetischen Reiz,
und die Anlage des Ganzen und die natürliche und
doch so überaus kunstvolle Motivirung der Vorgänge
bleiben vielleicht stets unübertroffen.

Goethe kann in den Gesprächen mit Eckermann
seines Lobes kein Ende finden, und auch in England,
wo man anfangs allerlei an dem Roman auszusetzen
fand, ist die Anerkennung nachher nicht ausgeblieben.

Von der aufreibenden Thätigkeit dieser letzten
Monate sich einigermaßen zu erholen, unternahm
Scott eine Reise nach London, wo er, wie immer,

auf's Glänzendste empfangen und auf's Herzlichste von Hoch und Niedrig begrüßt wurde.

Um eine allgemeine Vorstellung von der Art zu geben, wie man ihn in der Hauptstadt feierte, möge hier aus dem Tagebuch eine Aufzählung der Personen folgen, bei denen er die Tage zubrachte. — Den 17. zu Mittag bei dem Dichter Rogers mit Lord John Russel und Anderen. — Den 18. bei einem hohen Geist=lichen, wo der Bischof von London, der erste Geistliche an der Paulskirche und viele Würdenträger der eng=lischen Kirche anwesend waren. — Den 19. bei Sir Robert Inglis, dem großen Staatsmanne.

Die folgenden Tage mit seinen Töchtern, die nach London gekommen waren. 23. bei Lady Davy mit Lord und Lady Landsdowne. 24. gab er selbst eine kleine Gesellschaft. — 26. Gesellschaft der Oberrichter von England und Schottland. — 29. bei Lord Alvaney in einer Gesellschaft von Mitgliedern des Hauses der Lords. — 1. Mai bei Lord Gower u. s. w. — Einen Tag war er bei der Herzogin von Kent, wo er mit Prinz Leopold und der kleinen Prinzessin Victoria speiste. — Der Name Victoria gefällt ihm nicht, und er hofft, man werde denselben ändern, wenn sie einst den Thron besteigt. — Diese kleine Prinzessin, sagt er, wird mit der größten Sorgfalt erzogen, und die Umgebungen haben den strengsten Befehl, sie nicht wissen zu lassen, daß sie zur Königin bestimmt sei.

Und doch glaube ich, wenn man ihr kleines Herzchen öffnen könnte, würde man finden, daß eine Taube oder ein anderes Vögelchen den Samen dieser Wissenschaft hineingestreut hat. Sie ist blond, wie die ganze königliche Familie. — Prinz Leopold hat mich auf zwei Tage zu sich befohlen, ich werde mich aber entschuldigen.

Auch beim Könige brachte er wieder einen Tag zu, so wie bei Lord Wellington, Lord Sidmouth und vielen Anderen, und die Menge interessanter Gegenstände, die man sich beeiferte ihm vorzuführen, ist sehr groß. — Besonders freute ihn eine eigenhändige Correspondenz des großen Pitt und dessen Sohnes, welche über die Charaktere dieser berühmten Staatsmänner eigenthümliche Aufschlüsse gab.

Der Aufenthalt währte bis zum 25. Mai.

So oft er konnte, benutzte er seine große Beliebtheit bei allen Machthabern, um seinen Freunden zu nützen. — So war er einst bei seinem schon erwähnten Landsmann, dem Dichter Allan Cunningham, zum Frühstück und freute sich der zahlreichen Familie, die am Tische saß.

Was wollen Sie aus all diesen Jungen machen, Allan? sagte er. — Ja, das frage ich mich oft selbst! war die Antwort. Der Aelteste will gern Soldat werden, aber ich möchte eine Anstellung in Indien für ihn haben, doch daran ist nicht zu denken. — Scott erwiederte Nichts, ging aber sogleich zu Lord Melville, dem Chef der indischen Angelegenheiten, und bat um eine Cadettenstelle für den jungen Cunningham. Melville versprach nachzusehen, ob eine solche Stelle zu vergeben sei, und in diesem Falle gern gefällig zu sein, da er sich gleichfalls für Allan Cunningham interessire.

Diese unbestimmte Antwort genügte unserem Dichter nicht, und da er am selben Tage bei Lord Stafford mit einem Director der ostindischen Compagnie speiste, so bat er auch diesen und erhielt sofort die gewünschte Zusage.

Nach Hause gekommen, fand er ein Billet von Lord Melville vor, der ihm anzeigte, daß es ihn glücklich mache, seinen Wunsch erfüllen zu können.

Am anderen Morgen war Frühstück bei dem Bildhauer Chantrey, der zugleich leidenschaftlicher Angler war. Scott trat mit den Worten ein: Haben Sie schon einmal zu gleicher Zeit eine Forelle mit der Fliege gefangen und eine andere mit dem Haken? Das ist mir heut passirt, und ich hoffe, ich bringe sie beide an's Land. Glauben Sie wohl, daß Cunningham für zwei von seinen hübschen Söhnen Cadettenstellen annähme? Gewiß würde er das, war die Antwort, sorgen Sie nur für die Bestallungen, die Equipirung übernehme ich. — Die Freude in Allan's Hause war groß, aber den Dank dafür hatte sich, außer Scott und

Melville, noch ein Dritter verdient. — Lord Melville mußte seine Stelle niederlegen, ehe er sein Versprechen erfüllt hatte, aber Lord Ellenborough, sein Amtsnach= folger, erfüllte die Zusage, und die beiden jungen Leute wanderten unter den besten Aussichten nach Indien.

Auf der Rückfahrt sprach man bei dem altbewähr= ten Freunde Herrn Morrit auf Rockeby ein, wo ein glänzender Kreis jugendlicher Schönheiten versammelt war, welche dem Dichter mit der größten Freundlich= keit und Liebenswürdigkeit entgegen kamen. — Das Tagebuch macht hierüber folgende Bemerkung: Ein schönes weibliches Wesen ist sicher, von dem alten Manne ebenso mit einer geziemenden Huldigung begrüßt zu werden, wie sie der feurigen Verehrung des Jünglings sicher ist; und Schönheit kann nicht ersetzt werden durch andere liebenswürdige Eigenschaften, seien sie auch in noch so hohem Grade vorhanden. Ich, für den die Schönheit jetzt nur noch ein Gemälde ist, auf das ich als alter Anbeter auch heut noch voll Ehrfurcht hinblicke, ich lege zwar kein Weihrauchopfer mehr auf diese Altäre, aber ich biete doch bescheident= lich mein Lichtstümpfchen dar, wobei ich sorglich Acht gebe, mir nicht die Finger zu verbrennen. Nichts in der Welt ist lächerlicher und verächtlicher zugleich, als ein alter Mann, der die Leidenschaften der Jugend nachäffen will.

Außer in Rockeby wurde auch in Carlisle Halt

gemacht, und Scott führte seine Tochter in die Kathe-
drale zu der Stelle, wo er bei seiner Vermählung mit
der entschlafenen Gattin gestanden hatte. — Sie ist
dahin, sagt das Tagebuch, und ich folge ihr allmählich
nach, schneller vielleicht, als ich selbst glaube. — Es ist
doch schön, geliebt und gelebt zu haben, und unsere
Kinder sind so gut und liebevoll, daß dies den Gedanken an die Trennung mildert.

Au demselben Orte wollte ein Fremdenführer auf
dem Schlosse den Reisenden das wahre Gefängniß
zeigen, in welchem Mac Jvor gesessen habe. — Scott
sagte: Ist es auch gewiß das Richtige? — Und als
der Mann versicherte, es könne kein Zweifel darüber
sein, mußte der Dichter unwillkürlich lachen, was Jener
sehr übel vermerkte. Miß Anne Scott flüsterte ihm
daher zu, wer der Fremde sei. Dieser riß die Augen
weit auf, grüßte, steckte seine Schlüssel eiligst in
die Tasche und lief spornstreichs, um die ganze Besatzung zu alarmiren. — Durch schleunige Flucht ent-
gingen sie dem Zusammenlauf und kamen noch selbigen Abend nach Abbotsford zurück.

Hier empfing ihn die gute Nachricht, daß die Con-
tracte über das opus magnum höchst vortheilhaft
abgeschlossen seien, und ich hoffe, sagte er, es wird gut
gehen! Aber wer kann auf die Dauer seiner Volksbeliebtheit bauen? Ein alter Freund von mir, der in
stets neue Unternehmungen sich einließ und doch

niemals die Windmühle erfinden konnte, mit der man
den günstigen Hauch der aura popularis auffängt,
pflegte zu sagen, er sei sicher, daß an dem Tage, wo er
Bäcker würde, das Brot aus der Mode käme. Mir
ist es besser ergangen. Ich habe das Glück gehabt,
daß der Wind stets in meine Segel blies, und so blase
zu, mein guter Wind, und führe mein Schifflein zuletzt
in den sicheren Hafen!

Allerdings hat kaum ein Mensch mehr Glück in
den Erfolgen seiner Arbeiten gehabt, als Scott, indes=
sen kann auch kaum Einer mit so vollem Rechte von
sich sagen, daß er allein seines Glückes Schmid gewe=
sen. Aber von Allem, was ihm im Leben zu statten
kam, hat ihn neben seinem Erzählertalent doch Nichts
so sehr gefördert, als daß sein ganzes Sinnen und
Trachten und sein ganzes Interesse schon von Kindes=
beinen an sich in der einen Richtung versammelte, die
für seine Dichtungen die förderlichste sein mußte; in
der Erwerbung der umfangreichsten Kenntnisse auf
allen und besonders auf den kleinsten Gebieten der
schottischen Geschichte. — Indem auf diese Weise Nei=
gung und Talent mit seiner Sammlerleidenschaft
gemeinsam wirkten, um ihm seine Arbeiten zum höch=
sten Genuß zu machen, so wurde dieser Genuß und
diese Freude natürlich noch um's Tausendfache erhöht
durch den Erfolg, dessen er stets sicher war, und in der
Zeit, von der wir reden, noch überdies durch das

Gefühl, daß die Ehre ihm gebiete, für die Befriedi=
gung der Gläubiger sich anzustrengen, um auf diese
Weise seinen Namen unbefleckt den Seinigen hinter=
lassen zu können.

So dürfen wir uns denn nicht wundern, wenn er
von sich selbst sagt, daß sein Leben während des Jah=
res 1828, in Edinburgh sowohl, als auf dem Lande,
dem Leben einer Schreibemaschine geglichen habe.

Bis zu Ende des Jahres hatte er die zweite Reihe
der Erzählungen aus der schottischen Geschichte vollen=
det und eine Menge von Recensionen und Abhand=
lungen für die Vierteljahrsschriften geliefert, und
außerdem war ein neuer Roman, Anna von Geier=
stein, schon wieder weit vorgerückt.

Bei diesem hat er die Scene in die Schweiz gelegt,
und es ist ihm nicht weniger als unserem Schiller im
Tell gelungen, die Lokalfarbe auf's Genaueste zu tref=
fen, ohne jemals an Ort und Stelle gewesen zu sein.

Das Tagebuch hat in diesem Jahre eine große
Lücke, weil wegen seiner überhäuften Schriftsteller=
arbeiten ihm Zeit und Lust fehlte, außer dem Noth=
wendigen noch mehr zu schreiben, zumal ihm das
Mechanische der Arbeit allmählich immer unbequemer
wurde.

Ein Brief an Miß Edgeworth, mit welcher die
freundlichsten Beziehungen stets aufrecht erhalten

wurden, spricht sich hierüber aus, und wir theilen die
Stellen aus demselben mit, die sich auf des Dichters
persönliche Zustände beziehen:

„Ich habe," schreibt er, „Ihren lieben Brief schon
vor mehreren Tagen erhalten, und wenn ich erst heute
antworte, so geschieht es wahrlich nicht aus Mangel
an freundlicher Theilnahme, sondern wegen des fatalen
Umstandes, daß mir die Hände so sehr von Frostbeulen
schmerzen, daß meine Feder überall hinläuft, nur nicht
dahin, wo sie gerade soll; und Diejenigen, welche jetzt
aus der Handschrift den Charakter des Schreibenden zu
erkennen vorgeben, würden mich hiernach für den con=
fusesten Menschen von der Welt erklären. — Aber da
alte Leute nun einmal wieder zu Kindern werden, so
erwarte ich nächstens die Blattern und die Masern zu
bekommen. — Ich wünsche nur, ich bekäme auch wie=
der neue Zähne. — Die Wahrheit zu sagen, empfinde
ich die Beschwerden des Alters stärker, als mir lieb ist,
obgleich ich über mein Befinden im Allgemeinen nicht
klagen darf, aber ich kann eben nicht mehr klettern und
laufen wie sonst, und das ist ein großer Schmerz für
mich, der ich mich stets so rüstig bewegte trotz meines
körperlichen Gebrechens. Ich muß mich jetzt eines
freundlichen Armes als Stütze bedienen, und es wird
noch schlimmer werden, ehe es besser wird, und ich sehe
voraus, daß ich froh sein werde, auf einem Garten=

ftuhl zu ſitzen, oder auf einem frommen Pony zu rei=
ten. — Ach, wie waren fromme Reitpferde mir ſonſt
zuwider!"

Die trefflichen Ausführungen, welche der folgende
Theil des Briefes über die Zuſtände in Irland und
Schottland enthält, übergehen wir und theilen nur
noch den auf des Dichters Familie bezüglichen
Schluß mit:

„Anna hat Ihnen ſelbſt geſchrieben. Walter iſt mit
ſeiner kleinen Frau in Nizza; er hat ein ſehr ſchnelles
Avancement gehabt, iſt jetzt Major und will ſich nun
in der Welt umſehen. Lockhart war bei uns zum
Beſuche und iſt jetzt in England.

Seit einer halben Stunde bereits hat mir die
Feder, mit der ich ſchreibe, den Gehorſam aufgekün=
digt, was um ſo unverantwortlicher von ihr iſt, als ſie
an ihre frühere Herrin zu ſchreiben hat."

Dieſe Feder aus Bronze gehörte nämlich zu einem
Schreibzeug, welches einſt Arioſt benutzt haben ſollte,
und welches Miß Edgeworth unſerem Dichter verehrt
hatte.

***

Zehntes Kapitel.

Das lange unterbrochene Tagebuch wurde im
Anfang des Jahres 1829 wieder fortgeführt, weil die
Arbeiten an den Druckſachen gerade damals eine

Unterbrechung litten. Ballantyne war nämlich durch die Krankheit und den darauf folgenden Tod seiner Gattin so außer Fassung gebracht, daß er seinen Geschäften sich zu widmen außer Stande war.

Walter Scott, welcher bei Unfällen aller Art sich nie gestattete, dem Gram darüber in solcher Weise nachzuhängen, daß seine Berufsarbeiten darunter litten, konnte einen solchen Mangel an Selbstbeherr= schung nicht billigen und spricht dies wiederholt in sei= nen Notizen aus:

Mein dritter Band schreitet rasch vorwärts, schreibt er, und der Drucker bleibt hinter mir zurück. Aber Ballantyne's Frau ist krank, und seiner Natur nach machen ihn die schlimmen Befürchtungen, denen er sich hingiebt, zur Arbeit unfähig. Ich kann mir nicht hel= fen, aber solche liebenswürdige Schwächen flößen mir beinahe Verachtung ein.

Am 17. Februar heißt es: Ich empfing die trau= rige Nachricht, daß Ballantyne seine Frau verloren hat. — Bei seinen häuslichen Gewohnheiten ist der Verlust unersetzlich. Was soll der arme Mann nun anfangen mit einem solchen Haufen von Kindern? — Es würde mich nicht wundern, wenn er sich ganz der Verzweiflung überließe.

Wirklich übergab Ballantyne die Leitung seiner Geschäfte einigen befreundeten Männern, zu deren Zahl auch Scott gehörte, und zog sich in ländliche

Einsamkeit zurück, um seinem Grame ungestört nachzuhängen. Hier verfiel er in religiöse Schwärmereien,
die er auch bis zu seinem Tode nicht los geworden ist.
— Unser Dichter schrieb wiederholt an ihn und for-
derte ihn auf, durch einen männlichen Entschluß über
seinen Kummer Herr zu werden, indem er ihm vorstellte, daß die Einsamkeit der schlechteste Ort sei, um
den Versuchungen der Schwäche zu widerstehen, wie
auch der Teufel, als er den Heiland versuchen wollte,
ihn in eine Wüste führte.

Ballantyne kehrte allerdings wieder zu seinen
Geschäften zurück, aber die trübsinnigsten Schwärmereien hatten unwiderstehlich von seinem Geiste Besitz
genommen, so daß sein Verkehr mit dem Dichter von
da ab allmählich stets seltener wurde, obgleich Scott
bis an's Ende mit dem lebhaftesten Interesse für das
Beste des alten Freundes besorgt und thätig blieb.

Im Frühling 1829 erschien Anna von Geierstein,
und die Ankündigung des opus magnum, der mit
Scott's Anmerkungen begleiteten Gesammtausgabe
seiner Romane, wurde erlassen, mit so glänzendem
Erfolge, daß die Gläubiger dem Dichter von jetzt an
ein jährliches Einkommen sicherten, ausreichend, um
ohne alle Sorge standesgemäß leben zu können, da sie
gegründete Aussichten hatten, ihrer vollständigen
Befriedigung im Laufe weniger Jahre entgegen-
zusehen.

Das Tagebuch nimmt auch in Folge dieser glück=
lichen Umstände von hier ab wieder eine freundlichere
Färbung an, und lebhaftes Interesse an den Tages=
ereignissen, namentlich an den Verhandlungen über die
Emancipation der Katholiken, wird sichtbar.

Es mögen einige Auszüge daraus hier ihre Stelle
finden.

Den 23. Februar speiste ich mit Anna bei Skene's,
wo Oberst Blair und mehrere Gäste sehr heiter waren.
— Blair erzählte uns, daß beim Beginn der Schlacht
von Waterloo man große Schwierigkeiten hatte, die
Leute in ihren Reihen zurückzuhalten. Zu Einem, der
vorauslief, sagte der Oberst: Nun, mein guter
Bursche, Du willst doch nicht die Franzosen allein
schlagen? Bleib lieber in Deiner Reihe. — Der
Mann ging an seinen Platz zurück, indem er sagte:
Ich glaube, Sie haben Recht, Herr Obrist, aber ich
bin ein Mensch von sehr hitzigem Temperament.

Den 24. — Eine Dame zeigte uns hübsche Skiz=
zen, die sie in Indien von den gigantischen alten Bau=
werken daselbst aufgenommen hatte, und die uns
Werke vor Augen führen, vor denen die größten euro=
päischen Prachtgebäude sich verstecken müssen, — und
doch wissen wir von dem Volke, welches solche Wun=
derwerke ausführte, kaum mehr, als von den ägypti=
schen Königen, die die Pyramiden erbauten. — Die
Literatur macht berühmt, aber nicht die Baukunst.

15*

Eine zerbrochene Säule von Cicero's Villa zu sehen freut uns mehr, als diese gesammten Werke, die eine barbarische Macht aufgeführt hat.

Den 28. Februar — — ich kann der katholischen Emancipationsfrage kein besonderes Interesse abgewinnen. Was nützt es, um die Schüssel zu streiten, wenn das Gericht aufgegessen ist. — Ich halte die Papisterei für einen so niedrigen und verderblichen Aberglauben, daß ich kaum zu der Aufhebung der peinlichen Strafgesetze meine Zustimmung gegeben haben würde, die bis 1780 in Kraft waren. Sie würden ohne Zweifel das Papstthum im Laufe der Zeit erdrückt haben, und ich leugne es nicht, mit Freuden hätte ich es gesehen, wenn der Babylonischen Dame das Maul gestopft worden wäre. Jetzt aber, da man ihr das Pflaster vom Munde genommen hat, und sie frei athmen kann, jetzt sehe ich nicht ein, warum man soviel Aufhebens über ihr Verlangen macht, im Parlament zu sitzen. — Hätte man nicht so heftig opponirt, so wäre der Katholicismus vielleicht sammt seinen abgeschmackten Gebräuchen und Feierlichkeiten in Staub versunken. Und doch bleibt immerhin der Versuch gefährlich. — Die Welt ist in der That noch heut so thöricht, wie jemals, und jede Dummheit wird stets Gläubige finden. Der thierische Magnetismus, die Lehre vom Gehirn u. s. w., haben ihre Gläubigen, warum nicht das Papstthum? Ich

hoffe nur, wenn es zu Unruhen kommt, daß der Her=
zog von Wellington das gehörnte Vieh gut in der
Hand behalten und nicht über die Stränge schlagen
lassen wird.

4. März. Gute Neuigkeiten! Die Nachfragen
nach dem opus magnum sind von der Art, daß man
alsbald zehn= bis zwölftausend Exemplare wird druk=
ken lassen müssen. — Wenn das so geht, habe ich nicht
nur selbst ein sicheres Einkommen, sondern kann auch
hoffen, die Gläubiger binnen wenigen Jahren voll=
ständig zu befriedigen.

Mein treuer Laidlaw speiste mit mir. Er ist
außer sich vor Freude über dies Glück, und wir mach=
ten schon Pläne, wie es möglich zu machen wäre, daß
ich ihn wieder in meine Nähe bekäme, um unsere alten
Gespräche über Religion und Politik fortzusetzen.

5. März. Die Gesellschaft der Glasgower Bücher=
freunde hat mich zu ihrem Mitglied gewählt. —
Wollte ich alle gelehrte Gesellschaften, denen ich ange=
höre, nach dem Alphabet hinter meinen Namen setzen,
so würde ich einen schönen Schweif nachschleppen, —
überhaupt glänzt der Hoffnungsstrahl, welcher auf
meine Angelegenheiten fällt, immer heller, und wenn
das Licht auch noch nicht fest und strahlend leuchtet, so
ist es doch hell und sichtbar genug. — Vielleicht lebe
ich noch zehn Jahre, um unter so günstigen Verhält=
nissen fortzuarbeiten. Doch das ist kaum zu hoffen! —

Wenigstens ist jetzt die Last von meiner Brust genom=
men, unter der ich kaum zu athmen vermochte, und die
mich gänzlich zu erdrücken drohte.

8. März. Ballantyne schreibt heute Morgen, daß
er Anna von Geyerstein nicht loben kann. — Das ist
eine schöne Geschichte. Der dritte Band ist beinahe
fertig. Das wäre Schande und Schaden dazu.˙ Ich
habe meinen Verleger Cadell citirt. Wir wollen die
Sache in Berathung nehmen.

9. März. Cadell kam heut Morgen, und wir
beschlossen die Sache noch weiter zu überlegen, da bei
der jetzigen Aufregung über die katholische Frage,
welche das allgemeine Interesse so sehr in Anspruch
nimmt, die Veröffentlichung doch verschoben werden
muß. —

28. März. So sehr der herrliche Morgen mich.
auch in's Freie lockte, habe ich doch von sieben bis zwei
Uhr ununterbrochen an meiner Recension der alten
schottischen Geschichte gearbeitet. Ich fürchte, es wird
nicht sehr anziehend werden, aber die Beschäftigung
mit diesen Alterthümlichkeiten hat den größten Reiz
für mich. Wer nicht wie ich so vielfach im Gebiete
der Phantasie gewandelt hat, kann sich nicht denken,
wie gern man einmal wieder auf dem Boden geschicht=
licher Thatsachen fest einherschreitet. — Ich kann mir
denken, daß dem Bajazzo bei den Kunstreitern so zu
Muthe sein muß, wenn er seine bunte Jacke und seine

gezwungenen Späße abgelegt hat und sich nun mit der
Pfeife an's Kamin setzt, um sich mit ein Paar alten
Bekannten ganz ernsthaft zu unterhalten und der
Gesetzteste von der ganzen Gesellschaft zu sein.

8. April. Die Lords haben die Emancipation der
Katholiken mit einer Mehrheit von 105 Stimmen
in zweiter Lesung angenommen. — Das ist entschei=
dend, und der Trank der Fierabras muß nun herunter=
geschluckt werden.

Am 20. April wird vermerkt, daß Graf Buchan
gestorben ist, derselbe närrische alte Herr, welcher den
Dichter bei dessen gefährlicher Krankheit damals mit
der Aussicht trösten wollte, daß er seine Leichenrede
halten werde. —

Er war bei seinen Sonderbarkeiten auch ein Geiz=
hals und hinterließ ein großes Vermögen. Scott
bemerkt bei dieser Gelegenheit: Sparen, aber nicht
viel Einnehmen, ist die Mutter des Reichthums. —
Die Beisetzung fand am 25. in der Abtei Dryburgh
statt, wo auch des Dichters Gebeine einst ruhen sollten.
— Bei der Rückkehr von dem Begräbniß schreibt er
unter Anderem in's Tagebuch: Ich kehrte traurig
zurück aus den Ruinen der Abtei. — Seit ich die
theuren Ueberreste meiner geliebten Frau dorthin
begleitete, hatte ich die Stätte nicht wieder betreten.
Mein nächster Gang dahin ist vielleicht ein unfrei=
williger. — Nun, Gottes Wille geschehe. — Ich

brauche mich nun wenigstens nicht mehr über den
Gedanken daran zu ärgern, welche Menge von hoch=
trabendem Unsinn Lord Buchan an meinem Grabe
gesprochen haben würde.

An demselben Tage kam ein reisender Bauchredner
und Taschenspieler zu uns nach Abbotsford, und da
einige Gäste da waren, ließ ich ihn seine Kunststücke
machen. Der Mensch sah so verhungert aus, als
hätte er in seinem Leben mehr Feuer als Brot ver=
schluckt. Ich entließ ihn wohl gesättigt und reich
beschenkt, — und nun zu Anna von Geierstein!"

Dieser Roman wurde am 29. April vor dem Früh=
stück beendet, und das Tagebuch bemerkt, daß er nach
dem Frühstück das Handbuch der schottischen Geschichte
zu schreiben begann, welches er für ein Sammelwerk
zu liefern versprochen hatte, und wofür ihm über zehn=
tausend Thaler zugesagt waren. — Noch vor Ablauf
des Jahres erschien der erste Band dieses neuen
Werkes.

Anna von Geierstein wurde Mitte Mai ausge=
geben und wurde nicht minder günstig aufgenommen,
als das schöne Mädchen von Perth.

Eine sehr hübsche Bemerkung von Lockhart bei
Gelegenheit des Erscheinens dieses Romans, welcher
der letzte ist, den Scott mit seinen ungeschwächten
Geisteskräften verfaßte, möge hier ihren Platz finden:

Man sagt gewöhnlich, daß das Genie sich beson=

bers badurch kenntlich macht, baß es die Kraft verleiht, noch in vorgerückten Jahren die Gefühle ber
Jugend in ihrer ganzen Gluth und Reinheit zu schil-
bern. Ich glaube aber, baß ein so herrlicher Vorzug
nur bem tugendhaften Genie als wohlverbienter Lohn
zu Theil wird.

Wenn, wie es leiber nicht selten vorkommt, eine
außerordentliche Gabe ber Phantasie mit Selbstsucht
und Mangel an Selbstbeherrschung verbunden ist,
bann werben biese Gaben nicht mehr ein Segen, son-
bern eine Strafe, die bei zunehmenden Jahren Rache
nimmt an dem, der mit den Schätzen, welche die
Natur ihm anvertraute, Mißbrauch getrieben hat. —
Der Rückblick in's Leben gleicht bei solchen Menschen
ber trostlosen Aussicht auf eine öbe und bunkle
Wüstenei, und die Bitterkeit, die hierdurch erzeugt
wird, äußert sich entweder in einer mit Reue verwandten Geringschätzung bes Lebens, ober in Ironie
und Spötterei, und der kleinste Tropfen solchen Giftes
genügt, um jeden Versuch zu vereiteln, die Gefühle
von Liebe und Freundschaft so zu schildern, baß reine
und jugenbliche Seelen sich baran erwärmen.

Nun hat Scott vielleicht niemals diese Gefühle
hinreißender geschildert als in Anna von Geierstein,
während man aus kleinen Zügen und Bemerkungen
erkennt, baß der Verfasser ein Greis ist. — Sein
gesammter Lebenslauf war ihm vermöge seines wun-

berbaren Gedächtniſſes ſtets ſo gegenwärtig, daß ſchon
deßhalb ſeine Aufmerkſamkeit nicht ausſchließlich an
irgend einem beſtimmten Theile deſſelben haften konnte,
um die Gefühle von Freude oder Trauer vorherrſchen
zu laſſen, welche entſtehen, wenn man ſich in einen ein=
zelnen Lebensabſchnitt verſenkt und vertieft, und außer=
dem lebte er ein zweites und neues Leben mit und in
ſeinen Kindern und wurde jung, wenn er auf ſie blickte,
wie ſie mit ihrem Freundeskreiſe jung und friſch in die
Welt eintraten.   Mehr als Alles aber wirkte hier ſein
feſter Glaube an die Wiedervereinigung mit ſeinen
vorangegangenen Lieben.

Und immer mehr und mehrere gingen ihm voran.
— Der ſtets dienſtfertige Terry ſtarb im Juni, und der
alte treue Freund Shortreed im Juli.

An den Letzten knüpfte ſich ganz beſonders die
Erinnerung daran, wie er durch ihn eigentlich zuerſt
mit den Hochlanden bekannt geworden und dieſelben
mit ihm einſt vielfach durchwandert hatte. — Armer
Burſche! ſagt das Tagebuch, wie viele Freunde ver=
ſchwinden aus unſerem Kreiſe!   Wie viele Erinnerun=
gen ſterben mit ihm und dem armen Terry!

Die Eintragungen in dieſes Tagebuch ſind übri=
gens in dieſer Zeit äußerſt ſpärlich, und manches
Intereſſante iſt gar nicht erwähnt, ſondern ergiebt ſich
nur aus den aufbehaltenen Briefen.

So war ihm, wie wir ſahen, der Erlös aus dem

fortwährenden Abſatz der älteren Romane und Ge=
dichte von den Gläubigern überlaſſen worden, und er
hatte auf dieſe Weiſe das Eigenthumsrecht an dieſen
Werken erhalten. Nur von Marmion gehörte ein
Viertel des Verlagsrechts dem Buchhändler Murray,
und Scott beauftragte ſeinen Schwiegerſohn, wegen
Rückkaufs dieſes Viertheils zu unterhandeln.

Murray hatte kaum von dem Wunſche des Dich=
ters Kunde erhalten, als er demſelben durch folgendes
Schreiben entgegenkam:

Theurer Herr! Mr. Lockhart theilt mir ſoeben Ihr
auf Marmion bezügliches Schreiben mit. Schon meh=
rere Buchhändler haben mich gebeten, mein Anrecht
an dies Gedicht zu verkaufen, aber ich bin ſo ſtolz
darauf, der Verleger eines ſolchen Dichters zu ſein,
wenn auch nur theilweiſe, und in Bezug auf eines
ſeiner Werke, daß ich keine Geldanerbietung in der
Welt mich beſtimmen ließe, dies Recht zu veräußern.

Allein eine Rückſicht anderer Art, von der ich bis=
her Nichts wußte, würde es mir ſchmerzlich machen,
dies Recht auch nur einen Augenblick länger zu beſitzen;
— ich meine den Wunſch des Dichters, das Eigen=
thum ſeines Gedichts zurück zu erhalten, ein Wunſch,
der in demſelben Augenblick bereits erfüllt war, als ich
Kunde davon erhielt.

Dieſer Verlag hat mir hundertfach größeren Ge=
winn gebracht, als der Verfaſſer oder der Verleger je

ahnen konnten, und wenn ich das Werk hierbei zurück=
gebe, so werden Sie hoffentlich mir die Ehre erweisen,
daſſelbe als ein geringes Zeichen der Dankbarkeit anzu=
nehmen für das viele Gute, das ich), geehrtester Herr,
durch Sie genoſſen habe. — Ich bin u. ſ. w.

Der Abſatz der geſammelten Romane war über
alle Erwartung groß. — Wir haben oben geſehen, daß
Scott im Tagebuche ſagte, er glaube, 12,000 Exem=
plare würden kaum hinreichen, allein von den acht
Bänden, die bis zu Ende 1829 erſchienen waren,
belief ſich der allmonatliche Abſatz durchſchnittlich auf
35,000 Bände.

Dieſe Zahlen erſcheinen uns fabelhaft, weil wir in
Deutſchland ſehr ſparſame Bücherkäufer ſind, und die
reichſten und vornehmſten Leute bei uns ſich nicht ſchä=
men, auf eine intereſſante literariſche Erſcheinung ſo
lange zu warten, bis man ſo glücklich iſt, ein durch
viele Hände gegangenes, oft ſehr wenig apetitlich aus=
ſehendes Exemplar aus einer Leihbibliothek zu erhalten.

In England dagegen leiſt ein anſtändiger Mann
kaum jemals Etwas aus der Leihbibliothek, ſondern es
gehört zum guten Ton, daß man jedes bedeutende
Werk, welches von ſich reden macht, ſelbſt beſitze.

Während dies bei Fachwerken und gelehrten Ab=
handlungen natürlich ſich mehr oder weniger auf Leute
von Fach beziecht, ſo erfordert es die Mode, daß ein
belletriſtiſches neues Buch bei Jedermann zu finden ſei,

und der Absatz, der hierdurch bedingt wird, erhöht sich noch bedeutend, wenn man weiß, daß die Zahl solcher Personen, die förmliche Bibliotheken haben, in England vielleicht hundert Mal so groß ist, als in Deutschland. —

Während nun durch diesen buchhändlerischen Erfolg seiner Werke die äußeren Verhältnisse Walter Scott's im Jahre 1829 sich stets besser gestalteten, sollte dieses Jahr doch nicht zu Ende gehen, ohne ihm einen neuen Schmerz durch den Verlust eines treuen vieljährigen Dieners zuzufügen, den er fast härter empfand, als das Dahinscheiden vieler der vornehmen Bekannten und Freunde, deren Tod ihn in der letzten Zeit betrübt hatte.

Der treue Tom Purdie kam eines Abends vom Felde heim, legte sich mit dem Kopfe auf den Tisch und schlief ein, wie dies bei einem Manne, der so angestrengt arbeitete, nichts Ungewöhnliches war. Die Seinigen gingen ein Paar Stunden lang ab und zu, ohne auf ihn zu achten. — Als das Abendessen gebracht wurde, und man ihn wecken wollte, zeigte es sich, daß er todt war.

Scott betrauerte ihn tief. Ich habe, schreibt er, meinen alten treuen Diener verloren, der mir Alles in Allem war. Heut haben wir ihn zur Erde bestattet. Ich bin so erschüttert, daß ich Abbotsford verlassen und mich in die Stadt flüchten will.

Das Grab des treuen Mannes in der Nähe der Abtei Melrose wurde mit einer Tafel geziert, die folgende Inschriften trägt:

„In dankbarer Erinnerung an zweiundzwanzigjährige treue und unermüdliche Dienste und in Trauer um den Verlust eines ergebenen Dieners und aufrichtigen Freundes wurde dieser Stein errichtet von Sir Walter Scott auf Abbotsford."

Und auf der andern Seite:

„Hier ruht Thomas Purdie, Waldhüter zu Abbotsford. Gestorben am 29. Oktober 1829. Zwei und sechszig Jahre alt.

> Du bist über Wenigem getreu gewesen,
> Ich will Dich über Viel setzen.
>
> Matthäus 25, V. 21."

Elftes Kapitel.

Im Anfang des Jahres 1830 gab eine Besprechung alter Criminalfälle für eine Zeitschrift dem Dichter Veranlassung, einen besonders tragischen Vorfall, der ihm bei der Lectüre aufgefallen war, dramatisch zu bearbeiten, und es wurden mehrere Scenen geschrieben, welche in der Sammlung der poetischen Werke ihren Platz finden sollten, und zu gleicher Zeit verfaßte er die schönen Aufsätze über Balladendichtung.

Allein es war jetzt der Augenblick gekommen, wo
die übermäßigen Anstrengungen, welche er sich in der
jüngsten Zeit zugemuthet hatte, ihre verderbliche Wirkung auf den Gesundheitszustand Walter Scott's
äußern sollten.

Am 15. Februar kam er etwa um zwei Uhr Nach-
mittags vom Gerichtshofe nach Hause und fand eine
alte Freundin, Tochter eines Geistlichen, die ihm
Papiere ihres Vaters überbrachte, welche Scott für
den Druck vorzubereiten versprochen hatte. — Die
alte Dame bemerkte keine Veränderung in seinem
Wesen und saß etwa eine halbe Stunde ruhig war-
tend, während Scott mit den Papieren beschäftigt
schien. — Da erhob sich dieser, als wenn er den Besuch
verabschieden wollte, sank aber in seinen Sessel zurück,
und eine leichte Zuckung lief über sein Gesicht. Nach
wenigen Minuten erhob er sich von Neuem und wankte
nach der Thür des Wohnzimmers, wo Anna Scott
und Lockhart's Schwester Violet saßen. Diese eilten
ihm entgegen, aber er stürzte der Länge nach auf den
Boden, bevor sie ihn erreichen konnten.

Etwa zehn Minuten lang blieb er sprachlos, bis
der herbeigerufene Arzt gekommen war und eine Ader
geöffnet hatte. — Der Aderlaß wurde gegen Abend
wiederholt, worauf die Sprache und alle übrigen
Geisteskräfte sich wieder einfanden.

Man hielt den Vorfall streng geheim, und als er

nach einigen Tagen wieder ausging, merkte Niemand Etwas von dem, was vorgefallen war.

Mehre Wochen lang wurde die strengste Diät beobachtet, und nur Grütze und Wasser durfte der Kranke genießen. — Dabei schienen die Kräfte vollständig zurückzukehren, und bald wurde auch die gewohnte Lebensweise wieder begonnen. — Scott suchte sich selbst zu überreden, daß der Zustand aus Verdauungsbeschwerlichkeiten hervorgegangen sei, obgleich in den Briefen aus jenen Tagen sich Andeutungen genug finden, daß er die große Aehnlichkeit nicht verkannte, welche der Anfall mit einem Schlagflusse gehabt habe. Er wußte ja, daß sein Vater sowohl als sein älterer Bruder Beide am Schlage gestorben waren, und die Vermuthung lag nur zu nahe, daß auch ihm ein ähnliches Schicksal bevorstehe.

Aber mit derselben Kraft, wie immer, kämpfte er gegen das Uebel, und er hat im Laufe des Jahres 1830 der Menge nach kaum weniger geschrieben, als in dem vorangegangenen Jahre.

Er arbeitete jetzt an seinem Werke über den Hexenglauben und an der Fortsetzung der Erzählungen eines Großvaters, die er jetzt auch auf die Geschichte von Frankreich ausdehnte. — Der zweite Band der schottischen Geschichte für das oben erwähnte Sammelwerk wurde ebenfalls in diesem Jahre vollendet, und im August, wo sein körperlicher Zustand sich am günstig-

ſten zu geſtalten ſchien, verfaßte er den Aufſatz über die
von Southey beſorgte neue Ausgabe von Bunyan's
Pilgerfahrt mit der Lebensbeſchreibung des Verfaſſers.

Eine wenn gleich unfreiwillige Erleichterung bei
dieſen Arbeiten erwuchs dadurch, daß man die Gerichts=
ſchreiberſtellen um dieſe Zeit von ſechs auf vier herab=
ſetzte, wodurch Scott veranlaßt wurde, ſein Amt
niederzulegen. — Statt des bisherigen Gehaltes von
1300 Pfund erhielt er nun 800 Pfund Penſion, und
das Miniſterium des Innern erbot ſich, die fehlenden
500 Pfund als perſönliche Zulage zahlen zu laſſen.

Dies wollte Scott nicht annehmen, weil es mit
ſeiner Stellung unvereinbar ſchien, einen nach engliſchen
Verhältniſſen unbedeutenden Gnadengehalt von der
Regierung zu beziehen. Da er indeſſen ſeine ſämmt=
lichen Einnahmen als ein Eigenthum der Gläubiger
betrachtete, ſo konnte er das Anerbieten nicht ohne
deren Zuſtimmung ausſchlagen. — Das Curatorium
ermächtigte ihn indeſſen auf die zuvorkommendſte
Weiſe, ganz nach ſeinem Belieben zu handeln, und
ſomit begnügte er ſich mit ſeiner Penſion und wies die
Zulage zurück.

Die große Zuvorkommenheit, welche das Miniſte=
rium ihm bei dieſer Gelegenheit erwies, war vollkom=
men in Einklang mit der perſönlichen Zuneigung,
welche Georg IV. unſerem Dichter von jeher gezeigt
hatte. — Auch blieb dies Wohlwollen des Königs bis

an's Ende gleich. Denn noch kurz vor seinem im
Juni 1830 erfolgten Tode übertrug ihm der Monarch
die Durchsicht und Herausgabe des Briefwechsels der
verbannten Prinzen aus dem Hause Stuart, auch mit
Rücksicht darauf, daß eine solche Arbeit den Dichter
veranlassen mußte, öfter nach London in des Königs
Nähe zu kommen. — Ja, es wurde ihm der Antrag
gemacht, in den höchsten Rath des Königs als dessen
Geheimer Rath einzutreten, was Scott indessen
ablehnte, indem eine Rangerhöhung ihm bei seinen
geschmälerten Einkünften und seiner wankenden Gesund=
heit nicht wünschenswerth erschien.

So ist es denn kein Wunder, daß Scott dem
Könige stets freundlich ergeben war, um so mehr, als
seine streng aristokratischen Gesinnungen ihm die unbe=
bedingte Treue gegen das Oberhaupt des Staates, in
dem er seinen obersten Lehnsherrn verehrte, zur heiligen
Pflicht machten.

Georg IV. schätzte Walter Scott besonders wegen
der Eigenschaft, die er überhaupt bei Menschen am
Höchsten schätzte, wegen der Gabe der Unterhaltung.
Der König wollte amüsirt sein, und wer zu seinem
Vergnügen beitrug, stand in seiner Gunst am Höchsten.

Die Stelle des Tagebuchs, welche das Ableben des
Monarchen erwähnt, lautet wie folgt:

„Es war heut ein froher Tag, doch wurde die ganze
Freude gedämpft durch die Nachricht von des Königs

Tode. Dies Ereigniß war längst vorausgesehen als
Ende einer langen unheilbaren Krankheit. Aber gegen
mich persönlich war er sehr gnädig und ein gütiger
Herrscher. — In Schottland betrauert ihn Hoch und
Niedrig. Dazu trägt viel die freundliche Erinnerung
an seinen Besuch unseres Landes bei, welche bei Jeder=
mann Theilnahme an dem Könige erweckte."

Die Enthebung von der gerichtlichen Beschäftigung
hatte zur Folge, daß Scott nunmehr seine Wohnung
in Edinburgh aufgeben und Winter und Sommer in
Abbotsford bleiben konnte.

Während nun so von allen Seiten die Anzeichen
des herannahenden Alters sich mehrten und darauf
hindeuteten, daß die Tage der Kraft zu Ende gingen,
findet sich am 13. Juli folgender seltsamer Vermerk im
Tagebuche:

Ich erhalte einen Brief von einem jungen Herrn,
der mir zu verstehen giebt, daß seine Schwester über
die Absichten eines gewissen, beinahe sechszig Jahre
alten lahmen Baronets so sehr im Irrthum ist, daß sie
glaubt, es sei nur Schüchternheit, wenn derselbe seine
Wünsche und Hoffnungen nicht deutlich zu erkennen
gebe u. s. w. Da die Dame von hohem Range ist, so
kann meine Eitelkeit insofern sich zufrieden geben. —
Allein ich entschuldigte mich, so gut es ging, in wohl=
gesetzten Worten.

Wohl eingedenk der hübschen Warnung, die wir
16*

oben mittheilten, sich die Finger an dem Lichtstümpf=
chen nicht zu verbrennen, welches das Alter der Schön=
heit darbringt, hütete sich Walter Scott also sehr weis=
lich, bei dieser Gelegenheit eine Trilogie der Leiden=
schaft zu schreiben, wie sein viel älterer Herr Bruder in
Apollo. —

Lockhart und seine Frau hatten es möglich gemacht,
den Sommer und Herbst wieder in Chieswood ganz
dicht bei Abbotsford zuzubringen, und auch Laidlaw
war in sein früheres Häuschen zurückgekehrt, und
Lockhart's Schilderung giebt von dem Zustande des
Schwiegervaters in dieser Zeit ein sehr anschauliches
Bild desselben.

Die übliche Eintheilung des Tages war nicht
wesentlich verändert, aber Scott sah blaß und ermüdet
aus, und nur während der gemeinschaftlichen Mahlzeit
kehrte zuweilen die alte Heiterkeit wieder, obgleich die
strengste Diät beobachtet werden mußte, und er die
Flasche an sich vorübergehen ließ, um sich mit Wasser
zu begnügen. — Am wenigsten war eine Veränderung
bemerkbar, wenn die Enkelkinder bei ihm waren. —
Wie schwach er sich auch eben fühlen mochte, sobald er
sie erblickte, erheiterten sich seine Lebensgeister, und seine
größte Freude war es, wenn er auf seinem Pony durch
seine Pflanzungen ritt, sie auf Eseln und kleinen Pferd=
chen neben sich hertraben zu lassen, während die Erwach=

senen nach seiner Anleitung Zweige ausschneiden oder Stämme anzeichnen mußten.

Man würde zuweilen sich der Hoffnung auf allmähliche Wiederkehr seiner Kräfte haben hingeben können, wenn er sich hätte bewegen lassen, die Anstrengungen der Geistesarbeit zu vermeiden. Aber Nichts konnte ihn davon abhalten, viele Stunden täglich an seinem Schreibpulte zuzubringen, und leider fehlte jetzt diesen Arbeiten der große Reiz, den die bisher nie fehlende Bewunderung Ballantyne's jedem Bogen, ja jeder Zeile verliehen, die der Dichter dem Drucker überlieferte. — Es war klar, daß Ballantyne gewahr wurde, wie die jetzigen Arbeiten nicht mehr den früheren glichen, und daß dem so sei, blieb für Scott selbst kein Geheimniß, obgleich es nicht ausgesprochen wurde. Allein eine förmliche Erklärung zwischen Beiden mußte unvermeidlich erfolgen.

Das nervöse Zucken um den Mund, welches seit dem ersten Anfalle der Krankheit von Zeit zu Zeit sich einstellte, trat nie deutlicher und schmerzlicher hervor, als wenn wieder ein Packet Probebogen mit den Anmerkungen des Druckers eintraf, und für die Umgebung war die Ueberzeugung tief schmerzlich, daß die Lust zur schriftstellerischen Arbeit stets die gleiche bleiben würde, sollten auch wiederholte Anfälle den Körper und Geist immer mehr zu derselben untüchtig machen.

— Und wenn schon des Druckers verminderter Beifall so schmerzlich empfunden wurde, wie sollte es erst werden, wenn auch das Publikum und die Verleger sich getäuscht fühlten! —

Doch aller dieser Kummer wurde im innersten Kreise der Familie durchgekämpft. Die Nachbarn und Fremden, die jetzt wieder in großer Zahl zuzuströmen begannen, merkten Nichts davon.

Der Absatz, den die neuen Ausgaben der Romane und Gedichte fanden, war durch das Gerücht in's Tausendfache vergrößert, und allgemein hatte sich die Meinung verbreitet, daß die Vermögensangelegenheiten vollständig geordnet seien, woran man um so weniger zweifelte, nachdem es bekannt geworden, daß Sir Walter die ihm angebotene Pension des Ministeriums ausgeschlagen.

Das Tagebuch sagt am 5. September: Wir haben Ueberfluß an reisenden Grafen, Gräfinnen und Yankees, männliche und weibliche, und sogar ein Yankee=Doodle Elegant war hier, ein hübscher, junger Virginier. — Aber auch unsere lieben Freunde fehlten nicht, namentlich die Morrit'schen Damen. — Gestern erschien mein Verleger mit einem Sack voll guter Neuigkeiten. Er berechnet, daß zum Oktober die gesammten Schulden zur Hälfte bezahlt sein werden, wo dann noch 60,000 Lstr. (420,000 Thlr.) bleiben. — Die Anstren=

gungen, durch welche wir es soweit gebracht haben, sind etwas Neues in der Literatur, und was wir gewonnen haben, ist sicher.

Der Besuch des Verlegers Cadell hatte hauptsäch= lich den Zweck, Scott zu bereden, daß er sich auf die Bearbeitung der Vorreden und Anmerkungen zu der großen Ausgabe der Werke, dem Opus magnum, beschränke und die anstrengenden Arbeiten vermeide. Doch fand er seinen Freund keineswegs geneigt, auf diesen guten Rath zu achten. — Walter Scott bestand vielmehr darauf, einen neuen Roman, Robert von Paris, zu schreiben, zu welchem er den Plan schon seit vielen Jahren im Kopfe hatte. — Er kündigte diese Absicht mit solcher Bestimmtheit an, daß keine Ein= wendungen möglich waren. — Die Arbeit wurde begonnen, aber der Geist, der Kenilworth und den Ker= ker von Edinburgh geschaffen, war nicht mehr der alte.

Der wunderbare Zusammenhang und der gegen= seitige Einfluß von Leib und Seele wird ewig eines von den Millionen Geheimnissen bleiben, die uns umgeben, und so werden wir auch schwerlich dahin kommen, uns eine Vorstellung davon zu machen, wie durch irgend einen krankhaften Zustand gewisse Geistes= kräfte leiden, während andere in ungestörter Thätigkeit erhalten bleiben.

Bei Scott war ein solcher Fall eingetreten. — Die

Harmonie dieses so gesunden und von der Natur mit allen Gaben reich ausgestatteten Dichtergeistes war gestört, und seinen Erfindungen fehlte der eigenthümliche Hauch, der sie so anziehend gemacht hatte. — Sobald er dagegen mit Thatsächlichem sich beschäftigte oder Briefe, Recensionen oder die humoristischen Noten und Einleitungen für das Opus magnum schrieb, war eine Veränderung nicht zu merken.

Man könnte diese wunderbare Erscheinung mit der Beschädigung vergleichen, welche ein kostbares Gemälde erleidet, wenn durch eine ungeübte Hand dessen zarte Lasirungen verletzt werden, während die Zeichnung und die Grundfarben die alten bleiben.

Mit Anstrengung aller Kraft nahm er sich zusammen, um vor dritten Personen nicht merken zu lassen, daß „der Tod ihm die Hand geschüttelt habe,“ wie er selbst es in rührend humoristischer Weise ausdrückte, und er vermied es nicht, wo die Gelegenheit oder sein Sheriffamt es erheischte, unter die Menschen sich zu begeben.

Dazu war nun gerade jetzt mehr als sonst Veranlassung, indem der Tod des Königs Neuwahlen zum Parlament im ganzen Lande verfassungsmäßig zur Folge hatte.

Bei dem Wahldiner zu Jedburgh wurde er von den Versammelten mit Freuden begrüßt, und man ließ den Mann hoch leben, der mehr als irgend ein Ande-

rer dazu beigetragen habe, sein Vaterland berühmt
zu machen und demselben auf jede Art zu dienen. —
Scott erwiederte, daß, was er als Schriftsteller für
Schottland gethan habe, Nichts weiter sei, als was ein
Diener thue, der das alte Silberzeug seines Herrn
blank putze, und wenn man ihm zugestehe, daß er bei
diesem Geschäfte fleißig gewesen sei, so sei dies alles
Lob, was er in Anspruch nehmen könne.

Uebrigens nahm er die politischen Vorgänge des
Tages keineswegs von der scherzhaften Seite, denn die
Bestrebungen, die Parlamentswahlen zu reformiren,
welche damals das Land bewegten, waren ihm seinen
Grundsätzen nach auf's Aeußerste zuwider, und er sagte,
diese Reformer wären wie die Knaben, die, wenn sie
eine ganz gut gehende Uhr bekämen, dieselbe auseinan=
ander zu nehmen pflegten, um sie zu verbessern, wobei
sehr oft die Hauptfeder zerbrochen würde.

Solche Ansichten verbarg er so wenig und hielt es
so sehr für seine Pflicht, sie geltend zu machen, daß er
trotz aller Warnungen und Bitten der Seinigen nicht
davon abzubringen war, sich zu einer Wahlversamm=
lung zu begeben, die zum größten Theil aus wüthen=
den Reformern der unteren Klassen bestand. — Er
redete sie an, wurde aber mit Zischen und Lärmen
unterbrochen und selbst mit Steinwürfen verfolgt, so
daß er Mühe hatte, sich in seinen Wagen zu flüchten.
Auch hier begleitete ihn der Pöbel mit Geschrei und

Beleidigungen aller Art, und ein wüthendes Weib spie sogar aus dem Fenster nach dem Dichter, was dieser zum Glück nicht bemerkte.

Dies war ein Auftritt, der in dem ganzen Leben Walter Scott's vollständig vereinzelt dastand und nur in der Aufregung der Parteileidenschaften eines Pöbels Erklärung findet, der bei solchen Gelegenheiten sich einem unmäßigen Branntweingenusse hinzugeben pflegt, zu welchem ihm die Mittel im reichsten Maße durch die stets sich wiederholenden Wahlbestechungen zufließen.

Ob und welchen Eindruck ein solcher Vorfall auf den kranken Greis machte, wissen wir nicht. Das Tagebuch erwähnt desselben nur ganz flüchtig. — Die Aufregung jener Zeit war übrigens bekanntlich in ganz Europa und nicht blos in England eine ungewöhnlich große. — Die französische Revolution, welche die älteren Bourbons vom Throne stürzte und alsbald auch die Losreißung Belgiens zur Folge hatte, sollte sich auch in Schottland ganz besonders bemerklich machen, indem Karl X. beschlossen hatte, seinen Aufenthalt in der Verbannung auf dem Edinburgher Schlosse zu nehmen.

Die Bevölkerung war hiermit keineswegs einverstanden, und es ließen sich unwillige Aeußerungen und selbst Drohungen vernehmen, und Walter Scott, der die guten und bösen Eigenschaften seiner Landsleute

beſſer kannte, als irgend Jemand, verfaßte einen Auf=
ſatz für die Zeitung, der in ſeiner Wirkung auch voll=
ſtändig den beabſichtigten Zweck erfüllte und dem ver=
bannten Könige und ſeinem Gefolge einen durchaus
achtungsvollen und freundlichen Empfang zu Wege
brachte.

Da dieſer Aufſatz zugleich beweiſt, wie die Geiſtes=
kräfte des Dichters in ſolchen Dingen, die nicht gerade
die Phantaſie in Anſpruch nehmen, durchaus nicht
gelitten hatten, ſondern ihm zum Ausdruck ſeiner
Gedanken und Gefühle vollſtändig zu Gebote ſtanden,
ſo möge derſelbe hier ſeine Stelle finden, um ſo mehr,
als derſelbe den wohlwollenden und edlen Charakter
des Verfaſſers von Neuem in helles Licht ſetzt.

Der Aufruf lautet in ſeinen Hauptſtellen folgender=
maßen:

„Wir ſind ermächtigt, die Mittheilung zu machen,
daß Karl von Bourbon, der Exkönig von Frankreich,
im Begriff ſteht, noch einmal unſer Mitbürger zu wer=
den, wahrſcheinlich nur auf kurze Zeit, und daß er die
Gemächer im Edinburgher Schloſſe wieder beziehen
wird, die er vor vielen Jahren bereits bewohnt hat.
Es iſt dieſe Einrichtung auf ſeinen Wunſch unter
Zuſtimmung unſeres Monarchen getroffen worden, der
auf jede Weiſe geneigt iſt, das Unglück eines Fürſten
zu ehren, der daſſelbe nur deſto tiefer empfinden muß,
weil es ihn in Folge der Irrthümer und der Ueber=

eilung betroffen hat, mit der er sich schlechten Rath=
gebern überließ. — Das Gefolge des bisherigen Königs
wird so wenig zahlreich wie möglich sein und haupt=
sächlich aus Damen und Kindern bestehen, und werden
diese Herrschaften in großer Zurückgezogenheit leben.
— Unter diesen Umständen wäre es unser unwürdig,
als Bürger Schottlands nicht nur, sondern auch als
Menschen, wenn die Schmerzen dieser so unglücklichen
Familie, von wem es auch sei, durch ein Wort oder
durch einen Blick noch verschärft werden sollten, und
wir müssen auf unsere Aeußerungen um so achtsamer
sein, als jetzt gar Manches als Kränkung empfunden
werden dürfte, was unter anderen Verhältnissen unbe=
achtet vorübergegangen wäre.

Seine bisherigen Gegner in dem eigenen Lande
des Verbannten haben sich den Beifall Europas durch
die Hochherzigkeit erworben, mit der sie als Sieger
verfuhren, und durch ihre Mäßigung gegen die Feinde.

Einem solchen allgemein gewürdigten Benehmen
gegenüber würde es uns sehr schlecht anstehen, wenn
wir, die wir dem ganzen Streite fern stehen, uns
unduldsamer bezeigen wollten, als die zunächst Bethei=
ligten.

Diejenigen, welche sich des früheren Aufenthaltes
dieses unglücklichen Fürsten in unserer Hauptstadt noch
erinnern, werden eingedenk sein, in wie harmloser und
ruhiger Weise der kleine Hofhalt damals geführt

wurde, und jetzt, unter noch gedrückteren Verhältnissen, ist der Verbannte wohlberechtigt, von einem Volke, das er niemals beleidigt hat, mit Achtung und Höflichkeit behandelt zu werden. — Wie groß auch seine Irrthümer gegenüber seinen Unterthanen gewesen sein mögen, wir müssen in seinem Unglück uns erinnern, daß er im Glücke unserer nicht vergaß, und daß er, dankbar für die in Edinburgh genossene Gastfreundschaft, die Verarmten dieser Stadt mit einem fürstlichen Geschenke bedachte, als eine Feuersbrunst einen Theil derselben verheert hatte, und daß er durch den herzlichen Brief des fürstlichen Gebers, der die Gabe begleitete, diese noch werthvoller machte. — Wir dürfen auch keinen Widerspruch fürchten, wenn wir sagen, daß er, wo die Gelegenheit sich darbot, allen Angehörigen dieser Stadt stets die Gastfreundschaft erwiederte, die er hier gefunden, und so konnte er uns auch kein schmeichelhafteres Zeichen des Vertrauens geben, als indem er beweist, daß die Erinnerung an seinen damaligen Zufluchtsort ihm denselben so werth gemacht hat, daß er zum zweiten Male dahin zurückkehrt.

Mit Shakespeare's Worten können wir sagen: der König bringt zu uns sein graues Haupt, entkrönt, und einem Volk von Rittern will er sich vertrauen. — Diesen Ehrentitel giebt uns Schotten der große Dichter, und gewiß wird Keiner von uns so niedrig denken;

daß er einer solchen Beziehung sich unwürdig machen sollte, indem er ein Haar auf diesem Haupte kränkte.

Der diese wenigen Zeilen an Euch richtet, steht im Begriff, seine und Eure Geburtsstadt zu verlassen, die er ferner nicht mehr bewohnen wird. Er hat einige Ursache, auf die Auszeichnungen stolz zu sein, die seine Mitbürger ihm zu Theil werden ließen, und er zweifelt nicht, daß der richtige Sinn und das richtige Gefühl derselben, an das man sich nie umsonst wendet, dem Geiste und Herzen der Edinburgher Ehre machen werden."

Der Exkönig erfuhr sehr bald, wie großen Dank er Scott für dessen Ansprache schuldig geworden war, und ließ keine Gelegenheit vorübergehen, ihm denselben zu erkennen zu geben. — Die Damen aus der königlichen Familie besuchten Abbotsford, jedoch in zarter Rücksicht auf die Gesundheitsumstände und sonstigen Verhältnisse des Dichters, an einem Tage, wo derselbe nicht anwesend war.

Auch bedurfte Walter Scott der Schonung in jeder Art jetzt gar sehr.

Das Aufhören seiner sechsundzwanzigjährigen Amtsthätigkeit machte sich sehr fühlbar, wie in solchem Alter jede plötzliche Veränderung. Auch entging ihm dadurch gerade während der Wintermonate, wo er der Unterhaltung am meisten bedurfte, der ihm so lieb gewordene tägliche Verkehr mit den noch übrig geblie=

benen alten Freunden und Bekannten. Außerdem
war jeder Stein auf der Straße von Edinburgh ihm
an's Herz gewachsen, und der Gedanke, daß er in
seiner Geburtsstadt nie mehr unter seinem eigenen
Dache schlafen sollte, war ihm äußerst schmerzlich.

Aber diese Entbehrung blieb nicht die einzige. In
Abbotsford war ärztliche Hilfe nicht stets bei der
Hand, und der nächste Arzt wohnte so weit ab, daß,
wenn derselbe nicht gerade zu Hause getroffen wurde,
wohl ein halber Tag bis zu seiner Ankunft vergehen
konnte. — Man hatte daher einen Vorwand gesucht,
um einen jungen Arzt als Secretair in's Haus zu
bekommen. Dies lehnte Scott aber auf's Bestimm=
teste ab, und der Arzt der Umgegend, Doctor Clarkson,
suchte einigen Ersatz zu schaffen, indem er den treuen
und ergebenen Diener des Dichters, John Nicolson,
einen trefflichen und anstelligen Menschen, mit den
nöthigsten Hilfsleistungen für vorkommende Fälle
bekannt machte und ihm namentlich auch Unterricht
im Aderlassen ertheilte. Dieser treffliche Diener hat
sich denn auch bis an's Ende in der aufopferndsten
Weise der Pflege seines Herrn gewidmet und dieselbe
mit Celia Street, der Kammerjungfer von Anna
Scott, getheilt, die sich eben so verdient um den Vater
ihrer Herrin gemacht hat.

Ueberhaupt war unser Dichter in seinen letzten
Jahren von so treuen und anhänglichen Menschen

umgeben, wie er es verdient hat, denn auch Laidlaw
war jetzt wieder bei ihm.   Dieser schrieb, was Walter
Scott täglich dictirte, frühstückte mit ihm und war
täglicher Gast zu Tische.   Sein Amt war eben so
schwierig als tiefschmerzlich, denn von Tage zu Tage
mußte dieser treue Freund gewahr werden, daß der
mächtige Geist, dem er seit dreißig Jahren die höchste
Verehrung dargebracht hatte, und der ihm in fast über-
irdischem Glanze erschienen war, allmählich schwächer
wurde und stets mehr von seiner alten Kraft verlor. —
In plötzlichem Verstummen unterbrach jetzt Scott ab
und zu den Fluß seiner sonst nie versagenden Rede und
blickte wie in wachem Traume um sich.   Ein irrer
Blick zeigte, daß er sich bewußt wurde, wie die Kraft
von ihm wich, und er ward wie andere Menschen, wie
es von Simson heißt, als Delilah ihn überlistet hatte.
— Dann raffte er sich durch eine gewaltige Anstrengung des Willens plötzlich zusammen, — und auf
Augenblicke war Alles hell, um bald darauf nur noch
tiefer in Schatten zu versinken.

Fast schwieriger noch, als Laidlaw's Stellung, war
die Lage des Druckers und Verlegers. — Während die
Manuscripte, die sie zum Druck erhielten, bei jeder
Sendung mehr und mehr eine Abnahme der genialen
Schöpferkraft verriethen, so behielten die Briefe Scott's,
und alles Geschäftliche, was er schrieb, den alten klaren

und dabei scherzhaften Ton, ganz wie in früheren
Tagen, und nur die unsichere Handschrift und der
Umstand, daß zuweilen ein Wort für das andere gesetzt
war, deuteten auf eine Trübung der Geistesfähigkeiten.

So lange wie möglich sträubten Ballantyne und
Cadell sich gegen die Vorstellung, daß der Born zu
versiegen beginne, aus dem sie so lange Ruhm, Ehre
und Reichthum geschöpft hatten, und wenn Robert
von Paris offenbar uninteressant blieb und die
unnachahmliche Anmuth der früheren Romane ent=
behrte, so suchten sie den Grund davon in einer verfehl=
ten Wahl des Gegenstandes zu finden, oder in der byzan=
tinischen Zeit, in welcher die Geschichte spielt.

Bei den Zusammenkünften mit Scott mußte Bal=
lantyne sowohl, wie Cadell, mit der größten Vorsicht
verfahren, indessen merkte der Dichter selbst sehr wohl,
daß seine Schriften nicht mehr den alten Zauber
übten, und seine Briefe an beide Männer zeigen, wie
er selbst gegen die Ueberzeugung ankämpfte, daß die
Kraft von ihm zu weichen beginne.

Wäre ich wie andere Schriftsteller, schreibt er an
Ballantyne, und ich schmeichle mir, daß ich nicht so
bin, so würde ich es wie der Erzbischof von Granada
im Gil Blas machen, Dir eine Anweisung über
hundert Ducaten auf meinen Zahlmeister schicken und
Dir viel Glück und besseren Geschmack wünschen. —

Allein so habe ich schon längst gewußt, daß die Fähig=
keiten, die ich besitze, nicht von ewig dauernden Fäden
gesponnen sind, und es ist mir lieb, wenn meine
Freunde mir offen sagen, was ich eigentlich schon
längst hätte selbst merken sollen. Cadell wird Dir
mittheilen, was ich ihm geschrieben habe. Mein
gegenwärtiger Plan ist, einige Monate lang auf Rei=
sen zu gehen, wenn Leib und Seele noch so lange
zusammenhalten. — Die Väter des Romans, Fielding
und Smollet, haben ein ähnliches Ende genommen,
und ich falle nicht aus der Rolle, wenn ich es mache
wie diese.

Der hier gemeinte Brief an Cadell ist vom
8. Dezember 1830 und lautet:

„Verehrter Freund! Ich bin jetzt an dem Punkte
angelangt, zu dem wir Alle kommen müssen, wie uns
wohl bewußt sein sollte. Doch gestehe ich, daß ich
gehofft hatte, den Eintritt eines solchen Zeitpunktes
noch auf ein paar Jahre hinausschieben zu können. —
Mir ist vollständig klar, daß Ballantyne in wohlwol=
lender Absicht gegen mich sich selbst täuscht, wenn er
glaubt, es sei die Wahl des Gegenstandes, der ihm an
meinem jetzigen Roman nicht gefällt, es ist vielmehr
meine Arbeit, die ihn nicht befriedigt, und er ist als
Kritiker doch gewiß gegen mich eben so günstig
gestimmt, als sein Urtheil gut und richtig ist. — — —
Die Sache ist die: Ich habe so lange geschrieben,

daß unter der Zeit hundert Andere eben so gut oder noch besser zu schreiben von mir gelernt haben.

Nun habe ich die klare Ueberzeugung gewonnen, daß ich nicht länger die Kraft besitze, das Publikum anzuziehen, und es ist daher billig, daß ich mich zurück= ziehe, so lange ich es mit Ehren kann. Doch ist dies ein gewichtiger Schritt, den ich nicht ohne reifliche Ueberlegung thun will. Ich werde noch einen halben Band an Robert von Paris weiter schreiben. An dem Gegenstande liegt es nicht, denn der ist vortrefflich, und ich kann nicht so ohne Weiteres einen zur Hälfte vollendeten Band bei Seite werfen, wie eine schlecht= gepfropfte Flasche Wein. — Kommt es aber dahin, daß ich diesen Roman nicht zu Ende schreiben soll, so glaube ich kaum, daß ich es über mich gewinnen werde, noch einen neuen anzufangen. — Wir müssen hauptsächlich in Betracht ziehen, in wie weit durch ein Mißlingen des Robert mein opus magnum beein= trächtigt werden könnte. — — Ich denke einen Aus= flug nach dem Continent zu machen, vielleicht auf ein oder zwei Jahre. — Ich kann daselbst mich einschrän= ken und sparen, was hier nicht wohl angeht, — doch daran zu denken haben wir noch Zeit. Ich erwarte heute den Marschall Bourmont, und den französischen Minister d'Hausser, nicht zu meinem Vergnügen, wie Sie denken können, denn ich möchte lieber allein sein."

Eine nochmalige Berathung zwischen dem Dichter,

17*

dem Verleger und Ballantyne erfolgte, und welchen Eindruck dieselbe gemacht, kann man am besten aus Scott's Brief an Cadell vom 12. Dezember ersehen:

„Verehrter Freund! Herzlichen Dank für Ihren freundlichen Brief. — Ich habe mir die Sache jetzt gründlicher überlegt, als es mir zuerst möglich war. Auf mich mußte mancherlei einwirken, was Ihnen und Ballantyne nicht bekannt war und doch meinen Entschluß wesentlich zu bestimmen geeignet ist. — Mein Vater und meine Mutter sind Beide in Folge von paralytischen Anfällen mir entrissen worden. Mein Vater überlebte den ersten Schlag um mehrere Jahre, ein trauriger Aufschub, den ich Niemandem wünschen mag. — Sie wissen, daß ich zum ersten Mal bei Gelegenheit des unerwarteten Besuchs einer alten Freundin den Gebrauch der Sprache verlor. Damals sagten die Aerzte, es wäre von schlechter Verdauung entstanden. Nun das mag sein. Zweifelhaft blieb es immer. Ich wurde in der Diät auf's Aeußerste eingeschränkt, und meine Genüsse bestanden täglich in einer Cigarre und einem kleinen Weinglas voll Grogg. — Aber eines Abends im vergangenen Monat hatte ich einen neuen Schwindelanfall und stürzte, wenn gleich nur für einen Augenblick, zu Boden. — Der Arzt hat meine Diät nun fast auf Null gesetzt, und unter solchen Verhältnissen ging ich mit aller Sorgfalt, die mir zu Gebote stand, an die Aus=

arbeitung meines Werkes. Nun zeigt sich, daß es nicht gefällt, ja, daß selbst Diejenigen es nicht gelten lassen wollen, die doch das größte Interesse dabei hätten, es gut zu finden und sich selbst über den Eindruck zu täuschen, den sie empfingen. War dies nicht ein Dämpfer für den Muth eines Genesenden, der ohnehin schon fürchtete, daß sein Geist stumpf zu werden beginne, wenn er auch selbst keine deutliche Wahrnehmung davon hätte? Und scheint die Natur mich nicht vielmehr zum Ausruhen aufzufordern, als zu neuen Anstrengungen auf einem Gebiete der Schriftstellerei, welches die Kräfte des Geistes in fieberhafte Erregung setzen und allmählich aufreiben muß? Es wäre die äußerste Ungerechtigkeit und Undankbarkeit, wenn ich Ballantyne einen Mangel an Freundschaft oder Theilnahme vorwerfen wollte, weil er sich einer sehr zweifelhaften und wirklich gefährlichen Aufgabe unterzog,

> Denn wer zuerst die böse Nachricht bringt,
> Hat ein gar schlechtes Amt;

und selbst der gleichmüthigste Mensch ist nicht frei von dem Fehler, daß er den, welcher ihm sagt, es sei eine Arbeit nicht gelungen, weniger gern anhört, als einen, der ihn wegen seinem Erfolge belobt. — Aber nie habe ich daran gedacht, ihn zu tadeln, denn das Schlimmste bei der Sache ist ja eben das große Gewicht, welches ich auf sein Urtheil lege. Gerade das Bewußtsein von seiner Aufrichtigkeit macht mich

darüber bedenklich, ob ich in der Grafschaft Paris wei=
ter vorschreiten soll. Ich möchte so gern Allen gerecht
werden, und doch, auf Ehre und Gewissen, ich weiß
nicht, welchen Weg ich einschlagen soll. — Ich könnte
noch versuchen, die Erzählung vom gefährlichen
Schlosse Douglas auszuarbeiten, aber ich fürchte, der
Gegenstand ist zu abgenutzt, und auch diese Arbeit
könnte mißlingen. Und dann wiederum müßig zu
sein, ist mir unmöglich aus tausend Gründen. — Alle
diese Gedanken machen mich ganz krank.

Ich bin vollständig entschlossen, all meinen Ver=
pflichtungen nachzukommen und bis an's Ende wie
ein ehrlicher Mann zu handeln. Inzwischen denke ich,
wir berathen die Sache noch ein Mal gemeinschaftlich,
und ich arbeite bis dahin an dem opus magnum
weiter.

Sie werden sagen, daß ich bin wie jener im Lust=
spiel, der sagt: Ich esse gut, ich trinke gut, ich schlafe
gut, aber das ist auch Alles, Freund, das ist Alles! —
Durch müssen wir, auf eine Art oder auf die andere,
wenn wir nur erst wieder Fahrwasser haben, aber jetzt
stecken wir im Sumpfe!"

Dieser Brief machte auf Cadell und Ballantyne
eine vollkommen niederschlagende Wirkung, und sie
beschlossen, nur noch eine Zusammenkunft der Gläubi=
ger abzuwarten, die für die nächsten Tage angesetzt
war, und sich dann nach Abbotsford zu begeben. —

Scott hatte sich inzwischen aufgerafft und war an die Ausarbeitung einer Abhandlung über eine der politischen Tagesfragen gegangen, natürlich von seinem ultraconservativen Gesichtspunkte aus. — Drucker und Verleger erkannten sofort das Mißliche eines solchen Unternehmens und beschlossen auf alle Weise ihren Freund davon zurückzuhalten, und darin waren die Angehörigen des Dichters sowohl, als seine Aerzte vollkommen mit ihnen einverstanden, indem jede anstrengende Thätigkeit für durchaus gefährlich erklärt werden mußte, und man dem Leidenden höchstens gestatten konnte, an der Fortsetzung der Anmerkungen zu seinen Romanen zu arbeiten. Allein wenn man ihm dies vorstellte, so antwortete er: Mich auffordern nicht zu arbeiten, daß ist gerade so, als wenn die Köchin den Kessel über's Feuer stellt und zu ihm sagt: Aber koche nicht! — Als Lockhart einmal ähnliche Vorstellungen machte, sagte Scott: Ich verstehe Sie, und ich danke Ihnen von Herzen, aber ich muß Ihnen ein für allemal sagen, wie es sich mit mir verhält. Ich bin nicht im klaren darüber, ob ich noch überall der Mann bin, der ich bisher gewesen bin. Aber in Einem Punkte bin ich unverändert, nämlich darin, daß ich mit Gewißheit voraussehe, daß, wenn ich müßig sein müßte, ich meinen Verstand verlöre. — Und im Vergleich hiermit hat der Tod Nichts, was mich erschrecken könnte.

Die Versammlung der Gläubiger hatte am 17. Dezember statt, man konnte eine beträchtliche Dividende zahlen, und so waren nun durch Walter Scott's Arbeiten bereits 54,000 Lftr. oder 370,000 Thaler von der ursprünglichen Schuld abgetragen worden. Man begnügte sich nicht damit, ihm einen Dank hierfür zu votiren, sondern man faßte den Beschluß: Daß Sir Walter Scott ersucht werden solle, das Eigenthum der in Abbotsford befindlichen Einrichtung, des Silberzeuges, der Bibliothek und der Sammlungen, Gemälde und Seltenheiten aller Art als einen Beweis dafür von den Gläubigern anzunehmen, wie sehr sie von Hochachtung für sein edles Benehmen erfüllt seien, und mit wie großem Danke sie die Anstrengungen ohne Gleichen zu würdigen wissen, die er zu ihrem Besten bisher gemacht habe und zu machen nicht müde werde. — Auf das Schreiben, durch welches ihm der Vorsitzende, Herr Forbes, von diesem Beschlusse Kenntniß gab, erwiederte Scott am 18. Dezember:

„Geehrter Herr! Ich war sehr erfreut über den Inhalt Ihres Briefes, der es mir nicht nur möglich macht, wieder mit meinen eigenen Löffeln zu essen und in meinen eigenen Büchern zu lesen, sondern mich auch zu gleicher Zeit darüber vergewissert, daß meine Bemühungen von Denen anerkannt werden, für die ich sie aufgewendet habe.

Der beste Dank, den ich dafür abstatten kann, ist
mein unausgesetztes Streben, diese Angelegenheiten zu
einem erwünschten Ende zu bringen, was ich auch,
wenn das Glück mir einigermaßen noch ferner zur
Seite steht, zu ermöglichen hoffe. Ihnen persönlich
verehrter Herr, kann ich nur sagen, daß gute Nachrich=
ten doppelt willkommen sind, wenn ein freundlicher
Mund sie bringt, und die liebevollen Beziehun=
gen, in denen ich seit jeher zu Ihrer Familie ge=
standen habe, machen mir es doppelt erfreulich, daß
gerade Sie es sind, durch den ich so gute Neuigkeiten
erfahre. — —"

Trotz der günstigen Stimmung, welche dieser Vor=
fall erzeugte, hatten Cadell und Ballantyne doch eine
schwere Aufgabe, als sie Tags darauf nach Abbotsford
kamen, und Scott ihnen seine politische Abhandlung
vorlas. — Sie mußten dieselbe zurückweisen, und so
schonend und ehrfurchtsvoll sie auch dabei zu Werke
gingen, so war der Eindruck auf den unglücklichen
Dichter doch von der Art, daß sie sich nicht anders zu
helften wußten, als indem sie ihm empfahlen, Robert
von Paris fortzusetzen. Sie hätten das bisher Geschrie=
bene nochmals gelesen und sich überzeugt, daß nur der
fremdartige Stoff sie irre geführt habe, und daß der
Roman gefallen werde.

„Wenn wir Unrecht thaten, indem wir so gegen
unsere Ueberzeugung sprachen," sagte Cadell, „so thaten

wir es wenigstens in der besten Absicht. Wir fühlten, daß, wenn wir über den Roman uns eben so unumwunden wie über die politische Abhandlung geäußert hätten, wir nichts Anderes als die Verkünder eines Todesurtheils gewesen wären."

Zwölftes Kapitel.

Unter fortwährend zunehmenden körperlichen Beschwerden arbeitete der Dichter nunmehr an seinem Romane unermüdlich fort.

Das lahme Bein fing an immer schmerzhafter zu werden, so daß er kaum mehr gehen konnte, ohne sich auf einen Freund zu stützen, und um eine Maschine zu versuchen, die ein Mechanikus in Edinburgh zur Erleichterung des Auftretens zusammengesetzt hatte, begab er sich dorthin, und zwar allein, da Anna Scott gerade in dieser Zeit krank war. — Der Aufenthalt in der Stadt sollte zugleich zur Anfertigung seines Testamentes benutzt werden.

Zum ersten Male in seinem Leben mußte er in Edinburgh in einem Gasthofe absteigen, doch die Unruhe und der Lärm auf der Straße belästigten ihn so sehr, daß er schon am nächsten Tage, 1. Februar 1831, sich bewegen ließ, einige Zimmer im Hause seines Verlegers anzunehmen. — Man hatte hier verschiedene Möbel und Geräthe aus Scott's früherem Hause in Edinburgh aufgestellt, was ihn sehr erfreute und bewegte.

Am 4. Februar wurde das Testament aufgesetzt und von dem treuen Diener Nicolson der englischen Form gemäß unterzeichnet und beglaubigt. Scott verpflichtete darin seinen Sohn, die Bibliothek und die Sammlungen für 5000 Lstr. zu übernehmen und diese Summe den Geschwistern auszuzahlen. Der Ertrag der Werke und künftiger Ausgaben derselben sollte zur Bezahlung der Gläubiger und nachher, wenn dies zu erreichen wäre, zur Entlastung und Wiedererwerbung der Ländereien von Abbotsford für die Scott'schen Kinder und Enkel verwendet werden. — „Ich lege diese Urkunde," sagte er, „zur Sicherheit in Herrn Cadell's Hände und hoffe, es möge noch lange dauern, bis die Zeit kommt, wo er sie herauszugeben haben wird. — Meine Vermächtnisse werden allerdings Vielen sehr hypothetisch erscheinen!"

Die künstliche Maschine zur Abhilfe der Lahmheit that zwar anfangs gute Dienste, erwies sich aber doch nicht auf die Dauer als zweckmäßig und wurde deshalb bald wieder bei Seite gelegt. — In der gemäch= lichen Wohnung, die er während des Edinburgher Aufenthaltes bei Cadell inne hatte, fehlte es nicht an der sorgsamsten Pflege und Aufmerksamkeit, und, wor= über er sich besonders im Tagebuche dankbar aus=

spricht, man machte ihn nicht zum Wunderthier, son=
dern lud täglich nur einen oder zwei seiner vertraute=
sten Freunde ein. — Er arbeitete unter großer An=
strengung an Robert von Paris weiter, da das
Schreiben ihm stets schwerer, und die Handschrift unle=
serlicher wurde, so daß er sich herzlich nach Abbotsford
heimsehnte, wo ihm der treue Laidlaw als freiwilli=
ger Schreiber zur Hand war.

Nach zehntägigem Aufenthalte kehrte er nach
Abbotsford zurück und fuhr fort zu arbeiten und sich
täglich, soviel die Kräfte es gestatteten, Bewegung im
Freien zu machen. — Am 11. April wohnte er einer
Versammlung bei, die in Eisenbahnangelegenheiten
abgehalten wurde, und wo man sich und ihm die Ehre
erwies, daß er den Grundstein zu einer Brücke über
den Tweed legen mußte. — Dies war das letzte Mal,
daß der Dichter überhaupt bei einer öffentlichen Gele=
genheit sich als Theilnehmer zeigte.

Die nächste Eintragung im Tagebuch ist mit
unsicherer Hand und so verwirrten Zügen niederge=
schrieben, daß es große Mühe kostete, daraus die fol=
genden Worte zu entziffern:

„Von Sonnabend den 16. bis Sonntag den
24. April sehr trübselig durch meine üble Gesundheit
und die bösen Folgen davon in Anspruch genommen.
Ein unverkennbarer Anfall von Schlagfluß hat meine

Nerven und meine Sprache getroffen, obgleich es anfangs nur eine heftige Erkältung schien. Dr. Abercromby kam durch Cabell's freundliche Fürsorge zu uns, aber der junge Clarkson hatte schon das Nöthige veranlaßt, Aderlaß, Zugpflaster und eine strenge Diät. Ob diese Mittel noch zu rechter Zeit gekommen sind, weiß ich nicht. Ich hoffe, dem ist so, und das Uebel ist durch die starken Mittel für dieses Mal in die Flucht geschlagen, doch bin ich auf Alles vorbereitet."

Leider hatte der Kranke sich diesen Anfall selbst zugezogen. — Lord Meadowbank war nach Abbotsford gekommen, und zu seinem Empfange hatte man einige Freunde eingeladen. — Da Scott sich unfähig fühlte, die Unterhaltung zu machen, so wollte er, gegen die Vorschrift des Arztes, seine Lebensgeister durch ein Paar Gläser Champagner anregen. — Der heftige Schlaganfall war die unmittelbare Folge dieser Unvorsichtigkeit.

Sein ältester Sohn und Frau Lockhart kamen alsbald nach Abbotsford. Charles war kurz vorher als Attaché zur Gesandschaft nach Neapel abgegangen. — Das Lockhart'sche Ehepaar bezog die frühere Wohnung zu Chiefswood in der nächsten Nähe des Vaters.

Die dringendsten Besorgnisse um das Leben desselben entschwanden jedoch für diesmal bald, denn unter der sorgfältigsten Pflege und bei strengster Diät kehrte

ein besserer Zustand schnell zurück, und das Tagebuch
sagt am 27. April schon wieder mit dem alten Humor:
„Ich habe heut meine sieben Sinne zusammengepfiffen,
wie eine Gluckhenne ihre Küchlein, und siehe da, es
fehlte keiner davon. Im Ganzen geht es mir besser
als je. Vielleicht habe ich nun meine Buße erlegt
und bin absolvirt. — Walter ist hier und auch Sophie
mit den Kindern, die bis auf den armen kleinen blas=
sen John ganz munter sind. ·

Mit meiner Sprache bessert es sich. Die Zeit ver=
geht unter meiner Arbeit schnell genug, und ich
wünsche nur das Eine, daß ich nicht gelähmt werde.
Ich möchte nicht gern an meinen Stuhl gefesselt sein!
Und doch ist auch ein solches Leben vielleicht erträg=
licher, als man denkt, aber für Einen, der stets so rüh=
rig und thätig war wie ich, ist der Gedanke entsetzlich.
— In räumlichem Sinne wird der Kreis, in dem ich
mich bewege, täglich enger; in geistigem Sinne nicht,
— doch hierin betrüge ich mich vielleicht selbst. — Ich
habe mich von Walter bereden lassen, die Anwendung
eines Haarseils zu gestatten. Das wird meine
Schmerzen vermehren und, wie ich fürchte, Nichts hel=
fen. Aber ich konnte meinem Sohne nicht wider=
stehen!"

Unter solchen körperlichen Leiden und Gemüthsbe=
wegungen wurde Robert von Paris beendigt, und

wohl konnte er jetzt mit Recht seine Lieblingsstelle aus
Addison's Cato auf sich anwenden:

> Liegt glücklicher Erfolg auch nicht in unsrer Hand, —
> Wir können mehr, wir können ihn verdienen! —

Zu sehr großem Trost und Freude gereichte dem
kranken Dichter in diesen Tagen der Besuch von Miß
Ferriers, der Tochter seines Collegen am Gerichts-
schreibertische. — Diese Dame hatte sich durch mehrere
Romane im englischen Publikum bekannt und beliebt
gemacht, und namentlich wurde „die Heirath" viel
und gern gelesen. Es ist dieselbe, deren Scott in dem
Nachwort zu einer seiner letzten Erzählungen mit den
folgenden Worten gedenkt:

„Ich kehre jetzt vom Felde heim, wohl wissend, daß
ich noch eine reiche Ernte nicht nur, sondern tüchtige
Arbeiter zurücklasse, um sie einzusammeln. — Mehr
als Ein Schriftsteller hat bereits sein Talent in dieser
Richtung bewährt, und wenn ich, selbst ein Phantom,
auf einen verschwisterten Schatten neben mir deuten
darf, so sei es mir erlaubt, auf die Verfasserin des
lieblichen Werkes hinzuweisen, welches den Titel „die
Heirath" führt."

Diese Miß Ferriers war eine von den ächt weib-
lichen Naturen, die nur zum Trost und zur Freude der
Leidenden und Bedürftigen auf diese Erde gesendet zu
sein scheinen, und die uns Friederike Bremer und

Ottilie Wildermuth mit solcher Meisterschaft geschildert haben.

Nicht sobald war sie zu dem alten Freunde ihres Vaters gekommen, als sie mit Betrübniß eines Umstandes gewahr wurde, der die Familie schon längst mit banger Besorgniß erfüllt hatte.

Walter Scott erzählte nämlich noch ebenso gern wie sonst seine humoristischen Anekdoten und Geschich= ten. — Er fing in bester Laune an, und ohne sich durch die Schwierigkeit des Aussprechens einzelner Worte stören zu lassen, fuhr er in der lebendigsten Schilde= rung des Gegenstandes fort, — aber ehe er zu der eigentlichen Pointe gelangte, zeigte sich ein Stocken und Zögern, als wenn irgend eine Feder in der geisti= gen bewegenden Kraft ihre Thätigkeit versagte. — Er schwieg plötzlich stille und blickte mit ungewisser und unsicherer Wendung des Kopfes um sich, als suche er den leitenden Faden, der ihm abhanden gekommen. — Wenn einer der Anwesenden rücksichtslos genug war, ihm plötzlich das leitende Stichwort zuzurufen, so schmerzte ihn das tief. — Miß Ferrier benahm sich aber bei solchen Anlässen mit bewunderungswürdiger Zartheit. — Sie war sehr kurzsichtig und hütete sich wohl, in Gegenwart Scott's sich des Augenglases zu bedienen, so lange er redete, und außerdem that sie, als höre sie schwer, und sagte dann: Nun, ich werde stock=

taub! ich habe kein Wort verstanden, seit Sie das und
das sagten, und schob ihm auf diese Art unvermerkt
das Wort oder die Sache unter, die er nicht hatte fin=
den können. Er nahm dann mit seinem verbindlichen
Lächeln die Erzählung wieder auf und vergaß über
der Rücksicht, die er auf die Schwäche der Freundin zu
nehmen glaubte, gänzlich seine eigenen Gebrechen. —
Ueberhaupt erwähnte er im Familienkreise seiner Lei=
den fast niemals, und wenn er es that, so geschah es
stets im Tone der besten Zuversicht auf eine balbige
günstige Wendung derselben. — War er dagegen mit
Laidlaw oder mit dem Schwiegersohne allein, so redete
er so, wie er seine Gedanken auch in das Tagebuch nie=
derschrieb, und verhehlte nicht, daß er nur sehr, sehr
geringe Hoffnung auf Wiederherstellung habe, daß er
aber seiner Pflicht, für die Gläubiger zu arbeiten, bis
zum letzten Tage unverbrüchlich treu bleiben werde.

Bei diesen Gesinnungen mußte es ihn auf's aller=
schmerzlichste ergreifen, daß Ballantyne die fortschreitende
Arbeit an Robert von Paris und dem gefährlichen
Schlosse nicht loben wollte. — Da nun überdies der
alte Freund um dieselbe Zeit sich mit Eifer den refor=
mistischen Bestrebungen zuwendete, welche in Scott's
Augen nicht viel besser als revolutionair und hochver=
rätherisch waren, und auch die immer strenger und ab=
stoßender hervortretende frömmelnde Richtung desselben

eine freundliche Unterhaltung fast unmöglich machte, so hörte der Verkehr zwischen Beiden allmählich ganz und gar auf.

Der ungeschwächte Eifer, mit dem der kranke Dichter seine begonnenen Arbeiten mit aller ihm noch gebliebenen Kraft auf's Beste zu vollenden wünschte, ließ ihn alle Schwierigkeiten überwinden, die sich entgegenstellten, sobald es sich um Erreichung dieses Zweckes handelte. — So reiste er mit Lockhart in die Gegend, wo das gefährliche Schloß Douglas liegt, um die Localitäten genau nach der Natur beschreiben zu können. — Unterwegs war es äußerst schmerzlich zu sehen, wie er beständig sein Gedächtniß zu prüfen schien, welches anfing immer unzuverlässiger zu werden, wie er beständig Gedichte auswendig hersagte und sich freute, wenn dies gelang, ohne stecken zu bleiben, und wie er fest hoffte, durch fortgesetzte Uebung und Anstrengung den sich fühlbar machenden Mangel zu ersetzen.

Die abnehmenden Körperkräfte schwächten zugleich die Gewalt, mit der er sein ganzes Leben lang den Ausdruck dessen, was ihn tief bewegte, zurückzuhalten gewohnt gewesen war, und jetzt traten bei der geringsten Veranlassung die Thränen in seine Augen. — Eine schöne Landschaft, ein Wasserfall, das Säuseln des Windes war hinreichend, seine Augen überfließen zu machen.

In dem Hause des älteren Lockhart, auf dessen

Gütern man unterwegs sich einige Tage aufhielt, ereignete sich ein erschütternder Auftritt. — Ein alter gemeinschaftlicher Freund war vor längerer Zeit unter ganz ähnlichen Umständen wie Scott von einem Schlaganfall betroffen worden, hatte sich aber auffallend schnell und gut erholt, so daß man nicht nur dessen eigene Genesung hoffte, sondern auch für Scott hierauf günstige Schlüsse baute. — Nun kam plötzlich die Nachricht, daß dieser Freund von einem zweiten und zwar lebensgefährlichen Schlage getroffen fast hoffnungslos darnieder liege. Walter Scott, der eigentlich noch ein Paar Tage bleiben wollte, hatte kaum die traurige Botschaft vernommen, als er sofort seinen Entschluß zu erkennen gab, nach Hause zu reisen, und keine Bitten und Vorstellungen waren im Stande, ihn auf andere Gedanken zu bringen. „Es ist dies," sagte er, „eine traurige Warnung, die ich nicht überhören darf. — Ich muß wirken, so lange es Tag ist, denn es kommt die Nacht, da Niemand wirket! Ich habe diesen Spruch vor vielen Jahren auf meine Sonnenuhr eingraben lassen; aber oft genug habe ich auf die Mahnung nicht geachtet!"

Der Rückweg wurde sofort angetreten, und Scott war während desselben schweigsam und in sich versunken und, wie aus einzelnen Aeußerungen hervorging, ausschließlich mit dem Gedanken beschäftigt, auf welche Weise er die Erzählung von dem gefährlichen

Schloſſe in vierzehn Tagen zu Ende bringen könnte, zumal die gewonnenen Anſchauungen von dem Orte, wo die Geſchichte ſpielt, die Umarbeitung mehrerer Kapitel nothwendig machte. — Er widmete ſich dieſer Aufgabe nunmehr ohne Unterbrechung, bis nicht nur dieſe Erzählung, ſondern auch Robert von Paris vollſtändig zu Ende gebracht war, — doch die alte Freude an der Arbeit war nicht mehr da. Sonſt des Erfolges ſicher und getragen von dem Beifall der Freunde, die jedes Blatt, welches von dem Schreibtiſche des Dichters in die Druckerei wanderte, mit Entzücken einander mittheilten, war jetzt die Enttäuſchung derſelben kein Geheimniß mehr. — Wenn auch Drucker und Verleger eingeſtanden, daß Robert von Paris noch immer weit beſſer ſei, als irgend etwas von einem gleichzeitigen Autor in derſelben Art Geleiſtetes, ſo war es doch nicht mehr der Glanz des ſtets Neuen, Ueberraſchenden und Ungewöhnlichen, was man von Scott ſonſt gewohnt war und auch jetzt noch erwartet hatte! Die Ueberzeugung ſtand feſt, daß, wenn nicht durch beſondere Einflüſſe die Lebensgeiſter des kranken Dichters wieder aufgefriſcht würden, alsdann die Zeit ſeines Glanzes vorüber ſei.

Die Aerzte waren mit dieſer Anſicht einverſtanden und riethen zu längerem Aufenthalt in ſüdlicherem Klima, nicht nur wegen des günſtigen Erfolges, den ſie hiervon für die körperlichen Zuſtände des verehrten

Mannes erwarteten, sondern hauptsächlich darum, weil während der Reise die anstrengende Arbeit aufhören mußte, von welcher Scott in der Heimath nicht fern zu halten war.

Neapel, wo Charles Scott der Gesandtschaft attachirt war, schien der passendste Ort für einen Winteraufenthalt, und Sir Walter war damit einverstanden, diese Reise zu unternehmen.

Capitain Basil Hall hatte kaum hiervon Kunde erhalten, als er der Admiralität bemerklich machte, daß es im Publikum sehr gut aufgenommen werden würde, wenn die Regierung dem Dichter zu seiner Reise in's Mittelmeer eine Fregatte zur Disposition stellte, und sogleich kam die Antwort des Marineministers, daß es ihm selbst nicht minder als dem Könige zur Freude gereichen werde, diesem Winke Folge zu geben. — Der Barham, einer der schönsten Schnellsegler der ganzen Flotte, wurde auf's Bequemste und Eleganteste eingerichtet, in einer Weise, daß für einen königlichen Prinzen nicht größere Sorgfalt hätte aufgewendet werden können, und das Schiff alsdann unserem Dichter zu ausschließlicher Verfügung gestellt.

Scott war von diesen Anordnungen um so mehr gerührt, als gerade zu dieser Zeit seine politischen Gegner, die Whigs, am Staatsruder waren, und er sagte, es freue ihn, daß doch noch Gentlemen an der Spitze der Regierung ständen, und er bedaure nur, daß

seiner Meinung nach) die socialen Verhältnisse Eng=
lands so untergraben seien, daß nur durch den persön=
lichen Einfluß so ausgezeichneter Männer die Dinge
noch zu halten wären.

In des Dichters Gemüth zog jetzt wieder eine
friedlichere Ruhe ein. Nicht nur war die Besorgniß
beseitigt, ob er im Stande sein würde, die begonnenen
Arbeiten zu vollenden, sondern es gingen auch von
Seiten des Verlegers Cadell so günstige Berichte über
den Verkauf der Gesammtausgabe der Romane ein,
daß dieselben in dem nicht mehr vollkommen klaren
geschäftlichen Bewußtsein des Dichters von jetzt ab
allmählich den Glauben entstehen ließen, daß die
sämmtlichen Schulden bezahlt seien, ein Glaube, der
sich nun täglich immer mehr befestigte, und zur vollstän=
digen, leider sehr unbegründeten Ueberzeugung wurde.

Dieser äußerst glückliche Erfolg ist zum großen
Theile der zarten Rücksicht zuzuschreiben, mit welcher
Cadell stets so günstig wie möglich über Alles Bericht
erstattete, und ist der Takt und die edle Art nicht genug
zu rühmen, womit er die Schwächen, welche in den
zuletzt geschriebenen beiden Erzählungen unverkennbar
hervortraten, nicht zum Bewußtsein des Dichters kom=
men ließ. — Er verzögerte nämlich den Abdruck vor=
sätzlich bis nach Scott's Abreise und nahm dann im
Einverständniß mit Lockhart und einigen andern Freun=
den solche Abkürzungen vor, daß die ermüdende Breite,

in welcher der kranke Dichter sich hatte gehen lassen, dadurch unmerklich wurde.

Dessenungeachtet war der Abschied von Abbotsford ein sehr schmerzlicher. Die Ahnung, daß er die Bäume, die er gepflanzt, das Haus, das er mit soviel Liebe erbaut, nicht wiedersehen würde, zog durch Walter Scott's Seele mit unabweislicher Gewalt — die Sonne schien für immer unterzugehen. Aber als wollte sie noch im Scheiden die Heimath des Dichters mit ihren schönsten Strahlen vergolden, so wurden die letzten Tage vor der Abreise durch die für Walter Scott überaus freudige Ueberraschung verschönert, daß der junge Walter unerwartet mit der Nachricht erschien, er habe Urlaub erhalten, um den kranken Vater auf der bevorstehenden Reise zu begleiten.

Da der älteste Sohn stets der Liebling und Stolz des Vaters gewesen war, so wirkte dessen Ankunft, zumal bei solcher Veranlassung, wie neu belebend auf den Kranken. So oft der Sohn ausritt, sah der Vater mit Stolz ihm nach und freute sich der stattlichen Reitererscheinung. Ging der Major auf die Jagd, so ließ Walter Scott sich auf seinen alten Pony setzen und auf irgend eine Anhöhe führen, von wo aus man das Abreiten sehen konnte, und sein Auge folgte dem schwarzen prächtigen Streitroß des jüngeren Mannes. — „Ein hübscherer Bursche hat doch wahrlich nie den Fuß in einen Steigbügel gesetzt!" sagte er bei einer

folcher Gelegenheit zu einer Freundin; und wenn man
fah, wie er leicht eine Mauer übersprang oder über
einen Graben fetzte, dann rief der Vater voll Theil=
nahme: „Nun fieh' ihn nur an, fieh' nur, ift das nicht
ein prächtiger Burfche!"

Es war das letzte Mal, daß unfer Dichter ein
Pferd beftieg, und bald darauf follte auch die letzte
größere gefellige Festlichkeit in Abbotsford stattfinden,
zugleich als Abfchiedsfest und als Feier der Anwefen=
heit von Capitain Burns, Sohn des großen Dichter
Burns, zu welchem Walter Scott ftets mit Recht als
zu einem unerreichten Vorbilde aufgeblickt hatte.

Am 17. September waren zu diefem Zwecke die
gefammten prachtvollen Räume in Abbotsford noch
ein Mal eröffnet und beleuchtet, und der Dichter
machte unter Beihilfe feines Sohnes in der liebens=
würdigsten Art die Honneurs der Tafel.

Am 20. reifte Sophia nach London voraus, theils
um den Empfang des Vaters dafelbst vorzubereiten,
theils um die noch nöthigen Anfchaffungen für die
Reife zu machen. Am folgenden Tage erfchien der
Dichter Wordsworth mit feiner Tochter, Abschied zu
nehmen, und am 23. in der Frühe machte fich Scott
in Begleitung feiner Tochter Anna und Lockhart's auf
den Weg nach London, nachdem er zuletzt noch feinem
treuen Laidlaw eine Reihe von fchriftlichen Anweifun=
gen übergeben hatte, von denen die letzte befonders

einbringlich einschärfte, recht gut für die Hunde
Sorge zu tragen.

Am Abend vorher hatte der Kranke wiederholt mit
schmerzlichem Lächeln bemerkt, wie es eine seltsame
Fügung sei, daß die Väter des englischen Romans,
Fielding und Smollet, Beide durch Krankheit genö=
thigt worden seien, ihr Vaterland zu verlassen, und daß
Keiner von Beiden die Heimath wiedergesehen habe.

In kleinen Tagereisen ging die Fahrt so langsam,
daß man erst am 28. Rockeby erreichte, um von dem
alten treubewährten Freunde Morritt Abschied zu neh=
men. — Scott's Begierde, jeden interessanten Gegen=
stand am Wege, oft zum zwanzigsten Mal, wieder in
Augenschein zu nehmen, war so stark wie je, und so
mühsam ihm das Aussteigen wurde, verließ er doch
jedes Mal den Wagen, sobald eine seiner Lieblings=
merkwürdigkeiten in der Nähe war. — In Rockeby
angekommen, bemerkte er, daß er einen alten Ring
unterwegs habe liegen lassen, welchen er stets zu tragen
pflegte, und der für ihn wegen einer historischen Erin=
nerung an die Familie Douglas, die sich daran knüpfte,
von besonderem Werthe war. — Bei dem sehr beweg=
ten Abschiede von Morritt band er diesem auf die
Seele, den Ring aufsuchen zu lassen und so lange zu
tragen, bis er zurückkommen und denselben sich wieder
einfordern würde. — Der Ring wurde gefunden, und
Morritt hat ihn nie wieder vom Finger gelassen.

In London kam man in dem Augenblicke an, als gerade die gewaltigste Aufregung wegen Verwerfung der Reformbill herrschte. Man hatte allen Tory's die Fenster eingeworfen und namentlich das Palais des Herzogs von Wellington fast demolirt, und die Erbitterung ging so weit, daß man dem Könige anrieth, seine Zusage zurückzunehmen, die er dem jungen Herzoge von Buccleugh gegeben hatte, bei dessen Kinde persönlich Pathenstelle zu vertreten, weil man Tumult befürchtete, wenn das Volk den Monarchen in die Wohnung eines der Toryhäupter eintreten sähe. — Man kann sich denken, wie tiefschmerzlich der Dichter von diesen Vorgängen ergriffen wurde.

Der Aufenthalt in London verzögerte sich bis zum 23. Oktober, und wurden während dieser Zeit viele der alten Freunde aufgesucht und deren Besuch wiederum empfangen, Einladungen dagegen fast niemals angenommen. — Jeden Morgen arbeitete er einige Zeit an den Anmerkungen zu der Gesammtausgabe der Romane und schrieb hier außerdem die Vorrede zu Robert von Paris und dem Gefährlichen Schlosse.

Es ist begreiflich, daß die Familie des Dichters bei Gelegenheit dieses Londoner Aufenthalts die Ansicht der berühmtesten damaligen Aerzte über des Vaters Zustand zu hören wünschten, und es wurde so eingeleitet, daß eine Consultation derselben stattfand. — Die übereinstimmende Ansicht dieser Herren gab sich dahin

zu erkennen, daß ein Gehirnleiden im Entstehen begrif=
fen, daß aber die Lebenskraft des Patienten so groß
sei, daß man hoffen könnte, die Krankheit zum Still=
stande zu bringen, wenn er sich dazu verstehen wollte,
jede literarische Beschäftigung für eine geraume Zeit
gänzlich aufzugeben.

Als die Aerzte sich zur Berathung zurückgezogen
hatten, bemerkten sie bei ihrem Wiedereintritt in das
Zimmer, daß Scott inzwischen seinen Stuhl in eine
dunkle Ecke gerollt hatte, von wo aus er, ohne gesehen
zu werden, die Gesichter der Aerzte beobachten konnte.
Nachdem die verhältnißmäßig günstige Ansicht dersel=
ben ihm mitgetheilt worden war, versprach er, allen
Anordnungen, die sie in Betreff seiner geistigen und
körperlichen Diät für nöthig befunden hätten, auf's
Strengste Folge zu leisten, und er gestand ihnen, daß
er mit großer Besorgniß ihrem Ausspruch entgegen=
gesehen habe, indem er befürchtet, man werde zu der
Ansicht kommen, daß seine Krankheit zum Wahnsinn
führe.

Wahrhaft ergreifend ist die Bemerkung, die er selbst
am 2. Oktober in sein Tagebuch schreibt: „Ich bin
recht krank gewesen, und wenn auch nicht ganz unfähig
zum Schreiben, war ich doch nicht aufgelegt dazu. —
Ich habe an einer Erzählung gearbeitet. Aber es
gelang nicht. Ein gänzliches Darniederliegen meiner
Körperkräfte ist es hauptsächlich, worüber ich zu klagen

habe. Ich kann keine Viertelstunde weit gehen. Außer=
dem herrscht in meinem Geiste eine gewisse Verwirrung,
deren Größe ich wahrscheinlich nicht einmal in ihrem
ganzen Umfange erkenne. Vielleicht geht mein Tag
zu Ende. Ich glaube das selbst, und an wie manchem
Tage voll Sonnenglanz ist der Abend trübe und stür=
misch. Ich fürchte und beklage nicht die Nähe des
Todes, wenn er kommt. Ich ertrüge lieber einige
Schmerzen, als diese häßliche Verwirrung in meinem
Geiste. Die Mühen und Kosten dieser Reise werden
groß sein, aber wie gern wollte ich diese Bürde tragen,
wenn ich wieder der alte Walter Scott werden könnte,
der ich einst gewesen bin. — Doch die Veränderung ist
zu groß! — Wenn es Gott gefiele, mir ein plötzliches
Ende zu gewähren oder mich still und schmerzlos aus=
löschen zu lassen, so wollte ich das dankbar annehmen.
Aber wir müssen uns gefallen lassen, was das Schick=
sal sendet. Ich habe keine sehr lebhafte Hoffnung, daß
ich jemals wieder ich selbst sein werde."

An den folgenden Tagen finden sich Eintragungen
in das Tagebuch, welche von abwechselnd heiterer
Stimmung Kunde geben. Mit vielem Humor wird
eine Anecdote von Garrik wiedererzählt, dessen wunder=
bare Gabe, seine Gestalt und sein Gesicht zu verändern,
so weit ging, daß seine eigene Frau ihn nicht erkannte
und die Täuschung erst inne ward, als ihr kleiner
Hund durchaus zu seinem Herrn wollte.

Am 18. Oktober hatte Scott die Nachricht erhal=
ten, daß eine kleine Gedenksäule vollendet sei, die er
zum Andenken an die Person bestellt hatte, welche das
Urbild des schönsten und liebenswürdigsten Charakters
aus dem schönsten seiner Romane gewesen war. Er
verfaßte an diesem Tage die folgende Inschrift für dies
Denkmal: „Dieser Stein ward errichtet von dem Ver=
fasser von Waverley zum Andenken an Helene Wal=
ker, die im Jahre des Heils 1791 entschlafen ist. —
Diese Jungfrau übte in Demuth im wirklichen Leben
alle die Tugenden, mit denen Phantasie den Charakter
geschmückt hat, welcher in der Dichtung den Namen
Jeanie Deans trägt. Sie wollte vom Pfade der
Wahrheit nicht einen Schritt abweichen, selbst wo es
galt, das Leben der Schwester zu retten, und dennoch
erlangte sie die Befreiung dieser Schwester von der
Strenge des Gesetzes durch persönliche Aufopferungen,
deren Größe nicht geringer war, als die Reinheit ihrer
Absichten. Ehre dem Grabe der Armuth, die hier
ruht, im schönen Verein mit Wahrhaftigkeit und
Geschwisterliebe."

Am Tage der Abreise nach Portsmouth, wo man
sich einschiffen sollte, besuchte ihn noch in der Frühe sein
Arzt D. Ferguson. — Derselbe berichtet über diesen
Besuch mit folgenden Worten:

„Da ich ihn mit Schreiben beschäftigt fand, wollte
ich mich zurückziehen, was er aber nicht gestattete.

Als ich sagte, ich sei gekommen, Abschied von ihm zu nehmen, ehe er England verlasse, rief Walter Scott in großer Bewegung: England ist künftighin kein Ort mehr für ehrliche Leute, seit diese Neuerungen Platz greifen. Ich werde nicht lange genug leben, um das zu erfahren. Aber Sie vielleicht. — Diese politischen Ideen quälten ihn schon damals gar sehr, wie sie denn zuletzt fast zur fixen Idee wurden.

Im Ganzen waren die Veränderungen, welche in den drei Jahren, wo ich ihn zuletzt vor dem Londoner Aufenthalt gesehen hatte, geistig und körperlich bei ihm vorgegangen waren, sehr bemerklich. Der Gesichts= ausdruck und das Mienenspiel war durch eine leichte Lähmung der einen Wange verändert. Die Aussprache war so unbehilflich, daß man an dieselbe gewöhnt sein mußte, um zu verstehen, was er sagen wollte. Sein Gang war unsicher und schwankend. Aber die Kraft der Selbstbeherrschung, die Freiheit seiner geselligen Formen und seine wohlwollende Höflichkeit, die er durch das ganze Leben geübt hatte, blieben unange= tastet von der Krankheit, welche die höheren Geistes= kräfte ergriffen hatte!"

Ungünstiger Winde wegen konnte der Barham nicht sogleich absegeln, und die Reisenden mußten acht Tage lang in Portsmouth verweilen, wo die Stadt und die Behörden nicht minder als alle Großen der

Umgegend mit einander wetteiferten, dem Dichter die
Beweise der größten Verehrung darzubringen.

Der erste Lord der Admiralität kam selbst an Ort
und Stelle, um sich zu überzeugen, daß bei der Aus=
rüstung des Schiffes Nichts vernachlässigt worden war,
und der Admiral Sir Thomas Folny stellte seine Barke
zur Verfügung.

Am 29. Oktober endlich drehte sich der Wind, und
der Barham ging unter Segel.

Schon nach wenigen Tagen, als man die Bay
von Biscaya passirt hatte, hörte Walter Scott auf
von der Seekrankheit belästigt zu werden und brachte
nun den größten Theil des Tages auf dem Verdeck
sitzend zu, sich an Allem erfreuend, was es zu sehen
gab, und vorzüglich auch an dem Schiffe selber, an der
unvergleichlichen Disciplin auf demselben und den
kriegerischen Uebungen der Mannschaft. Der Capi=
tain, der erste Lieutenant und der Schiffsarzt, so wie
ein großer Theil der anderen Officiere waren sehr
liebenswürdige und gebildete Leute, und sie bestrebten
sich, in allen Dingen dem Dichter zu Gefallen zu leben,
und änderten sogar oftmals den Lauf des Schiffes,
wenn es dadurch möglich wurde, ihn einem Punkte
nahe zu bringen, den er im Vorbeifahren zu sehen
wünschte.

Am 20. November kam man an die vulkanische

Insel, welche sich in jenen Tagen im Mittelländischen Meere erhoben und während der kurzen Zeit, die zwischen ihrem Erscheinen und Wiederversinken lag, den Namen Graham's=Insel erhalten hatte.

Nichts konnte Walter Scott davon abbringen, diese Insel zu besuchen. Man mußte Anker werfen und ihn mit großer Schwierigkeit auf den glühenden Boden bringen, wo ein riesenstarker Matrose ihn auf die Schultern nahm und umhertrug. — Ein langer Brief, den er hierüber an Skene von Malta aus nach Edinburgh sandte, giebt Zeugniß von dem lebhaften Interesse, welche dies seltene Naturereigniß ihm einflößte.

Die Reise ging demnächst nach Malta, wo vor der Uebersiedelung nach Neapel ein längerer Aufenthalt gemacht wurde, über den wir sehr interessante Berichte von einer schottischen Dame, Mrs. Davy, haben, der Tochter eines alten Freundes und Nachbarn Walter Scott's. — Lockhart theilt Auszüge aus diesen Tagebüchern mit, wovon Einiges hier folgen mag.

Gegen Ende November 1831, erzählt Mrs. Davy, wurde Malta, und mit vollem Rechte, durch Walter Scott's Ankunft in große Aufregung versetzt. Er kam hierher in dem Barham, einer Fregatte, welche für eine Perle der gesammten Flotte gilt, und in ihren Schiffsbüchern kann sie nun vermerken, daß sie den geistreichsten, jedenfalls den beliebtesten aller europäischen

Schriftsteller in's Mittelmeer geführt hat. Dabei
war es belustigend zu sehen, wie die Officiere des
Schiffes eigentlich davon überzeugt waren, daß es viel=
mehr zur Erhöhung von Walter Scott's Ruhm bei=
tragen werde, ein Passagier des Barham gewesen zu
sein, als daß es dem Schiffe zur Ehre gereicht hätte,
einen solchen Gast am Bord zu haben.

Der Gouverneur von Malta war noch nicht aus
England zurückgekehrt, hatte aber Befehl gegeben, daß
man es an keiner Art von Aufmerksamkeit fehlen lasse,
und daß ein Haus nebst Equipage für Sir Walter zur
Disposition stehen solle; und wer nur irgend Anspruch
darauf machen konnte, bei solcher Gelegenheit bemerkt
zu werden, drängte sich heran, um dem Dichter Ehre
zu erweisen.

Da die Cholera damals in England grassirte, so
mußten alle von daher kommende Reisenden Quaran=
taine halten, und man hatte für Walter Scott in der
Nähe der gewöhnlichen Quarantaine=Anstalt zu diesem
Behufe eine bequeme Wohnung in Bereitschaft gesetzt.
— Hier hatte an jedem Morgen der Empfang der
zahlreichen Besucher statt, die ihm ihre Aufwartung zu
machen wünschten, und täglich war das Gedränge von
Menschen und Fahrzeugen sehr groß um diese Stunde.

Man führte uns eine große Treppe herauf, und
oben angelangt fanden wir uns gegenüber einem geöff=
netem Thorwege, unter welchem Walter Scott mit sei=

nem Sohne und seiner Tochter saß, und vor ihnen war
in der Entfernung von ein Paar Fußen ein großer
Querbalken gezogen, um uns in der gehörigen Ent=
fernung zu halten. — Sir Walter erhob sich augen=
scheinlich mit großer Schwierigkeit, und der starre Blick
seines Auges hatte einen traurigen Ausdruck von Ge=
lähmtheit. Wir gingen an den Querbalken heran,
und nach einer sehr verlegenen Pause begann endlich
Sir William Alexander, welcher von der Gesellschaft
war, eine wohlgesetzte Bewillkommnungsrede zu halten.

Walter Scott antwortete mit der ihm eigenen ein=
fachen Höflichkeit, allein seine Aussprache war augen=
scheinlich von der Krankheit verändert, obgleich nicht
in dem Grade, wie seine Gesichtszüge. Er hatte die
Hände kreuzweise auf den Griff eines Schäferstockes
gelegt und saß ganz in der Stellung, wie man ihn so
vielfach abgebildet sieht. Allein wenn er sprach, zeigte
sich nicht mehr jener stets wechselnde Ausdruck der
Züge, der sonst so bezaubernd an ihm gewesen war.
Als wir uns entfernten, war ein anderer schottischer
Bekannter, Herr Frere, an dem Balken, und besann
sich derselbe noch zur rechten Zeit, als er eben schon sich
mit Sir Walter die Hand schütteln wollte, wodurch
er ohne weiteres ebenfalls einer neuntägigen Quaran=
taine unterworfen worden wäre, wie Jeder, der einen
für noch nicht gesund Erklärten auch nur auf's Leiseste
berührt.

Scott nahm das für ihn in Bereitschaft gesetzte Haus nicht an, noch auch eines von den anderen Häusern, welche zu Miß Scott's großer Belustigung unzählige Hausbesitzer ihm anboten, sondern er richtete sich für die Zeit seines Aufenthaltes in einem Gasthofe ein, welcher unserem eigenen Hause in einer engen Straße zufällig geradeüber gelegen war.

Ich sah ihn in der ersten Woche einige Mal bei Diners, an denen er Theil nahm, ohne jedoch viel zu sprechen. Auch zog er sich immer sehr frühe zurück. Wenige Tage nach seiner Ankunft nahm er die Einladung der Besatzung an, die ihm zu Ehren einen Ball veranstaltet hatte. Eine seltsame Art von Huldigung für einen vom Schlage gelähmten Dichter, aber charakteristisch für den Geschmack der Malteser. — Es ging übrigens Alles auf's Beste von statten. Eine Deputation der ersten Würdenträger empfing ihn an der Thür und geleitete den König des Festes beim Klange schottischer Nationalmusik in den Saal. Da man als Lokal einen der Prachtsäle der alten Malteser Ritter gewählt hatte, so bot dies seltsame Fest einen gar herrlichen Anblick dar.

Am 4. Dezember lud Fräulein Scott uns nebst einigen Officieren des Barham zu sich in ihr Hôtel, und ich habe darüber mir noch am nämlichen Tage Folgendes angemerkt: Wir brachten den heutigen Abend bei Walter Scott in seinem Gasthause zu. Bisher

19*

hatte ich ihn nur bei großen Diners gesehen. Zu Hause fühlte er sich viel behaglicher, er war auch mehr zum Sprechen aufgelegt, und selbst damals hatten seine Reden viel von der Eigenthümlichkeit seiner Schriften an sich. Derselbe Reichthum an Citationen aus alten Gedichten und Erzählungen, an Anekdoten, namentlich aus der schottischen Geschichte, fiel mir auf, und Alles kam vollständig ungezwungen heraus, so daß man sah, daß er nur sagte, was der Augenblick ihm eingab. — Auch nach Tische, als er sich zu den Damen begab, sprach er viel über verschiedene berühmte Schriftsteller und declamirte lange Stellen aus den Gedichten derselben, und Miß Scott sagte uns, daß sie ihn seit der Ankunft in Malta nie so lebendig angeregt gesehen habe.

Am 6. Dezember nahm Walter Scott an einem Mittagsmahl bei dem Oberrichter von Malta Theil und ließ sich leider verleiten, bei dieser Gelegenheit Champagner und Porterbier zu trinken, was ihm heftige Congestionen des Blutes nach dem Kopfe zuzog, die am nächsten Tage durch Blutentziehungen theilweise beseitigt werden mußten. Während dieses Anfalls und während der ärztlichen Behandlung unterhielt er sich aber fortwährend, obgleich mit großer Anstrengung, von literarischen Gegenständen und gedachte besonders seiner Freundinnen, der Miß Ferrier und Miß Edgeworth, mit dem größten Lobe. — Sehr erfreulich war es ihm, in dem Arzte, Dr. Davy, den Sohn seines alten Freundes, des hochberühmten Sir Humphry Davy zu erkennen, mit dessen Lebensbeschreibung er sich damals beschäftigte.

Der Aufenthalt in Malta dauerte bis zum 14. Dezember, wo man sich wiederum in den Barham zur Fahrt nach Neapel einschiffte. Beim Abschiede äußerte er sich mit großer Liebe über den malerischen und romantischen Eindruck, den die Insel auf ihn gemacht hatte, und sagte: Es wäre doch hart, wenn ich nicht mehr im Stande wäre, daraus Etwas zu machen.

Dreizehntes Kapitel.

Am 17. Dezember gelangten die Reisenden nach Neapel. — Der englische Gesandte und die vielen vornehmen und ausgezeichneten Engländer, die sich dort aufhielten, waren nicht minder als die Neapolitaner selbst bemüht, dem berühmten Reisenden den wohlwollendsten und herzlichsten Empfang zu Theil werden zu lassen, besonders freundlich aber kam ihm ein alter Herr entgegen, der wegen ähnlicher Leiden wie Walter Scott seit längerer Zeit sich in Italien mit gutem Erfolg für seine Gesundheit aufhielt, und der mit dem Dichter innige Freundschaft knüpfte. Es war dies der Baronet Sir William Gell, der auch über den Aufent-

halt des Dichters in Neapel später eine ausführliche
Nachricht in die Oeffentlichkeit gelangen ließ.

Der König beider Sicilien ließ sich ebenfalls den
Dichter vorstellen, der auch nachher mehrmals bei
Hofe erschien. — Die Unterhaltung mit dem Monarchen war sehr eigenthümlicher Art, da Scott sich bei
seiner gestörten Aussprache in dem ihm nie sehr geläu-
figen Französisch auszudrücken versuchte. Der König
ließ ihn in seiner Gegenwart sitzen und machte ihm
viele Complimente über seine Schriften. Scott sagte
nachher: Wir sind Beide, der König und ich, von unserer
Unterhaltung um so mehr befriedigt gewesen, als Keiner ein Wort von dem verstand, was der Andere sagte.

Von dem Wiedersehen mit seinem jüngsten Sohne
hier Etwas zu sagen, ist überflüssig, da man sich ohne
Weiteres denken kann, wie ergreifend für beide Theile
die Begegnung unter so betrübenden Umständen sein
mußte!

Hier in Neapel erhielt Scott denn nun auch die
Nachricht von dem Tode des längst von den Aerzten
aufgegebenen Enkelsohnes, und die Art, wie er dieser
Trauerkunde in dem Tagebuch erwähnt, ist zugleich
für die augenscheinlich bereits verminderte Empfäng-
lichkeit für solche Eindrücke in schmerzlicher Weise
bezeichnend.

Seine Lust an schriftstellerischen Arbeiten hatte ihn
auch jetzt noch nicht verlassen, und er entwarf Verschie-

denes der Art, auch Anfänge von Erzählungen und
Romanen, welche aber von der Familie im Gefühl
gerechter Pietät so geheim gehalten worden sind, daß
ein Fremder niemals Etwas davon zu sehen bekommen hat. — Außerdem sammelte er fleißig altitalie-
nische Balladen und Drucke von alten Liedern, wobei
er von allen Seiten die zuvorkommendste Unterstützung
fand. — Auch bei der Besichtigung von Pompeji
waren die Behörden gegen ihn gefälliger, als man
dort sonst gegen Fremde zu sein pflegt. Er wurde auf
einem Rollstuhl durch die merkwürdigen Straßen dieser Stadt gefahren, die nach zwei Jahrtausenden wie
durch ein Wunder vom Tode erstand, und man hatte
sogar ihm zu Ehren eine Ausgrabung veranstaltet,
wobei jedoch nur unbedeutende Dinge an's Tageslicht
gefördert wurden. — Das Ganze machte auf ihn einen
seiner eigenthümlichen Natur entsprechenden Eindruck,
der von dem gewöhnlichen Interesse, welches die
Beschauer an diesen Wundern zu nehmen pflegen, sehr
verschieden war. Denn indem er den Einzelheiten,
auf die er aufmerksam gemacht wurde, im Ganzen
wenig Interesse abgewann, so bewirkte die Gesammtheit auf das Gemüth des kranken Dichters ein Gefühl
von Melancholie. Er war durchaus schweigsam und
brach nur hin und wieder in die Worte aus: „Eine
Stadt der Todten!" ohne irgend eine andere Bemerkung hinzuzusetzen.

Bei einem gemeinschaftlichen Mahle, welches man im Freien auf dem Forum hergerichtet hatte, erheiterte er sich wieder, verließ jedoch am Abend ziemlich ange= griffen von diesem Ausfluge die Stadt der Todten.

Auf der Rückfahrt hatte Sir William Gell einen großen Hund mit in den Wagen genommen. Scott streichelte diesen wiederholt und sagte mit trübem Lächeln: Armer Bursche, armer Bursche! — Ich habe zu Hause auch ein paar prachtvolle Lieblingshunde, und sie kamen mir fast zu stattlich und zu fürstlich vor, im Vergleich mit meinen geschmälerten Mitteln, doch seit ich hier in Neapel die Nachricht bekommen habe, daß von Robert von Paris und von dem gefährlichen Schlosse schon die zweite Auflage nöthig geworden ist, seitdem bin ich wieder reich, und ich kann mir Hunde halten, so groß und soviel ich will. Wäre es mir nicht gelungen, alle Forderungen zu befriedigen, die man an mich hatte, ich glaube, ich würde noch im Sarge keine Ruhe gefunden haben, nun aber bin ich glücklich durch die guten Nachrichten, die ich von Hause erhalte.

In solchen freudigen Augenblicken faßte er sogar immer neue Pläne zu großartigen Arbeiten, und ange= regt durch den Aufenthalt in Malta richteten sich seine Gedanken nach Rhodus, und er meinte dort Stoff zu einem sehr interessanten Gedichte zu finden, wenn es sich thun ließe, die Reise soweit auszudehnen. — Auf die Frage, weshalb er denn überhaupt die gebundene

Schreibart aufgegeben und sich der Prosa ausschließ=
lich zugewendet hat, erwiederte er in breitester schotti=
scher Redeweise: Weil Byron mich geschlagen hat. —
Als Gell ihm hierauf erwiederte, er für seine Person
wisse gerade soviel Stellen aus Scott's Dichtungen aus=
wendig, wie aus Byron's, sagte Scott: „Das mag sein,
aber er hat mich aus dem Felde geschlagen durch seine
Beschreibung der leidenschaftlichen Empfindungen und
durch seine tiefe Kenntniß des menschlichen Herzens,
und so gab ich das Dichten damals auf."

Wie groß übrigens sein Interesse an der Dichtkunst
und besonders an alten Dichtungen war, dafür spricht,
wenn es eines Beweises noch bedürfte, der große Eifer,
mit welchem er noch in Neapel jede Spur verfolgte,
die ihn auf die Entdeckung irgend solcher Alterthüm=
lichkeit in den dortigen Bibliotheken zu leiten schien. —
So besuchte er wegen der Urschrift zu einer alten Bal=
lade die königliche Büchersammlung und wurde in den
Sälen derselben von einer großen Versammlung ita=
lienischer Notabilitäten empfangen, die ihn mit latei=
nischen Anreden begrüßten, auf die ein Begleiter des
Dichters erwiedern mußte, da er weder die nöthige
Uebung im Sprechen des Lateinischen hatte, noch auch
der abweichenden Aussprache wegen ein Wort von
dem Gesagten verstand. — Ehrendiplome verschiede=
ner gelehrter Gesellschaften wurden ihm überreicht.

Die alte englische Ballade, die man suchte, fand

sich allerdings in einer Handschrift vor, und der König
hatte nicht sobald von dem Wunsche des Dichters
gehört, eine Abschrift dieser Handschrift zu besitzen,
als er befahl, ihm dieselbe zu übersenden. — Es
wurde nun ein gewisser Stichini engagirt, welcher,
ohne ein Wort Englisch zu verstehen, das Manu=
script unter Scott's Aufsicht abschreiben sollte, was er
mit solcher Genauigkeit ausführte, daß die Abschrift zu
einem förmlichen Facsimile wurde. Scott gewann
das Herz dieses Schreibers durch seine Freundlichkeit,
und er behielt ihn gewöhnlich zu Tische bei sich.

Stichini wurde durch die Unvorsichtigkeit nicht
wenig in Schrecken gesetzt, mit welcher Scott, auf seine
Lähmung durchaus keine Rücksicht nehmend, stets ohne
fremde Hilfe gehen wollte und dabei mehr als Ein
Mal zur Erde fiel. Dabei lachte er immer ganz
gutmüthig und drückte nur seine Besorgniß aus, ob
nicht etwa die Brille zerbrochen wäre, die er als
Andenken an Rogers ganz besonders werth hielt.

Diese große Vorliebe für Sachen, an die sich
irgend eine persönliche oder historische Erinnerung
knüpft, ist uns nichts Neues an Scott, ja sie bildet
einen hervorstechenden Zug in seiner ganzen geistigen
Anlage.

Als einer seiner Bekannten der italienischen Ueber=
setzung eines der Romane erwähnte und aus der
Genauigkeit, mit der das Schloß der Heldin beschrie=

ben wird, vermuthete, daß ein wirkliches Gebäude geschildert worden, sagte Scott: „Allerdings ist dem so, und dies alte Schloß war eine meiner Lieblingsruinen, ich war so verliebt in dasselbe, daß ich gern da gewohnt hätte. Wenn ich es wieder besuchte, nahm ich immer den Hut ab, denn da der alte Bau so Jahrhunderte lang unbedeckt gestanden hat, so war es nur billig, daß auch ich wenigstens eine halbe Stunde lang unbedeckt blieb."

Die Briefe, welche von Neapel aus an die Freunde in der Heimath gesendet wurden, waren von sehr wechselnder Färbung, bald heiter, bald auch tief melancholisch. Man ersieht aus denselben, daß der Wahn, die Schulden seien alle bezahlt, nicht dauernd aushielt, sondern zuweilen durch eine Ahnung von dem wahren Sachverhalt unterbrochen wurde. Es scheint, daß er dann mit verdoppeltem Eifer arbeitete und zuweilen den Glauben hatte, daß seine alte Dichter= kraft zurückkehre. — Die Unklarheit über seine Ge= sundheits= und Vermögensverhältnisse geht überall durch; nur sein edles Herz, seine feine ritterliche Artig= keit, die Liebe zu den Menschen und zu seinen Haus= thieren zeigt sich ungeschwächt. In allen Briefen an Laidlaw wird dieser treue Freund ermahnt, ja nicht der Armen in Abbotsford zu vergessen und die Hunde gut zu halten. Für Freunde und Bekannte werden Ge= schenke gesandt oder kleine Ueberraschungen ange=

ordnet. In dem Briefe an eine Verwandte findet sich folgende Stelle:

„Ich sollte wohl eigentlich meiner Gesundheit erwähnt haben, aber ich habe nur zu sagen, daß es mir gut geht und ich mir täglich Bewegung mache, wenn dies auch, wie Pfarrer Adams zu sagen pflegte, in Kutschenmanier geschieht. Reiten und gehen werde ich wohl niemals mehr können! Aber ich darf nicht klagen, denn der Plan, meine Schulden abzuzahlen, der, wie Sie wissen, mich so lange beunruhigte, ist jetzt, Gott sei Dank, vollständig ausgeführt; und ich habe nahe an 120,000 Lstr. (über 800,000 Thaler) gezahlt und bin Niemandem einen Pfennig schuldig, oder werde es doch wenigstens bis zum Sommer nicht mehr sein, und ich kann wohl sagen, daß dies eine ganz hübsche Sache ist in Anbetracht der Umstände, unter denen ich es soweit gebracht habe. Einiger Fleiß und Ausdauer war dazu nöthig. Ich habe vielleicht mich ein wenig zu sehr angestrengt, aber wenn ich wieder gesund werde, wie es jetzt den Anschein hat, so will das einem so großen Erfolge gegenüber Nichts bedeuten. Ich hoffe noch im nächsten Frühjahr Ihren Kindern und der ganzen Nachbarschaft einen Ball zu geben, denn dann werde ich die Leitung meiner Angelegenheiten wieder in meiner Hand haben. — Ich bleibe Ihr einigermaßen alter, aber aufrichtiger Freund

W. S."

Es war ursprünglich die Absicht der Scott'schen Familie gewesen, einer Einladung des Freundes Sir Frederick Adam Folge zu geben, welcher Gouverneur der jonischen Inseln gewesen war und nun den kranken Dichter und die Seinigen in Corfu bei sich aufzunehmen wünschte. Doch wurde Sir Frederick plötzlich nach England zurückberufen, und dieser Ausflug mußte deßhalb unterbleiben.

Die Sehnsucht nach der Heimath wuchs von da ab mehr und mehr, und leider hatten die Angehörigen von jetzt an auch wenig Grund, sich einer Rückreise nach Schottland zu widersetzen, indem die Aussichten auf einen glücklichen Erfolg der Reise allmählich verschwanden.

Dies war auch nicht zu verwundern, da Scott sich auf keine Weise von der Arbeit, die ihm untersagt war, wollte zurückhalten lassen, und die italienischen Aerzte ihn in Betreff der Diät nicht gehorsam fanden. — So war denn die letzte Hoffnung darauf gerichtet, daß seine alten Aerzte in Edinburgh ihn fügsamer finden möchten, und daß die Aufregung beseitigt werde, die das Verlangen nach Abbotsford hervorbrachte. Er wünschte die Rückreise durch Tyrol und Deutschland zu machen, weil er namentlich die Alterthümer von Innsbruck und die Ufer des Rheins sehen wollte, und besonders auch, weil er in Weimar bei Goethe einzusprechen gedachte. — Goethe's Tod aber, welcher am

22. März 1832 erfolgte, vereitelte nicht nur diesen
Plan, sondern wirkte auch so niederschlagend auf Wal=
ter Scott, daß er nunmehr sein eigenes Ende nahe
bevorstehend fühlte und fast jede Hoffnung auf Wie=
derherstellung aufgab. „Goethe ist todt!“ rief er aus,
„aber er starb wenigstens in seinem Hause. — Laßt
auch mich nach Abbotsford!“

Die Abreise wurde nun auf die Mitte April festge=
setzt, für welche Zeit Charles Scott Urlaub erhielt, den
Vater auf der Heimkehr zu begleiten, da der ältere
Sohn bereits zu seinem Regimente zurückberufen war.
— Die Reisegesellschaft verließ am 16. April 1832
Neapel in einem geräumigen offenen Wagen, der so
eingerichtet war, daß er auch verdeckt werden, und der
Kranke darin ausgestreckt liegen konnte.

Die Gewißheit, daß man auf dem Heimwege
begriffen sei, beruhigte sein aufgeregtes Gemüth, und
während des Aufenthalts in Rom trat so ziemlich der
Zustand der Theilnahme an der Außenwelt wieder ein,
der in Malta und während der ersten Zeit des neapo=
litanischen Aufenthalts sich in erfreulicher Weise gezeigt
hatte.

Sir William Gell war nach Rom gefolgt, und ein
dritter alter Herr, Mr. Edward Cheney, schloß sich
daselbst in treuer Freundschaft an die beiden Leidens=
genossen an. Beide haben auch über die Zeit des
Aufenthalts in Rom Aufzeichnungen bekannt gemacht,

aus denen folgende Stellen hier Platz finden mögen, die aus beiderlei Memoiren zusammengesetzt sind, ohne die Verfasser zu unterscheiden, indem eine solche Genauigkeit in Angabe der Quellen für unsere Leser nur von geringem Interesse sein dürfte.

Als Walter Scott die Peterskirche zu sehen wünschte, und zwar hauptsächlich, um an dem Grabe des Letzten der Stuart's sich seinen Erinnerungen und Empfindungen hinzugeben, so führte man ihn dorthin. Die Wanderung war mit großen Schwierigkeiten begleitet, da es fast unmöglich war, den Kranken vor dem Ausgleiten auf dem glatten Marmorfußboden zu hüten. Man hatte die Spitze seines Stockes mit einem Handschuh umwickelt, damit er denselben fester aufsetzen könne. — „Das Gehen macht mir Schmerzen, sagte er, und was man unter körperlichen Leiden sieht, macht wenig Eindruck auf uns. Darum habe ich auch so Vieles, was ich in Neapel sah, und was mir vor zehn Jahren den größten Genuß gewährt hätte, schon wieder ganz vergessen."

Gern hätte er auf dem protestantischen Kirchhofe das Grab von Lady Charlotte Stopford besucht, einer Dame aus dem Hause Buccleugh, allein er mußte die Tochter allein gehen lassen und blieb so lange im Wagen. „Es thut mir leid, sagte er, daß ich nicht gehen kann. Es wäre mir eine Genugthuung gewesen, den Ort zu sehen, wo man sie hingelegt hat. Sie

war die Tochter eines Buccleugh, der das Haupt mei=
nes Stammes ist, und Alles, was diesem Hause ange=
hört, ist mir theuer."

Am 4. März hatte Herr Cheney eine zahlreiche
Mittagsgesellschaft bei sich versammelt, und Scott
willigte ein, daran Theil zu nehmen. Einige beson=
ders eifrige Verehrer des Dichters unter den Italie=
nern waren dazu geladen, und er empfing von densel=
ben die wärmsten und aufrichtigsten Huldigungen. —
Don Luigi Santa Croce, welcher bei den politischen
Bewegungen jener Tage eine hervorragende Rolle
gespielt hatte, sagte, daß die Waverley=Romane in
allen Trübsalen, Krankheiten und sonstigen Leidensta=
gen ihm den größten Trost verschafft hätten, und daß
er mit den Menschen, die des Dichters Phantasie
erschaffen, einen poetischen Verkehr gehabt, der ihm
über die trostlose Wirksamkeit gar oft hinwegzuhelfen
vermocht habe. — Eben so äußerte eine junge Dame,
daß sie glaube, es seien die Lehren der Geduld und
Ergebung, die sie aus diesen Erzählungen sich entnom=
men, ihr von wesentlichem Nutzen gewesen, und sie
hoffe dadurch wahrhaft gebessert worden zu sein.

Man kam demnächst auf die Entwickelungen der
verschiedenen Romane zu sprechen, und es wurde ernst=
lich bedauert, daß Clara Mowbray im Ronansbrun=
nen ein so trauriges Ende nehme.

Sir Walter erwiederte: „Ich bin den Herrschaften

sehr für die Theilnahme verbunden, die sie ihr schen=
ken, aber ich konnte ihr nicht helfen, — das arme
Ding! Es war in ihrem Kopfe nicht ganz richtig, und
es wäre gegen die Regel gewesen, wenn sie am Leben
geblieben wäre." — Als man noch weitere Einsprache
that, sagte er: „Es ging nicht! Aber von allen Mord=
thaten, die ich verübt habe, und es wird wenig Men=
schen geben, die eine größere Anzahl auf dem Gewissen
haben, ging keine einzige mir mehr zu Herzen, als die
arme Braut von Lammermoor. — Doch ich konnte
ihr nicht helfen, denn die Geschichte ist wahr."

Man fragte ihn, ob er sich nicht dem Papste vor=
stellen lassen wolle, der das größte Interesse für den
Dichter zu erkennen gegeben habe. Er sagte, daß er
in dem Papste den ältesten aller europäischen Souve=
raine verehre, und daß es ihm große Freude machen
würde, demselben aufzuwarten, allein seine Gesundheit
erlaube es nicht. Auch lehnte er es ab, die Prozession
am Frohnleichnamstage in Rom zu erwarten, die er
in einem seiner Gedichte so schön geschildert hatte. „Es
ist sogar gut," sagte er, „daß ich die Beschreibung
machte, ohne Augenzeuge davon gewesen zu sein. Will
man solche Auftritte recht genau beschreiben, so schwächt
man den Eindruck, ohne dafür dem Leser ein klareres
Bild zu geben. Ich bin übrigens für die schmeichelhafte
Aufnahme, die ich bei den Italienern gefunden, um so
dankbarer, als ich die katholische Religion oft nicht mit

besonderem Respekt behandelt habe." Als man ihm erwiederte, daß keine Religion sich über ihn zu beklagen habe, da unter den Helden seiner Dichtungen Katholiken, Protestanten, Juden und Muhamedaner sich fänden, so schien diese Bemerkung ihm angenehm zu sein. — Das Gespräch kam auf Goethe, und einer der Gäste bemerkte, daß er den Dichterfürsten vor nicht gar langer Zeit gesehen und denselben zwar sehr alt, aber noch im vollkommenen Besitze seiner Geisteskräfte gefunden habe. „Seiner Geisteskräfte!" rief Scott aus. „Viel besser todt sein, als diese zu überleben, und noch viel besser zu sterben, als in beständiger Furcht zu leben, daß unsere Fähigkeiten uns verlassen. Das Schlimmste von Allem aber," setzte er seufzend hinzu, „ist, wenn man einen Theil seiner Kräfte schwinden sieht und ein deutliches Bewußtsein von diesem Zustande hat." Er schien übrigens nicht alle Werke von Goethe zu lieben. Einen großen Theil seiner großen Berühmtheit, meinte er, verdanke Goethe solchen Stücken, die er später lieber zurückgenommen hätte. — Das Gespräch regte ihn sehr auf, und als einer der Anwesenden bemerkte, daß Scott selbst große Beruhigung in dem Bewußtsein finden müsse, daß sein eigener Ruhm keineswegs auf solchen Ursachen beruhe, so schwieg er eine Weile und senkte die Blicke zur Erde. Dann aber richtete er sich auf, schüttelte die Hand des Redenden und sagte, während seine Augen

in eigenthümlichem Glanze erstrahlten: „Ich bin dem
Ende meiner Laufbahn nahe und werde bald von der
Bühne abtreten.   Ich war vielleicht der bänderreichste
Schriftsteller meiner Zeit, und mein Trost dabei ist es,
daß ich nie eines Menschen Glauben absichtlich erschüt=
tert oder seine Grundsätze verdorben habe, und daß
ich auf meinem Todtenbette nicht nöthig haben werde
zu wünschen, daß eine Zeile von mir ungedruckt geblie=
ben wäre."

Am 11. Mai reiste Walter Scott von Rom ab,
und er hat die Ueberzeugung mitgenommen, daß die
italienischen Uebersetzungen seiner Werke ihn in diesem
Lande fast ebenso populär gemacht hatten, wie in sei=
ner Heimath.   Die ehrfurchtsvolle Theilnahme, welche
Vornehme und Geringe ihm gleichmäßig entgegen=
brachten, bewies dies zur Genüge.

Auf der Rückreise, die Scott mit einer hastigen
Ungeduld betrieb, zeigte sich ein höchst betrübender, täg=
lich zunehmender Mangel an Theilnahme für Alles,
was ihn sonst so lebhaft interessirt hatte.   Kaum daß
die Apeninnen, welche an manchen Stellen die Erin=
nerung an Schottland zurückriefen, ihm augenblicklich
eine Aeußerung der Empfindung entlockten.   Schon in
Florenz hatten die Begleiter ihn nur mit Mühe bewe=
gen können, eine der merkwürdigen Kirchen zu besuchen.
— In Venedig blieb man vom 19. bis zum 23., aber
auch hier interessirte er sich für Nichts. Nur die Seufzer=

20*

brücke wollte er besichtigen, und in die daneben befind=
lichen Gefängnisse herabklettern, worauf er so fest
bestand, daß man dies bei seiner körperlichen Unbehilf=
lichkeit mit der größten Mühe und Gefahr möglich
machen mußte, um ihn zu beruhigen. Die Denkmäler
in Innsbruck, auf die er sich noch vor Kurzem so sehr
gefreut hatte, sah er gar nicht, und so führte man den
Kranken so schnell wie möglich über München, Ulm
und Heidelberg nach Frankfurt. Hier ging er in den
Laden eines Buchhändlers, der, da er die Gesellschaft
englisch sprechen hörte, unter anderm auch eine Abbil=
dung von Abbotsford vorlegte. — Das ist mir bekannt,
mein Herr! sagte er und eilte in sein Wirthshaus zu=
rück, ohne erkannt worden zu sein. — Tag und Nacht
mußte die Reise vorwärts gehen, und die Aufregung
wuchs so sehr, und die Anzeichen eines neuen Schlag=
anfalls wurden so dringend, daß man unterweges
wiederholt zu Aderlässen seine Zuflucht nahm.

Mit dem Dampfschiffe fuhr man von Mainz nach
Cöln, und der Anblick der Ufer des Rheins schien
wohlthätig auf den Kranken zu wirken. Obgleich er
während der Fahrt fast gar nicht sprach, sondern in
seinem Stuhle ruhig auf dem Verdecke saß, so ließ sich
an dem Ausdruck des Auges doch erkennen, daß der
Anblick der vielen Burgen und Ruinen ihn erfreute.

Der kranke Dichter mit seiner Begleitung, und
namentlich die Erscheinung der um den Vater zärtlich

besorgten Anna Scott machten auf einen jungen Bonner Studenten, welcher sich auf dem Dampfschiffe befand und von Mainz aus mitfuhr, einen solchen Eindruck, daß er wünschte, auch die weite Fahrt bis zur holländischen Grenze mitmachen zu können. Da er aber kein Geld bei sich hatte, so vermochte er einen der Kellner, ihm seine grüne Schürze abzutreten, und in dieser Amtstracht verrichtete er nun die Dienste eines Tafeldeckers und Dieners bei der Familie und erfreute sich des Glückes, in der Nähe der Dame zu verweilen, deren Anblick den romantischen Entschluß hervorgerufen hatte. Weder Walter Scott noch seine Tochter haben jemals etwas von diesem Vorfalle erfahren, und wenn dem damaligen Studenten jetzt, nach fast 30 Jahren, diese Erwähnung seiner seltsamen Maskerade zu Gesicht kommt, so ist nur zu wünschen, daß er sein Herz frisch genug erhalten habe, um sich lebhaft in diese jugendlichen Tage zurückversetzen zu können.

Sobald von Cöln aus die Gegend ihren malerischen Charakter verlor, und die Fahrt zwischen den ebenen Ufern vorüber ging, verschwand auch der Glanz aus des Dichters Augen, und er versank wieder in stummen hinbrütenden Tiefsinn.

Am Abend des 9. Juni kurz vor der Ankunft in Nimwegen trat der gefürchtete neue Anfall des Schlagflusses ein und hatte eine Lähmung fast aller Glieder zur Folge. — Der Kammerdiener Nicolson öffnete

sogleich eine Aber des Kranken, und nach wenigen
Minuten gab derselbe Zeichen des Lebens — aber es
war ein trauriges Leben, welches nur noch einige
Monate lang mit dem Tode kämpfen sollte, bis die
Kraft dieses riesigen Körpers erschöpft war. Die Unge=
duld des Kranken und seine Sehnsucht nach der Hei=
math steigerte sich fortwährend, so daß man ihn schon
am 11. Juni wieder aufs Dampfschiff bringen mußte,
und über Rotterdam erreichte man nach einer äußerst
schnellen Ueberfahrt London bereits am 13. Abends
gegen 6 Uhr.

Die Reise war so schnell gegangen, daß Frau Lock=
hart von des Vaters bevorstehender Ankunft nicht hatte
rechtzeitig benachrichtigt werden können, und die Familie
wußte nicht, ob sie in London anwesend sei und für
den Empfang die nöthigen Vorbereitungen getroffen
habe. Man stieg deßhalb auf Charles Veranlassung
in einem Gasthofe ab, wo sich die Seinigen alsbald
um ihn sammelten. Er erkannte sie alle und zeigte
sich sehr erfreut, sie wiederzusehen, gab aber zugleich zu
erkennen, daß er sich auf's Aeußerste erschöpft fühlte, so
daß der Versuch, ihn in Lockhart's Haus zu bringen,
unterbleiben mußte. Auch der älteste Sohn fand sich
sogleich ein, und es wurden täglich wiederkehrende
Consultationen der größten Aerzte veranstaltet, doch
änderte der Zustand sich so gut wie gar nicht, obgleich
man drei Wochen lang in London blieb. Der Kranke

war faſt beſtändig ohne Bewußtſein oder lag in betäubendem Halbſchlummer, und das einzige Zeichen von Theilnahme, welches er kund gab, beſtand darin, daß er mehr als ein Mal ſeine Kinder ſegnete, als ſehe er im nächſten Augenblicke ſeiner Auflöſung entgegen. Allmählich traten lichtere Momente ein. In einem ſolchen verſuchte er einem eintretenden alten Freunde, den er erkannte, die Hand entgegenzuſtrecken, allein der Arm ſank kraftlos nieder. Da ſagte er mit einem Verſuche zu lächeln: Entſchuldige meine Hand! — Als dieſer hierauf von einer Gunſt erzählte, die ihm Lord Lothian erwieſen habe, ſagte Scott mit ziemlich deutlicher Stimme: Lord Lothian iſt ein guter Mann, von dem man eine Gunſtbezeugung annehmen kann, und das iſt heutzutage ſchon viel geſagt. — Gleich darauf verfiel er wieder in Bewußtloſigkeit, und ſo hielt der Zuſtand an bis zu den erſten Tagen des Juli. —

Die Bevölkerung der Hauptſtadt bezeigte ihre Theil= nahme an dem Befinden des berühmten Kranken in der rührendſten Weiſe, und die Nachfragen waren zahllos.

Ein Arbeiter fragte einen Vorübergehenden: Iſt dies die Straße, wo er krank liegt? als ob von einem andern Kranken gar nicht die Rede ſein könnte. Die Zeitungen waren täglich mit Berichten über des Dich= ters Befinden angefüllt, und da man über die Ver=

mögensverhältnisse desselben und über den Stand seiner
Angelegenheiten im Publikum nicht wohl unterrichtet
sein konnte, so war in einigen von jenen Berichten die
Bemerkung mit untergelaufen, daß man befürchten
müsse, es könne sich zu seinen Leiden wirkliche Noth
gesellen. —

Die Regierung hatte kaum hiervon Kunde erhalten,
als der Lord Schatzmeister sofort eine mit der Familie
befreundete Dame beauftragte, die Angehörigen Walter
Scott's wissen zu lassen, daß ihnen jede Summe zur
Verfügung stehe, welche nöthig sei, um etwaige Ver=
legenheiten zu beseitigen. Dies Anerbieten wurde
natürlich mit Dank abgelehnt, da, wie wir wissen, die
Gläubiger der Ballantyne'schen und Constable'schen Fir=
men dafür gesorgt hatten, daß Scott über ein reich=
liches Einkommen für seine persönlichen Bedürfnisse zu
verfügen im Stande war.

Für diesen letzten Londoner Aufenthalt ist der Be=
richt von besonderem Interesse, welchen der behandelnde
Arzt, Dr. Ferguson, über den damaligen Zustand des
Kranken abgefaßt hat, und wir lassen deßhalb die in
den Memoiren enthaltene Stelle hier folgen:

Als ich zu Sir Walter gerufen wurde, fand ich den=
selben in einem nach dem Hofe belegenen Zimmer des
zweiten Stockes im St. James Hôtel in einem Zu=
stande von Betäubung, aus dem man ihn auf Augen=
blicke erwecken konnte, wenn man ihn anredete. Er

erkannte dann oft die Anwesenden, fiel aber sogleich in die vorherige Theilnahmlosigkeit zurück.

Man konnte nichts Schöneres sehen, als das Eben=maß seiner großartigen Gestalt, wie das Haupt auf dem Kissen lag, Hals und Brust theilweise entblößt.

Er war stets ruhig, aber niemals bei vollem Be=wußtsein, sondern in einem Zustande zwischen Traum=wachen und Betäubung. Er schien nicht zu wissen, wo er war, sondern glaubte fast immer sich noch auf dem Dampfschiffe zu befinden. Manchmal, wenn der Lärm der Wagen auf der Straße ihn aufschreckte, weilte er mit seiner Vorstellung in Jedburgh unter der rohen Menge, die ihn einst beleidigt und mit Steinen nach ihm geworfen hatte.

Während der ganzen Zeit dieser vollständigen Hilfs=losigkeit blickten doch stets die Hauptzüge seines Charak=ters deutlich hindurch, und namentlich übte er die größte Selbstbeherrschung während der kurzen Augen=blicke, wo er durch die Anrede eines Besuchers zum Bewußtsein erweckt wurde. Ein Herr stieß an einen Stuhl in dem verfinsterten Krankenzimmer. Walter Scott fuhr bei dem Geräusche auf, und ohne zu wissen, wem der kleine Unfall begegnet war, drückte er seine Theilnahme aus wie in gesunden Tagen. Keiner von seiner Umgebung konnte in der Gegenwart des Kran=ken, selbst während dessen Bewußtlosigkeit, auch nur einen Augenblick die ehrfurchtsvolle Rücksichtsnahme vergessen, mit der Jedermann ihn stets und überall behandelte. — Er drückte seine Wünsche so bestimmt wie immer aus, und doch zugleich mit demselben gut= müthigen Humor, der ihm zur Gewohnheit gewor= den war. — Mit Einem Worte, der Zustand war durch= aus derselbe, wie ihn Walter Scott selbst im ersten Kapitel der Chronik von Canongate mit so hinreißen= der Meisterschaft beschrieben hat, ohne damals zu ahnen, daß er das Bild seines eignen, ihm bevorstehen= den Leidens aufzeichnete.

Wir bitten den Leser dies Kapitel hier nachzuschla= gen, und er wird denselben überwältigenden Eindruck empfangen, den die prophetischen Zeilen auf uns machten, nachdem so eben die vorliegende Krankheits= geschichte niedergeschrieben war.

Die beständige Sehnsucht nach Abbotsford bestimmte die Aerzte zuletzt in die Reise zu willigen, und von dem Augenblicke an, wo ihm dies mitgetheilt wurde, schie= nen seine Kräfte sich zu heben.

An einem klaren hellen Nachmittage, es war der 7. Juli, konnte seine Einschiffung auf einem Dampf= boot bewirkt werden. Der treue Diener Nicolson setzte ihn auf einen Stuhl, nachdem man seinen leichten Nachtanzug mit einem weiten Schlafrock umhüllt hatte. Lockhart und der Arzt mußten ihn an das offene Fenster rollen, und Beiden fiel der kräftige Glanz seines Auges auf. Hier blieb er wohl eine halbe

Stunde ſitzen, wie in Gedanken verſunken, ohne an-
ſcheinend zu wiſſen, wo er ſich befand, oder wie er
dahin gekommen ſei. Dann ließ er ſich in den Wagen
bringen, der von einer zahlloſen Menſchenmenge zu
Fuß und zu Pferde umringt war. Seine Kinder waren
tief ergriffen, Frau Lockhart zitterte an allen Gliedern
und weinte bitterlich. So umgeben von den Seinigen
war ihm allein der Grund ihres Jammers unbewußt,
und es machte den Eindruck, als würde er noch lebend
zu Grabe getragen.

Die Reiſebegleitung beſtand aus den beiden Töchtern, Lockhart und Herrn Cadell, und außerdem hatte
man einen Arzt mitgenommen. Der Capitain des
Dampfſchiffes räumte dem Kranken ſeine eigene Kajüte
ein, und auch bei der Landung an der ſchottiſchen Küſte
und auf der Fahrt bis Edinburgh beeiferte man ſich
von allen Seiten, dem traurigen Reiſezuge jede mögliche Erleichterung und Unterſtützung zu Theil werden
zu laſſen.

In dieſer ganzen Zeit hatte Scott durchaus kein
Zeichen gegeben, daß er wiſſe, wo er ſich befinde. Als
man aber ſich Abbotsford näherte, erkannte er einige
ſeiner Lieblingsplätze und nannte die Namen derſelben.
Seine Lebhaftigkeit ſteigerte ſich nun fortwährend, und
da man des angeſchwollenen Waſſers wegen einen
Umweg machen mußte und deßhalb die Thürme von
Abbotsford ziemlich lange vor ſich ſah, ehe man das

Schloß erreichte, stieg die Unruhe und Sehnsucht des Kranken zu solcher Höhe, daß seine Begleiter ihn nur mit Mühe im Wagen halten konnten.

Bei einer Biegung des Weges kam Abbotsford noch einmal außer Gesicht, und sofort verfiel der Kranke wieder in den früheren Stumpfsinn, bis bei der unmittelbaren Annäherung an die Heimath die fieberhafte Begierde, nach Hause zu kommen, so groß wurde, daß der Arzt mit Lockhart und Nicolson ihrer ganzen Kraftanstrengung bedurften, um den bedauernswerthen Mann auf dem Kissen festzuhalten.

An dem Thore kam Laidlaw ihnen entgegen und half den Kranken in das Speisezimmer tragen, wo ein Lager für ihn bereitet war. Hier blieb er einige Augenblicke in gänzlicher Verwirrung, dann aber plötzlich den Blick auf Laidlaw richtend, rief er aus: „Ach, William Laidlaw! Mann, wie oft habe ich Deiner gedacht!" Nun drängten sich auch die Hunde an ihn heran und leckten seine Hände. Er versuchte sie zu streicheln und schluchzte und lächelte abwechselnd, bis er erschöpft in Schlummer sank.

Der alte Freund und Hausarzt Clarkson übernahm nunmehr wieder die Behandlung des Kranken, ohne zu verhehlen, daß von Besserung keine Rede sei, und es sich nur darum handle, das Ende so leicht wie möglich zu machen.

Dennoch zeigte sich am nächsten Morgen noch ein

Hoffnungsstrahl. Walter Scott erwachte mit vollem
Bewußtsein davon, daß er in Abbotsford sei, und
äußerte den bringenden Wunsch, in seinen Garten
gebracht zu werden.

Auf einem Rollstuhle fuhr man ihn nun auf dem
Rasen zwischen den in vollster Blüthe duftenden
Rosenbeeten umher. Die Enkelkinder halfen den Groß=
vater schieben, und seine Hunde umhüpften ihn. Er
blickte freundlich auf Alles und fing allmählich zu
reden an, indem er sagte, wie glücklich er sei, sich wie=
der in der Heimath zu finden. Ich habe viel gesehen,
äußerte er, aber Nichts wie mein eigenes Haus. Man
mußte ihn darauf wiederholt durch alle Zimmer
führen.

Am anderen Morgen verlangte er Etwas vorgele=
sen zu haben. Als Lockhart fragte, aus welchem
Buche? sagte Walter Scott: „Welche Frage! es giebt
nur eins!" Es wurde das vierzehnte Kapitel des Evan=
gelii Johannis gelesen. Er hörte andächtig zu und
sprach dann: „Wohl! dies ist ein großer Trost. Ich
habe Alles verstanden und fühle, als sollte ich noch ein
Mal ich selbst werden." So vergingen mehrere Tage,
und es schien, als ob sein Gedächtniß theilweise sich
wieder einfinde.

Am 17. Juli war er auf seinem Stuhl im Garten
eingeschlafen, erwachte aber nach einer halben Stunde
und schüttelte die Decken, in die man ihn eingehüllt

hatte, von der Schulter, indem er sagte: „Das ist ein trauriger Müßiggang! ich werde noch vergessen, woran ich eben dachte, wenn ich es nicht niederschreibe. Bringt mich in mein Zimmer und holt die Schlüssel zum Schreibpult."

Er wiederholte diesen Wunsch so oft und so dringend, daß man nachgeben mußte. Die Töchter gingen in das Arbeitszimmer, öffneten das Schreibpult und legten Feder und Papier in die alte Ordnung. Dann rollte Lockhart den Vater an die Stelle, wo er stets zu arbeiten pflegte. Als der Stuhl vor das Pult gerückt war, und er sich an seinem altgewohnten Platze fand, lächelte er, dankte den Kindern und sagte: „Nun gebt mir meine Feder und laßt mich einen Augenblick allein!" — Sophie legte die Feder in seine Hand, aber die Finger vermochten nicht sie festzuhalten, — sie fiel auf's Papier. Da sank er zurück in die Kissen, und ohne einen Laut zu äußern weinte er still, und die Thränen rollten von seinen Wangen herab. Aber bald wurde er wieder ruhiger und winkte, daß man ihn in's Freie rollen möge.

An der Thür traf ihn Laidlaw. Der Kranke schlummerte einige Augenblicke, und als er erwachte, sagte der treue Diener: Sir Walter hat ein wenig geruht. — „Nein, William," erwiederte Scott; „keine Ruhe für Sir Walter, als im Grabe."

Von Neuem entströmten Thränen seinen Augen,

und er sagte: „Lieben Freunde, ich gehöre nicht mehr
hierher, — bringt mich zu Bette, da ist mein Platz."

Von diesem Augenblick an hat Walter Scott kaum
noch auf kurze Minuten sein Lager verlassen, und nur
in wenigen Momenten klärte die Nacht sich auf, die
sein Bewußtsein verhüllte. Stilles Hinbrüten wurde
von fieberhaften Phantasieen unterbrochen und wech=
selte wieder mit gänzlicher Ermattung.

Aber der Kampf der Krankheit gegen den kräftigen
Körper, den dieser Geist sich erbaut hatte, war lang,
sehr lang.

Die Worte, die er sprach, waren selten verständlich.
So oft man aber den Sinn derselben errathen konnte,
waren es Sprüche aus der Bibel oder aus alten
frommen Gesängen, die er in Italien gehört hatte.

Die letzten vernehmlichen Laute waren die An=
fangsworte des Stabat mater, und man hörte ihn
sagen:

Stabat mater dolorosa
Juxta crucem lacrymosa
Dum pendebat filius.

Auch in diesem traurigsten Zustande blieb er noch
der edle wohlerzogene Mann, der er stets gewesen war,
und selbst bewußtlos empfing er keine Dienstleistung
oder Handreichung der Seinigen, ohne den Versuch zu
machen, mit einer verbindlichen Bewegung seinen
Dank auszudrücken.

In trüber Einförmigkeit schwanden Tage und Wochen bis zum 17. September.

An diesem Tage trat der Kammerdiener Nicolson früh in Lockhart's Zimmer, weckte denselben und meldete, daß sein Herr bei vollem Bewußtsein erwacht sei und nach seinem Schwiegersohne verlangt habe. Sofort eilte Lockhart in das Krankenzimmer und fand den Vater im Zustande äußerster Erschöpfung, aber vollkommen klaren Geistes. Sein Auge war hell und ruhig, und jede Spur von fieberhaftem Glanze daraus gewichen. Er sprach:

„Lockhart, ich habe vielleicht nur noch eine Minute Zeit mit Dir zu reden. Mein lieber Freund! Sei gut, sei tugendhaft, sei fromm, — sei ein guter Mann! Das allein wird Dir Trost gewähren, wenn Du einst danieberliegst, wie ich jetzt liege."

Er schwieg, — und auf die Frage, ob man seine Töchter rufen solle, sagte er: „Nein, störe sie nicht, die armen Seelen, sie haben die ganze Nacht gewacht. — Gott segne Euch Alle!"

Er sank hierauf alsbald in tiefen Schlaf und hat bis an's Ende nur noch ein Mal ein schwaches Zeichen von Bewußtsein gegeben, als die herbeigerufenen Söhne an das Sterbebett des Vaters traten.

Diese kamen am 19. September an, aber bis zum 21. dauerte der Todeskampf. An diesem Tage, Mittags halb Ein Uhr, hauchte der Dichter seine Seele aus, umgeben von allen seinen Kindern. Es war ein klarer warmer Tag, und die Luft so still, daß man in dem lautlosen Sterbezimmer das Rauschen des Tweed vernehmen konnte, ein Ton, der des Dichters Herz von jeher mit immer neuer Freude erfüllt hatte.

Der älteste Sohn schloß des Vaters Augen mit einem Kusse.

———

Die Trauerkunde verbreitete sich schnell durch Großbritannien und durch die ganze Welt. — Fast alle englischen Zeitungen erschienen mit schwarzem Rande an dem Tage, wo sie die Nachricht brachten, und einstimmig war der Schmerz und die Verehrung für den großen Todten.

Das Leichenbegängniß wurde ohne besonderen Prunk, doch unter der allergrößten Theilnahme der Bevölkerung begangen. — Keine bezahlte Hand berührte die Leiche oder den Sarg. Die Diener und Waldhüter von Abbotsford hatten sich diese Ehre erbeten.

Der Hof und die ganze Umgebung des Schlosses war dicht gedrängt voll Menschen, die alle entblößten Hauptes der Feierlichkeit beiwohnen wollten. Der Wagenzug erstreckte sich länger als eine Viertelmeile. In den Dörfern, durch welche der Zug bis nach Dry= burgh ging, standen sämmtliche Bewohner baarhaupt und schwarzgekleidet vor den Thüren ihrer Häuser. Unter der Theilnahme einer zahllosen Menschenmenge, deren Schweigen nur durch vielfache Zeichen der tief= sten Betrübniß unterbrochen wurde, setzten die treuen Diener den Sarg ihres Herrn in die Gruft, an die Seite der vorangegangenen Gattin und mitten unter die Ueberreste der Ahnherren seines alten Geschlechts.

Der Schmerz der Kinder des großen und guten Mannes konnte natürlich bei dem endlichen Tode desselben nicht dem Schmerze gleichen, den die Familie eines Mannes empfindet, welcher in voller Lebenskraft und Gesundheit den Seinigen entrissen wird. Seit Monaten hatte sie seinem hoffnungslosen Hinsiechen zusehen müssen, und der Tod war in mehr als einem Sinne eine Erlösung.

Aber Sorgen und Bekümmernisse noch ganz ande= rer Art warteten der Kinder des heimgegangenen Dichters.

Wir haben gesehen, wie ein gütiges Schicksal den= selben in seiner letzten Lebenszeit in den Wahn versetzt hatte, daß er durch seine beispiellosen Anstrengungen die Forderungen seiner Gläubiger gedeckt und sich von allen ihren Ansprüchen befreit habe. Nun aber stellte sich heraus, daß von der großen Ballantyne'schen Schuld noch 54,000 Lstr. zu decken waren. Hiervon

wurden 22,000 Pſtr. durch den Betrag der Lebensver=
ſicherung Walter Scott's getilgt und eine geringere
Summe durch einige in den Händen der Curatoren
befindlichen Beträge. Die noch verbleibenden 30,000 Pſtr.
übernahm in großmüthigſter Weiſe der Verleger Cadell
und empfing dafür zu ſeiner Deckung die Erträge der
Scott'ſchen Werke auf ſo lange Zeit, bis die ganze
Schuld bezahlt ſein würde, was jetzt auch wirklich ſeit
vielen Jahren bereits geſchehen iſt, ſo daß der Dichter
noch nach ſeinem Tode gleichſam fortfuhr, für die
Gläubiger zu arbeiten, wie er es im Leben gethan
hatte.

Im ganzen Lande wurde eine Sammlung veran=
ſtaltet, um ein würdiges Monument für Walter Scott
zu errichten. Man ging indeſſen bald auf den Vor=
ſchlag Lord Egerton's ein, die zuſammengebrachten
Summen dazu zu verwenden, um die Herrſchaft Abbots=
ford, ſoweit es anginge, von den darauf haftenden
Schulden zu befreien. — Auch dies iſt in einer des
engliſchen Volkes würdigen Weiſe geſchehen.

Wie aber über ſeine weltlichen Angelegenheiten
Walter Scott ſich ſelbſt unwillkürlich täuſchte, ſo
mußten in anderer Weiſe Alle, die ſeinem Herzen nicht
am allernächſten ſtanden, ſich gar oft über die Vor=
gänge in ſeinem Innern täuſchen, weil es ſeine Art
war, die tiefſten und zarteſten Seiten ſeiner Natur
durch keine Aeußerungen zu offenbaren, ſondern im

Grunde seines Herzens zu verschließen. Jede Art von Prahlerei und Großthun war ihm fremd, am fremde=sten die mit Gefühlen und Empfindungen, und daher kamen erst nach seinem Tode die rührendsten Beweise von seiner Pietät gegen seine verstorbenen Eltern und Geschwister zu Tage.

Als man sein Schreibpult öffnete, fand man an der Stelle, die ihm an jedem Morgen zuerst in die Augen fallen mußte, wenn er sich zur Arbeit nieder=setzte, sorgfältig geordnet eine Reihe von Gegenständen, die jedenfalls mit großer Liebe absichtlich gerade an diesem Platze aufgestellt waren.

Hier standen einige alte Büchsen, die den Ankleide=tisch seiner Mutter geziert hatten, als er selbst noch, ein schwächliches kleines Kind, in ihrem Zimmer geschlafen hatte. Daneben die silberne Wachsstock=büchse, die er als junger Advocat von dem Ertrage seiner ersten Gebühren der Mutter gekauft hatte. Eine Reihe kleiner Päckchen mit Ueberschriften von ihrer Hand, enthielt Haarlocken der Kinder, welche vor ihr verstorben waren. Auch seines Vaters Dose und Brillenfutteral hatten hier ihre Stelle.

In seinem eignen Ankleidezimmer hingen nur die Bilder seiner Eltern, ja er bediente sich bis an's Ende eines alten gebrechlichen Waschtisches mit all den dazu gehörigen Geräthen, wie sein Vater dieselben benutzt hatte, nicht achtend des Gegensatzes, den das fast zer=

fallende Möbel mit der sonstigen prachtvollen Einrich=
tung des Schlosses bildete.

Alle diese Andenken wurden von seinen Kindern
heilig gehalten, bis das Schicksal, welches über dem
Hause des Dichters waltete, diese Kinder selbst gar
bald nach einander hinwegraffte.

Die treue Pflegerin des Vaters, Anna, kränkelte
seit dem Tode desselben und genoß nur kurze Zeit ein
Jahrgeld, welches König Wilhelm der IV. ihr aus=
gesetzt hatte. Sie starb bereits 1833 an einem
Gehirnfieber.

Vier Jahre darauf folgte ihr die Schwester, und
während wir dies niederschreiben, ist von den beiden
Söhnen auch keiner mehr am Leben. Charles starb
unvermählt. Walter, auf den den Vaters Titel über=
gegangen war, hat aus seiner Ehe niemals Kinder
gehabt, und so ist der Name Sir Walter Scott
erloschen.

Auch Lockhart ist zu den Seinen versammelt, und
nur Eins von den Kindern Sophiens überlebte ihn,
eine Tochter nämlich, die nunmehr gleichfalls verstor=
ben, an einen Herrn Hope=Scott verheirathet war.
Dieser bewohnt mit seinem einzigen Kinde, einem jetzt
vierjährigen Töchterchen, das Schloß Abbotsford, und
dies Kind ist die einzig überlebende von allen Nach=
kommen des großen Dichters.

Hat aber auch der Tod das blühende Geschlecht

feiner Söhne und Töchter hinweggerafft, so kann man
doch mit jenem alten hellenischen Helden sagen, daß
ihn der unsterblichen Kinder viele überleben, um seinen
Ruhm zu verkünden. Und so lange die Welt an den
Werken der Dichtkunst sich erfreut, so lange wird auch
die große Zahl seiner Gesänge und Romane den Namen
Walter Scott's lebendig erhalten in den Herzen aller
Völker der Erde.

Verbefferungen.

Band I.

Pag.					
61.	Zeile 2 von oben lies: wären	statt: wäre.
„ 70.	„ 4 von oben „	die	„ die er.
„ 74.	„ 7 von oben „	Schiltree	„ Schiltreu.
„ 76.	„ 9 von oben „	St. Leonard statt: St. Leontard.
„ —	„ 6 von unten „	Whisky statt: Whiskey.
„ 80.	„ 7 von unten „	ausweichende statt: ausreichende.
„ 82.	„ 8 von unten „	führten statt: führte.
„ 114.	„ 6 von oben „	Cransteun „ Cronsteun.
„ 118.	„ 2 von oben „	in „ mit.
„ 156.	„ 6 von oben „	Worthworth statt: Wordsworth.
„ 170.	„ 9 von unten „	lehnte es beharrlich ab statt: verweigerte auf's bestimmteste.
„ 193.	„ 12 von oben „	malerischste statt: malerischsten.
„ 197.	„ 7 von oben „	berechtigten statt: berechtigen.
„ 202.	„ 13 von oben „	zu noch statt: noch zu.
„ 272.	„ 11 von unten „	Caliban „ Calibox.
„ 321.	„ 2 und 8 von oben lies: Laidlaw statt: Leidlaw.
„ 333.	„ 14 von oben lies: zweier statt: zwei.
„ 346.	„ 5 von unten „	die regierenden Könige und deren erste Minister statt: die regierende Königin und deren erster Minister.

Band II.

Pag.				
58.	Zeile 11 von oben lies: Erstickungszufällen statt: Erstickungsfallen.
„ 189.	„ 5 von oben „	Dominie statt: Demini.

Für Douglas ist mehrfach Duglas gesetzt.

Druck von Robert Nischkowsky in Breslau.

www.ingramcontent.com/pod-product-compliance
Lightning Source LLC
Chambersburg PA
CBHW020949030726
47496CB00005B/1426